Te espero o tempo que for
Relato de um amor proibido

Samir Thomaz

Te espero o tempo que for

Relato de um amor proibido

1ª edição, 2009

editora brasiliense

Primeira edição, 2009

Conselho editorial: *Danda Prado*
Cleide Almeida

Coordenação editorial: *Alice Kobayashi*
Coordenação de produção: *Roseli Said*
Projeto gráfico e diagramação: *Joyce Barros Thomaz*
Capa: *Iago Sartini*
Revisão: *Marcos Vinícius Toledo*

Dados Internacionais de Catalogação na Publicação (CIP)
(Câmara Brasileira do Livro, SP, Brasil)

Thomaz, Samir
Te espero o tempo que for : relato de um amor proibido / Samir Thomaz. -- São Paulo : Brasiliense, 2009.

ISBN 978-85-11-00135-8

1. Romance brasileiro I. Título.

09-05155 CDD-869.93

Índice para catálogo sistemático:
1. Romance : Literatura brasileira 869.93

editora e livraria brasiliense
Rua Mourato Coelho, 111 – Pinheiros
CEP 05417-010 – São Paulo – SP
www.editorabrasiliense.com.br

Para a Li.

Há alguns dias, Deus – ou isso que chamamos assim, tão descuidadamente, de Deus –, enviou-me certo presente ambiguo: uma possibilidade de amor. Ou disso que chamamos, também com descuido e alguma pressa, de amor.
(Caio Fernando Abreu, "Pequenas epifanias")

Há uma outra ideia, menos comum, segundo a qual a vida da gente pode (talvez deva) ser vivida como uma narração. Não tanto para que ela se transforme num roteiro mirabolante, mas para que nosso cotidiano (por humilde e banal que seja) assuma uma relevância e uma intensidade que o tornem digno de ser vivido.
(Contardo Calligaris)

1

A vida é um móbile. O mundo não tem sentido algum. E as relações amorosas são um poema dadá.

Minha mente se convertera num emaranhado de teorias e conclusões. Uma tela de Pollock. Não sei quantas vezes, na semipenumbra do ônibus, reli a frase que desatara aquelas reflexões em mim: "*Coloco em suas mãos as palavras Daquele que fez nos encontrarmos, que me deu a dádiva de o conhecer e o amar tanto assim*". O que Deus tinha a ver com o que eu estava vivendo? Pelo menos o Deus judaico-cristão. No entanto, foram essas as palavras escritas na página de rosto da Bíblia que ela me deu de presente na primeira vez em que fui a sua cidade.

Prometia um sábado ensolarado de outubro quando saí de São Paulo, às seis e meia da manhã, mas ao descer em Novaes, perto de onze horas, soprava uma brisa de inverno e o sol era apenas um pálido espectro do que eu vislumbrara na capital.

Eu chegara com um gosto amargo na boca, pois não pudera tomar café na rodoviária e por ansiedade não conseguira dormir durante a viagem. Além do mais, estava cansado e bastante amarrotado pelas quatro horas do longo percurso. Levava na bolsa o porta-retratos que comprara para ela num shopping, na noite anterior, e um exemplar do livro que escrevera sobre a minha experiência como portador do vírus da Aids. Por precaução, preferi entregá-lo pessoalmente, em vez de enviar pelo correio. Ninguém da sua família podia saber desse livro.

Foi a primeira vez que pude vê-la de verdade. Antes disso, tínhamos vivido vinte noites de conversas pelo msn e por telefone, conversas que em geral rompiam a madrugada, e trocado fotos por e-mail e pelo orkut. Lembro-me do exato instante em que avistei sua presença na plataforma da rodoviária: ela estava abraçada ao irmão, que a acompanhava, e sua imagem confirmava para mim o jeito travesso que eu apreendera naqueles vinte dias.

Fiquei observando-a por alguns instantes do interior do ônibus, enquanto os passageiros se desvencilhavam de suas poltronas e recolhiam seus pertences: era loira, alta, estava de camiseta bege, jeans e havaianas brancas, e parecia não conter a emoção ao me reconhecer dentro do ônibus. O amarelo do seu cabelo sobressaía na claridade débil do dia e a cena toda, emoldurada pelo enquadramento da janela, sugeria um óleo de Van Gogh.

Eu havia feito aniversário dez dias antes e ela tivera o cuidado de datar a dedicatória no dia correto, 11 de outubro. Entretanto, naqueles dois dias, diante das poucas horas que tivéramos para estar juntos, só vim a ler atentamente o que ela escrevera na Bíblia no domingo à noite, durante a viagem de volta. Notei que sua letra era de adolescente, acentuadamente de menina, do tipo que se veem nos cadernos escolares quando a aluna quer agradar a professora. Pelo estilo correto, imaginei que pudesse ter feito um rascunho antes de escrever a frase definitiva, mas havia rasuras quase imperceptíveis que denunciavam uma bem elaborada escrita de bate-pronto, uma das características que apreendi dela em nossos primeiros contatos.

O teor do que ela escrevera me deixou embaraçado. Sem que soubesse, ela me colocava a velha questão sobre acreditar ou não em Deus. Que não era, na verdade, a minha questão mais premente, mas que estava de algum modo presente de uma maneira incômoda naquelas palavras que ela tão ternamente dedicara a mim. Como, afinal, eu podia deixar de acreditar em Deus, se Ele me dera de presente, àquela altura da vida, uma namorada como ela, viçosa, madura, bem resolvida e apaixonada? Ou não teria sido Deus que enviara aquele presente?

Talvez o grande dilema que me fazia considerar a hipótese de me aproximar de Deus fosse a apreensão que me tomava ao pensar na disparidade das nossas idades: eu acabara de completar 42 anos, ela tinha dezesseis. Não obstante essa diferença, estávamos inebriados de uma paixão que nos assustava de tão intensa.

Na volta, ao chegar a São Paulo, reli o manuscrito na folha de rosto e coloquei a Bíblia na mesa de cabeceira, ao lado do abajur triangular que tinha no quarto. Era uma forma de ter aquelas palavras à mão sempre que quisesse relê-las. Por algumas semanas aquela Bíblia ficou ali, bem próxima a mim, no topo da pequena pilha formada pelos três ou quatro livros que sempre leio ao mesmo tempo e cuja leitura nem sempre termino. Tentei ler alguns versículos. Cheguei a me entusiasmar com o Livro de Provérbios e com o Livro de Salmos, mas logo não via sentido naquele palavrório e voltava a ler a frase que ela manuscrevera na folha de rosto.

Compreendi, de uma maneira cabal, que aquelas palavras eram uma espécie de garantia de que ela colocava nossa relação num plano sagrado. Naqueles poucos dias em que conversáramos pela internet e por telefone, uma das certezas que ela me passou foi a de que, embora não fosse uma fanática religiosa, ou dessas garotas papa-hóstias que tocam violão ou teclado nas missas e que de forma alienada se apegam aos padres e às beatas por imposição dos pais, Deus era um dos sustentáculos da sua existência. Fui entendendo isso ao vê-la por várias vezes recorrendo a Ele sempre que alguma sombra de ameaça se insinuava sobre a nossa incipiente relação. Depois ela me revelaria que tocava teclado. Mas não era definitivamente uma papa-hóstias.

Remexendo as coisas que trouxera na bolsa, fui revendo as outras preciosidades com que ela me presenteara naquele primeiro encontro: um bracelete prateado no qual mandara inscrever seu nome; um pequeno coração de metal, que também trazia seu nome inscrito, preso a uma correntinha que logo se quebrou à minha tentativa de colocá-la no pescoço; um CD com as músicas que ouvíramos naqueles vinte dias; e um caderno que trazia na capa uma estampa do ursinho Pooh. Esse caderno ocultava em suas páginas um diário que ela mantinha havia coisa de um ano e cujo conteúdo me surpreendeu. Ela coeçara a escrevê-lo um ano antes, depois de se decepcionar com um ex namorado e após ter lido um livro no qual a protagonista, uma garota de dezessete anos, escrevia cartas para seu futuro marido. Gostou da ideia e passou a fazer o mesmo. Ao me presentear com o caderno, era como se entregasse sua vida em minhas mãos.

Li as cartas na ordem cronológica em que apareciam. À medida que devorava as páginas, impressionou-me sua convicção de que estava prestes a encontrar alguém especial e já bem definido em sua mente. Também não me passou despercebida a fluência do seu texto, uma narrativa espontânea e sincera contendo o romantismo próprio de uma garota da sua idade e vertida na mesma letra caprichada da dedicatória escrita na Bíblia.

De certa forma, aquela viagem a Novaes encerrava a primeira etapa do meu namoro com Lívia. Uma espécie de primeira missão que eu cumprira com êxito. Tudo acontecera muito rapidamente e eu nem tivera tempo àquela altura de fazer uma análise sóbria sobre como tudo se conduzira naqueles primeiros dias.

Por razões que intuitivamente somente nós compreendíamos, vivemos aquelas semanas convictos de ter encontrado a pessoa com quem queríamos passar o restante de nossos dias. Eu, recém-separado, absorvido nas atividades de uma graduação de jornalismo, ainda sentindo o estranhamento por morar sozinho pela primeira vez na vida e já entrando numa idade provecta. Ela, desvencilhando-se de uma relação traumática, aluna aplicada do ensino médio, pré-vestibulanda de medicina, romântica, madura para a idade, com pensamentos no mínimo inusitados para uma menina da sua geração: idealizava como namorado um homem maduro, não gostava das conversas fúteis dos garotos da sua idade.

– Pense em quantas garotas da minha idade assumiriam um namoro com um homem da sua – ela me disse uma vez. – Ainda mais numa cidade pequena como Novaes.

Eu não deixava de lhe dar razão. Eram 26 anos de diferença. Para ela, porém, nossa relação era muito natural. Ela ainda não fora tocada pela malícia e pelo preconceito com que a sociedade costuma olhar situações como aquela.

Quanto a mim, a não ser pelo entusiasmo que me tomava sempre que evocava sua imagem adolescente em contraste com sua maturidade de espírito, e de que, não obstante, éramos namorados, podia antever o ônus moral que teria de enfrentar por assumir uma relação tão insólita. Pelos mais variados motivos, muita gente não iria me perdoar. Para dizer o mínimo, ela tinha a idade da minha filha.

Nós nos conhecêramos numa sexta-feira à noite, casualmente, numa sala de bate-papo da internet, depois de uma sucessão de coincidências que nos põe até hoje pensativos sobre que forças misteriosas orientam nossos destinos. Por algum tempo, ao relembrar essas coincidências, experimentei uma vertigem prazerosa por me saber na segurança de um presente a partir do qual podia repassar todos os imponderáveis que nos espreitaram naqueles primeiros instantes. Era reconfortante, depois que os fatos já tinham se consumado, pensar que tudo havia confluído para que nossos caminhos se cruzassem. E que qualquer desvio na rota das nossas ações naquela noite teria feito com que jamais soubéssemos da existência do outro.

Embora não pudéssemos fugir à evidência de que alguma inteligência exterior nos aproximara, dias depois ela comentaria que sua avó ficara apreensiva com o fato de ela ter me conhecido na internet.

– Na internet só tem gente que não presta – teria dito sua avó.

Era o primeiro de uma enfiada de comentários depreciativos sobre a minha pessoa vindos dos pais e parentes de Lívia. Imagino que muitos desses comentários ela deva ter omitido de mim, para me poupar de aborrecimentos. Em geral comentários como este, sobre onde ela tinha me conhecido, ou, mais comum, sobre a nossa diferença de idade. Mas eles ainda não sabiam do hiv.

Eu saíra de casa havia vinte dias, numa separação sem traumas e há muito decidida. Fora morar em Higienópolis, bairro que sempre me agradou. Aluguei um quarto claro e arejado, com um tamanho razoável para que não me sentisse oprimido. Tinha uma vista aprazível do décimo primeiro andar e amplas janelas pelas quais o sol entrava com seus raios festivos nas primeiras horas da manhã. Era um ideal juvenil que trazia comigo e que realizava agora: jogar-me no mundo, ter somente a mim mesmo como companhia no oceano voraz da cidade, cercado de livros e CDs e das lembranças adormecidas que de vez em quando acordavam na minha mente. Era também um ideal de escritor, uma nostalgia atávica que alimentava, inspirada na vida dos escritores que havia lido.

Golda, a dona do apartamento, uma elegante senhora judia, sempre perguntava sobre como andavam as coisas e se eu ia para Novaes no fim de semana. Embora me conhecesse havia pouco tempo, foi uma das pessoas que acompanhou de perto as mudanças no meu estado de espírito e na minha saúde em razão daquela nova situação.

Com meus hábitos morigerados, eu era o inquilino perfeito. De segunda a sexta saía de manhã para o trabalho, só voltava no início da noite. Pagava o aluguel em dia, não fumava (embora a própria Golda fumasse em demasia), não bebia, não recebia ninguém em casa (somente minha filha me visitava de vez em quando, com o namorado) e minha rotina nos fins de semana era sair para ir ao cinema ou para escrever num café 24 horas que havia a duas quadras do apartamento. Os porteiros do prédio já haviam se acostumado a me ver sair sobraçando o livro que estivesse lendo e um bloco de folhas pautadas para cumprir aqueles rituais que para mim eram sagrados.

Algumas coisas eram novidade na nova rotina. No período em que fui casado, nunca tivera um computador exclusivamente meu. Embora escrevesse, o micro que havia em casa era compartilhado com minha ex-mulher e com minha filha. Elas até respeitavam os prováveis horários em que eu quisesse me sentar para escrever. Apenas que eu tinha algumas idiossincrasias relacionadas ao ato de escrever que muitas vezes elas não compreendiam. Ter um computador exclusivamente meu era uma dessas idiossincrasias. Eu era inflexível quanto a isso. E às vezes ranzinza.

Também nunca me preocupara em administrar a conta bancária, verificar as melhores datas do cartão de crédito, declarar o imposto de renda, comprar camisas e calças, mandar roupas para pequenos reparos, as mais elementares necessidades cotidianas. Como muitos homens da minha geração, fora mal acostumado pela mãe e, no casamento, deixava essas tarefas a cargo da mulher.

Naquela semana ainda me achava pouco à vontade com o fato de não ter de dar satisfações a ninguém sobre aonde ia, para quem ligava, de quem recebia ligações, que sites acessava. Eram os meus primeiros dias de homem separado, depois de viver vinte anos na casa dos pais e outros vinte no casamento recém-terminado.

Naquela sexta-feira, logo pela manhã, havia recebido uma notícia que me deixara abatido. Fora buscar o resultado de uma ressonância magnética do crânio que tivera de fazer em razão de uma pequena deformação que começava a apresentar na pálpebra esquerda. Fazia uma manhã fria de primavera, mas o sol já se insinuava, prometendo um dia agradável.

O médico pegou as ressonâncias e passou a analisá-las uma a uma no quadro de luz, uma operação que demorou alguns minutos. Pela sua expressão, comecei a me preparar para ouvir algo não muito auspicioso. Entretanto, quando terminou a análise, o doutor me comunicou que não havia nada de errado com os nervos do meu olho. A queda da pálpebra, segundo ele, era decorrência da vida sedentária que eu levava e ao estresse do dia a dia.

Não gostei de ouvir aquilo. Para mim, a sutil diferença entre uma pálpebra e outra devia ter uma causa imediata, possivelmente a falha no funcionamento de um nervo ou alguma deficiência mais pontual. Ao mesmo tempo o médico, que pela fisionomia me lembrou o escritor japonês Kenzaburo Oe, me pareceu experiente, o típico japonês emanando a milenar sabedoria oriental, de modo que acatei seu diagnóstico. E ele não deixava de ter razão: de fato, havia muito eu me dedicava somente às atividades do intelecto, deixando as do físico em segundo plano.

Em seguida, usando uma nomenclatura médica de fácil compreensão, ele me informou que, embora não houvesse nenhum problema com o nervo do meu olho, detectara um problema no meu cérebro. Ele falava pausadamente, demorava-se entre o fim de uma frase e o início de outra, como se medisse bem as palavras. Pela análise das ressonâncias, afirmou ter identificado uma fenda numa certa região da minha cabeça que denotava um envelhecimento precoce da minha saúde neurológica.

– Normalmente esse quadro começa a aparecer nas pessoas depois dos cinquenta ou sessenta anos – informou o doutor, com sua voz zen. – Você é muito novo para apresentar um quadro desses.

Por alguns segundos não consegui dimensionar a gravidade do que ele dissera. Mas no decorrer da conversa intuí que algo novo chegava na minha vida por meio daquele exame. E que não era algo bom.

Ele me garantiu, contudo, que aquele quadro era inicial e que eu poderia revertê-lo, desde que passasse a praticar exercícios físicos que forçassem a circulação sanguínea e os batimentos cardíacos.

– Se você não mudar seus hábitos, suar diariamente, forçar o coração, é bem provável que aos sessenta anos já comece a apresentar os sintomas do Alzheimer.

Aquela palavra – *Alzheimer* – remeteu-me aos dois últimos anos de vida do meu pai, morto havia um ano. Informei isso ao médico. Ele quis saber com que idade meu pai falecera. Ao dizer-lhe que meu pai morrera com 88 anos, ele me tranquilizou garantindo que o meu caso não tinha uma ligação direta com o do meu pai:

– Depois dos oitenta anos não há mesmo o que fazer quanto ao Alzheimer. Seu pai ter chegado a essa idade é um bom sinal.

De qualquer forma, eu recebia uma informação que teria implicações profundas na forma como passaria a encarar a vida dali por diante. Era como se, naqueles poucos minutos em frente à mesa do médico, tivesse passado dos 41 anos diretamente para os sessenta.

Perguntei ainda se aquele diagnóstico tinha alguma relação com o hiv. Ele disse que não.

Saí do consultório aturdido, remoendo pensamentos sombrios. "Minha vida acabou", eu pensava, enquanto desviava dos transeuntes. Levava comigo a convicção de que todos os meus sonhos estavam enterrados para sempre. Um deles era o de iniciar uma nova relação amorosa. Eu não procurava ninguém naquele momento. Andava às voltas com a finalização do meu curso de jornalismo e, embora essa atividade me trouxesse muitas frustrações, era com ela que mantinha a mente ocupada naqueles dias.

Entretanto, sempre que me lembrava de que agora era um homem livre, a necessidade de encontrar alguém me espreitava. Acreditava que, como acontece nos filmes, a qualquer momento meu olhar encontraria o fundo da retina de alguém perdido na voragem da cidade insana que é São Paulo. E então a paixão, como uma pantera, me cravaria os dentes.

Diante daquela sentença, porém, proferida com ar grave pelo doutor, começava a nascer em mim o desejo de viver segundo a minha nova realidade: a de alguém condenado a contar com apenas alguns anos saudáveis de vida. Pelo menos de vida lúcida. Nem o hiv, com toda a sua virulência e a carga de preconceito que cerca uma doença como a Aids, havia conseguido me prostrar daquela maneira.

"Esquece", pensei. E fui subindo a rua, tomado de maus presságios. O sol forte já amenizara a temperatura e tornava o dia mais abafado, com seus odores misturados à fumaça dos carros. Passei a considerar hipóteses funestas sobre a forma como deveria viver dali por diante.

Mesmo as coisas a que pensava em me dedicar adquiriam outro sentido agora. Continuar estudando, por exemplo. De que adiantaria fazer uma pós-graduação se teria apenas duas décadas de vida lúcida? Um tempo que certamente seria vivido como um martírio pela consciência da finitude próxima.

Uma espécie de aceitação voluntária foi envolvendo o meu ânimo. Sabia que, segundo as palavras do médico, poderia reverter a situação. Mas me conhecia bem para saber que não conseguiria me disciplinar para os exercícios físicos. Meu histórico como atleta não registrava nenhum ato glorioso.

O médico ainda perguntou em que bairro eu morava. Quando disse Higienópolis, ele brincou:

– Você tem sorte. Vá caminhando para os lados do Pacaembu e depois volte para Higienópolis enfrentando aquelas subidas – e abandonando a expressão séria, deu uma risada que me pareceu imprópria para o momento, mas que o aproximou ainda mais da imagem que eu fazia de Kenzaburo Oe.

Fiquei bastante vulnerável no final da manhã. Ao chegar para trabalhar, coloquei o envelope sobre a mesa e não consegui me concentrar. Liguei o computador e um pessimismo pairou sobre a minha mente ao compreender que aquele era mais um dia anônimo de trabalho. As pessoas estavam ali, burocráticas e cotidianas, cumprindo sua rotina mecânica, um cenário nada alentador para quem olhava a vida pelas lentes do pessimismo.

Também me aborrecera o fato de Romena saber que eu fora pegar o resultado do exame e não ter ligado até a hora do almoço. Ainda não me acostumara com a ideia de que agora só podia contar comigo mesmo para as coisas mais prosaicas do dia a dia. Ela só ligaria às duas da tarde e, com seu senso de realidade apurado, relativizaria o diagnóstico médico.

– É só você fazer o que o médico disse que tudo vai se resolver – Romena ponderou.

Eu estava cético:

– Não sei se é tão simples assim. O que ele disse é quase uma sentença de morte.

– Samuel, não faça drama. Ele disse que esse processo estava no começo, não disse?

– Disse.

– Pois então.

Forcejei por acreditar que tanto as palavras da minha ex-mulher quanto as do médico continham a isenção que eu não poderia ter para analisar com realidade a situação. Eu me encontrava no epicentro do problema. E achei por bem me apegar à opinião deles, talvez pelo meu sempre providencial instinto de sobrevivência.

No fim da tarde, ao sair do trabalho, as palavras do médico ainda ecoavam na minha lembrança. Precipitei-me devagar pelas ruas, deixando-me levar pelos passos, sentindo-me desfocado como se fizesse parte de um quadro de Monet. A noite descera melancólica sobre a cidade, mimetizando o escuro que invadira a minha alma. Só queria chegar em casa e poder pensar nos acontecimentos do dia sem a presença de conhecidos por perto. Ou não pensar em nada, simplesmente esvaziar a mente, se é que isso fosse possível.

Ao chegar ao apartamento, deixei-me ficar na cama, como se estivesse em nirvana perpétuo. Um sentimento vicário de estranhamento me dominou, como se eu já fosse outra pessoa, ou como se já se insinuasse em mim a necessidade de assumir outra postura. Depois cochilei um pouco, minutos que não soube precisar. Quando me dei conta, era perto de dez da noite. Então levantei, comi alguma coisa e liguei o micro. Tinha o tcc para atualizar, mas não fora com esse intuito que ligara a máquina. No curto espaço que percorri do quarto à cozinha, a sensação de estranhamento me acompanhou, como uma sombra cuja presença prescindia de luz.

2

Naveguei aleatoriamente por alguns sites de notícias. Nada me causava interesse. Sentia-me como o escritor Caio Fernando Abreu ao descobrir-se portador do vírus da Aids: "*Alguma coisa aconteceu comigo. Alguma coisa tão estranha que ainda não aprendi o jeito de falar claramente sobre ela*". Caio Fernando estava morto. Eu, de certa forma, sobrevivia.

O vazio me levou às salas de bate-papo. Não me lembro em que salas entrei, nem exatamente o que procurava nelas. Certamente um contato humano, ainda que virtual. Qualquer contato. De preferência, feminino. Queria conversar, mas da maneira anônima como se faz usualmente num *chat*.

A ideia que eu tinha das salas de bate-papo não era das melhores. Achava aquele universo virtual um espaço para criaturas fúteis e infelizes. Sem contar as pessoas de má índole que se escondiam por trás dos mais inocentes *nicks*. Não era o lugar mais aconselhável para entrar quando se está deprimido. Mas naquele momento, para mim, era o lugar mais à mão para não pensar nos acontecimentos do dia. Eu não fazia mais do que confirmar em parte minha tese: não me achava fútil nem de má índole, mas estava infeliz.

A certa altura, ao entrar numa sala por idade (30 a 40 anos), fui abordado por um *nick* que perguntou se eu era homem ou mulher.

"Homem", respondi secamente, sem demonstrar interesse, teclando só a letra *h*, em minúscula. Em seguida, devolvi a pergunta que seria lógica num diálogo como aquele: "E você?".

"Mulher", ela respondeu, de pronto, teclando por sua vez somente a letra *m*, também em minúscula. Pela rapidez com que respondeu, percebi que teclava só comigo. Só então me detive em seu *nick*: "Estudante". Na certa, alguma universitária.

"O que procura aqui?", ela quis saber, tão rápido que logo intuí o rumo que a conversa tomaria. A forma de questionário que os diálogos assumem era outro aspecto que deplorava nas salas de bate-papo.

Eu estava lacônico naquela noite. E respondi de dentro do meu laconismo:

"Companhia".

Não sei se foi essa secura que despertou seu interesse. Ou o meu *nick*, "Esse cara", um *nick* deliberadamente *cool*, pernóstico até, inspirado numa antiga canção do Caetano Veloso. Mas aquela era uma dedução gratuita. Eu nem sabia se ela gostava do Caetano Veloso, ou se conhecia a canção. Em seguida ela me fez o convite habitual:

"Quer conversar no msn?"

Eu não queria conversar no msn. Não tinha esse hábito. Meu micro tinha pouca memória, operava com lentidão. Entrar no msn significava esperar infinitos minutos para abrir cada janela, o que costumava me estressar. E eu não queria me aborrecer com essas pequenas coisas naquela noite.

Sua objetividade, no entanto, me cativara. Ela pelo menos não enveredara por aquela enfiada de perguntas básicas feitas de chofre sobre como eu era fisicamente, de onde teclava, se tinha foto, um comportamento que ocultava uma futilidade da qual eu queria distância.

Não só a futilidade me irritava, mas os erros grosseiros de português, muitas vezes cometidos por gente com formação superior ou que assim se dizia. E o descuido com a linguagem ocultava pessoas de visão estreita, não raro preconceituosas e inconvenientes, o que eu acabava confirmando ao longo da conversa. Era o preço que pagava por trabalhar diariamente com textos.

Antes de nos transferirmos para o msn, ela ainda me pediu uma informação, que considerei legítima:

"Qual a sua idade?"

"41", digitei.

Em seguida, também me senti no direito:

"E você?"

"18", ela escreveu.

Além de o meu computador não ser muito rápido – minha internet ainda era discada –, eu não tinha muita prática no msn. Na verdade, não tinha prática nenhuma. Naquela primeira semana em que habilitara o micro para terminar o trabalho da faculdade, adicionara duas pessoas apenas para aprender a navegar no programa. Pessoas que descartei em seguida, pois, seguindo a lógica pragmática da internet, eu as adicionara somente para aquele fim. E de todo modo foram pessoas que não me despertaram o menor interesse.

Minimizei a janela do *chat* e cliquei no ícone do msn. Minha rapidez com o mouse era em tudo avessa à lentidão do computador. Depois ela diria que saíra do bate-papo e rapidamente entrara no msn. Ao ver que me demorava, julgou que eu não fosse entrar e já se preparava para sair. Foi nesse momento que apareci em sua tela.

Retomamos o papo iniciado no *chat*. Ela é que foi conduzindo a conversa.

"Está fazendo o que por aqui?"

"Boa pergunta. Não sei", desconversei.

"Então somos dois, porque eu também não sei o que estou fazendo aqui".

Talvez tenha sido este o primeiro momento de identificação. Mas tão fortuito que me vem nebuloso na memória.

"A gente sempre procura alguma coisa", digitei, de modo vago.

Ela demorou alguns segundos para voltar a escrever. Quando escreveu, perguntou se eu era casado. Era a primeira vez que alguém me fazia essa pergunta desde que saíra de casa. Ainda não me habituara a respondê-la. Perguntei por que ela queria saber aquilo – hipocrisia da minha parte: no fundo eu sabia.

"Com 41 anos, ou você foi, ou é casado", ela replicou.

Achei por bem abrir o jogo desde o início. Mas início de quê?, me perguntei, enquanto digitava.

"Você tem razão. Acabei de me separar. Faz quinze dias que saí de casa".

Somente depois de digitar é que imaginei o quanto seria difícil para ela acreditar no que eu acabara de escrever. Era uma resposta com todo o jeito de embuste. Mas eu não podia fugir da minha condição. E o fato de estar sendo sincero pelo menos me deixava tranquilo quanto a contradições futuras. Logo, não me preocupei muito com isso. Se aprofundássemos a conversa, ela iria constatar que eu não havia mentido.

"Quinze dias é pouco tempo. Aliás, é muito pouco tempo", ela escreveu.

"Também acho. Mas é verdade".

Eu continuava lacônico. E o meu laconismo deve ter causado boa impressão novamente. Resolvi inverter o sentido da conversa:

"E você, estuda?", era a pergunta mais previsível que eu poderia fazer para uma garota de dezoito anos com o nick de "estudante". Prontamente ela respondeu que prestaria vestibular para medicina assim que terminasse o ensino médio.

Aquele foi o segundo momento de identificação. Admirava os médicos e a medicina. Meu contato permanente com os doutores, em razão do hiv, dera margem a que tivesse muito tempo para observá-los. Apreendera a nobreza do ofício.

A partir dali, a conversa tomou outro rumo.

"Aonde vai prestar?"

"Unesp, USP e Unicamp".

"Você é corajosa", escrevi, admirado.

"Não é coragem, é a minha vocação".

Terceiro momento. Gostava quando alguém falava em vocação. Revelava fidelidade a princípios. Quis saber de que cidade ela era.

"Conhece Novaes, na região de Botucatu?"

Não quis dizer que não conhecia.

"Já ouvi falar".

"Pois é, sou de lá. Ou melhor, daqui".

Ela também parecia gostar do rumo que a conversa tomava. Perguntei se Novaes ficava longe de São Paulo.

"Uns 300 quilômetros".

Achei longe, mas não disse nada.

Ficamos mais um tempo sem digitar. Foi ela quem retomou a conversa:

"E você, o que faz da vida?"

"Sou editor e jornalista".

Um pormenor começou a chamar minha atenção. Ela não usava a típica linguagem dos jovens na internet, repleta de gírias e atalhos linguísticos. Pelo contrário, seu texto era preciso: cada vírgula no lugar, uma ideia por vez, as palavras escritas na íntegra e corretamente. Aquilo começou a me intrigar.

"Você escreve muito bem", digitei, para ver o que ela dizia.

"Sou meio cdf", ela devolveu.

Aquele "meio cdf" me deixou ainda mais intrigado. Estava habituado a erros crassos de ortografia, frases mal formuladas e concordâncias esdrúxulas nos *chats*. E, afinal, eu era um editor. Texto era um artigo que conhecia bem. E o dela era muito melhor do que a média para a idade. Comecei a achar que ela não tinha a idade que dissera.

Remoía essa dúvida quando ela quis saber meu nome verdadeiro.

"Se importaria se eu não dissesse?", respondi, abusando da sinceridade, impelido pelas dúvidas que começavam a brotar na minha cabeça.

Ela demorou a responder:

"Não poderia dizer só o primeiro nome?"

Eu me encontrava entrincheirado. Pedi desculpas e disse que não costumava revelar meu nome na internet.

"Entendo", ela escreveu. "Então vou dizer o meu: Lívia".

Voltei a fazer conjecturas sobre sua idade. Não me agradava a ideia de ela ter dezoito anos. Nada me convencia de que uma garota daquela idade fosse se interessar por um cara fodido como eu. No entanto, não conseguia me desvencilhar da conversa.

Diante da revelação do seu nome, eu não tinha opção senão revelar o meu. Avaliei que somente o primeiro nome não ofereceria risco. Havia milhares de Samuel no mundo.

"Ok, Lívia. O meu é Samuel".

Ela saboreou o nome:

"Gostei. Samuel... é diferente".

"Isso é um elogio?"

"Claro que é. Você me parece uma pessoa interessante", ela escreveu.

"Sou a pessoa mais sem graça que você possa imaginar. Você é que é interessante. Nem parece que tem 18 anos".

"Mas tenho. Você não acredita, não é?"

"Posso ser sincero?"

Antes de responder, ela me surpreendeu novamente ao dizer que, além de ter dezoito anos, ainda era virgem.

Ao ler aquelas palavras, inseridas na conversa de um modo que considerei abrupto, pensei tratar-se de um apelo de sedução. E um apelo vulgar. Minha impressão não foi muito receptiva. Ela quebrava uma sequência de sinalizações positivas a seu respeito.

"Não estou buscando isso..."

Ela entendeu no ato o meu receio.

"Sei que não, senão não teria conversado comigo como conversou."

Eu já não sabia o que pensar. Se ela estivesse fantasiando tudo aquilo, estava indo fundo na fantasia. Voltei a ficar cauteloso. Procurei sondar mais um pouco. Voltei a falar da sua idade. Fiz referência ao seu texto.

"O que tem meu texto?"

"Não é de uma pessoa de 18 anos".

"Mas eu escrevo assim, já disse que sou meio cdf".

Por uma razão que não sabia explicar, crescia em mim uma vontade de acreditar nela, de querer que ela realmente fosse do modo como se mostrava. Revelei-lhe então minha suspeita de que só o fato de ela escrever "meio cdf"" já mostrava que dificilmente ela tinha dezoito anos. Acrescentei que sua pontuação era perfeita.

"Olha, estou ficando sem jeito. Um elogio desses de um editor e jornalista não é todo dia que a gente recebe. Vou falar isso pro Vinícius".

Sobressaltei-me com um nome masculino inserido repentinamente na conversa.

"Quem é Vinícius?"

"Meu professor de português".

"Ah...", escrevi, sem disfarçar o sobressalto.

Será que eu já sentia ciúmes dela? Homens são possessivos por natureza, dizem as feministas. Ela não levava jeito para feminista. O que já era bom sinal.

Levei algum tempo para perceber que sua revelação não era apelo nenhum, apenas uma forma sincera de impor respeito. Ela valorizava a virgindade.

Iluminado por aquelas reflexões, e com um claro sentimento de alívio, voltei a vê-la como alguém que se destacava do padrão. Não sabia dizer por quê, mas sentia que ela era diferente. Em todo caso, uma garota de dezoito anos, virgem, não era um fetiche irresistível para mim. E nem me passava pela cabeça, àquela altura da vida, ser o primeiro homem na vida de uma garota.

Embora me sentisse preso à conversa, algo me dizia que ela escondia alguma coisa. Talvez a própria identidade, que podia ser o oposto do que havia mostrado até ali. Mas não tinha certeza.

Tanta incerteza fez com que me rendesse de vez ao cansaço e adiasse um contato mais aprofundado. Alguma coisa ali não batia e não seria naquela madrugada que eu iria desvendar o mistério. Mas não tinha certeza também se queria mesmo desvendá-lo. De repente me veio uma forte vontade de descansar e apagar aquele dia da minha mente. Apagar inclusive Lívia. Ela não podia ser de verdade. E eu já não tinha idade para acreditar em certas ilusões. Aquela conversa devia ser uma fantasia de adolescente. No dia seguinte ela nem se lembraria mais de mim. Havia muitas garotas assim no mundo, sedutoras e cruéis. Fingiam ser o que não eram pelo simples prazer de ver o cara de joelhos. Depois desapareciam sem deixar vestígio. Apeguei-me a essa ideia para levar a termo minha resolução de sair.

"Vamos fazer o seguinte: você tem o meu e-mail. Me escreva falando um pouco mais de você. A gente vai se conhecendo aos poucos. Preciso sair agora".

Ela pareceu não acreditar.

"Você vai sair?"

"Desculpe, estou muito cansado. Preciso dormir".

Tudo dependeria mais dela agora. Se tivesse de acontecer algo entre nós, iria acontecer de qualquer maneira. Mas não queria ficar perscrutando possibilidades, nem imaginando estratégias de sedução. Joguei para o futuro, embora acreditasse que, saindo do msn, meu contato com aquela garota terminasse por ali.

"Vou escrever então, embora você não confie em mim", ela digitou.

Tentei dizer que não era aquilo. Mas acho que não convenci.

"Tudo bem", ela escreveu, resignada.

"Mas pode escrever que eu respondo", ainda uma vez tentei minizar o impacto da minha saída. Não acreditava que ela fosse escrever. Podia ser que tivesse simpatizado comigo, mas para um futuro compromisso devia ter me achado um cara aborrecido e complicado. E de fato eu era.

"Que pena, gostei de você", ela ainda digitou.

Escrevi que também gostara dela. Apesar das desconfianças, estava sendo sincero.

"Um beijo, Lívia", escrevi, para encerrar a conversa.

"Um beijo, Samuel".

3

Fechei a janela do msn e me deitei. Passei a olhar para o teto claro do quarto, depois desviei minha atenção para o céu noturno cuja visão, enquadrada pelos prédios vizinhos, me era permitido vislumbrar. Havia edifícios mais altos no entorno do meu prédio e às vezes eu fixava o olhar na claridade de um apartamento e me distraía tentando adivinhar que vidas pulsariam ali.

Não desliguei o computador. Como ligar e desligar era uma operação demorada, resolvi deixá-lo ligado. Talvez entrasse na internet mais tarde, caso não pegasse no sono. Não estava com cabeça para ler, embora do chão os livros me acenassem com sua opacidade erudita.

A expectativa do sábado insuflava um discreto sopro de alegria no meu espírito. Eu me comprazia com o clima das manhãs em Higienópolis. Uma manhã clara, os raios de sol se infiltrando entre os prédios, as pessoas indo à padaria ou à banca de jornal com seus cachorros a tiracolo, o alvoroço das crianças, a flora do bairro, a aragem agitando as folhagens. Eu não fazia parte daquele mundo. Era um forasteiro ali. Ainda assim, me comprazia do mesmo modo.

Cinco minutos se passaram. Ou um tempo próximo de cinco minutos me pareceu ter passado. Minha percepção do tempo andava desregulada. O sono não vinha e o que eu mais queria naquele instante era apagar, desligar todos os meus mecanismos sensoriais. Ao me levantar para tomar um copo de água, porém, notei que a janelinha do msn subia no canto direito da tela. Fui olhar, entre surpreso e curioso. Era Lívia, que emergia do esquecimento a que eu a relegara.

Ao fechar a janela do msn, instantes atrás, por inépcia, mas também por medo, pensara haver saído do programa. Vislumbrara em todos os contornos o pavor de entrar numa relação que começara a considerar perigosa. Havia várias possibilidades por trás de tudo o que Lívia dissera, e eu não conseguia me fixar em nenhuma confiável.

Desconfiava, no entanto, que minhas dúvidas eram tão somente um pretexto. Meu medo, no fundo, era o de encontrar alguém que me atraísse e me apaixonar. E, mais temerário ainda, no caso dela: me apaixonar por uma garota de dezoito anos. Pela minha vivência, sabia que relações em que há grande diferença de idade são problemáticas. Procurei me fortalecer nesse pensamento para não criar ilusões na minha mente.

Eu não queria sofrer. As palavras do médico ainda estavam vivas na minha memória. Meus sonhos estavam enterrados, eu me apegava a essa ideia. Já ia me acostumando às possíveis restrições do diagnóstico médico. Além do mais, achava que ela não fosse me escrever. Era outro pensamento ao qual me apegava para manter uma distância segura da situação. Não chegava a ser um apego. Eu simplesmente a deletara da lembrança depois de fechar a janela do msn. E, no entanto, ali estava ela de novo, como a me provocar:

"Está aí ainda?", ela digitou.

Naquele instante, reconsiderei minhas desconfianças. Algum sentimento com vida própria começava a me convencer de que deveria conhecê-la melhor. Rapidamente mexi as peças do tabuleiro na minha mente. O jogo começava do zero. Senti que as barreiras que colocara como obstáculo começavam a ruir como um castelo de baralho.

Mais que depressa corri para o teclado e respondi ao chamado. A rapidez com que o fiz denunciava que um interesse havia despertado em mim.

"Pensei que tivesse desligado isso", respondi.

"Você ficou *on-line* o tempo todo".

Aquela constatação, tão simples para ela e tão cabalística para mim, apenas aumentava a minha sensação de ridículo.

"Nem percebi".

Ela, sempre diligente:

"Já estava escrevendo o e-mail. Não prometi que escreveria?"

Era mais uma barreira que Lívia derrubava. Sua credibilidade começava a fazer vulto dentro de mim. Em seguida, ela convidou.

"Vamos continuar a conversa?"

Na defensiva, ou para tentar resgatar uma dignidade que naquele instante se encontrava em cacos, aquiesci. Só pedi a ela que esperasse um instante. Ia tomar um copo d'água.

Fui até a cozinha, abri dois frascos de comprimidos. De um tirei duas cápsulas brancas, de outro, duas azuis, e as ingeri. Não podia dizer a ela que tomava o coquetel de antirretrovirais. Pelo menos por enquanto.

"Você ficou chateada por eu ter saído?", improvisei um *mea-culpa*.

"Chateada, não, fiquei curiosa. Gostei da sua sinceridade".

Eu seguia ouvindo o fragor das minhas barreiras internas se desmoronando.

"Acho que exagerei na sinceridade..."

"Claro que não. É difícil encontrar alguém sincero na internet. Senti que você gostou de mim, mas preferiu ser cauteloso. Me conquistou fazendo isso".

Àquela altura ainda tinha dúvida quanto à sua idade. Vá lá que ela não tivesse trinta anos. Mas era quase certo que não tinha só dezoito. Comecei a torcer por isso.

"Gostei mesmo de você", escrevi, falando mais da sensação que sentia agora. E experimentei certo prazer malicioso em dizer que gostara dela. Havia um sentido não apenas de amizade naquele gostar. Foi uma fala capciosa da minha parte.

"Também gostei de você", ela respondeu, e fiquei com a impressão de que também sua fala viera capciosa. Me agradou perceber isso. Havíamos entrado numa atmosfera ambígua em que as amarras começavam a se soltar.

Falávamos agora por códigos dúbios. Havia sentidos ocultos por trás das palavras. Veio-me a imagem de um *puzzle* sendo montado. Um *puzzle* que formaria uma imagem da qual não tínhamos nenhuma referência. As peças eram colocadas aleatoriamente, unidas apenas pela semelhança das formas. Aos poucos uma imagem começava a fazer sentido. Apenas começava. Havia muitas peças ainda em nossas mãos. E muitas lacunas na imagem.

"Desculpe pelas desconfianças. Já me machuquei muito na vida.

Tenho medo de qualquer aproximação", digitei, sabendo que confissões desse tipo eram uma deixa com terceiras intenções.

"Também tenho medo de sofrer", ela escreveu.

Aquilo soou como uma deixa também. Uma peça bem encaixada que ela colocara.

"Bom, temos mais alguma coisa em comum", continuou.

Uma coisa ia ficando clara para mim: se ela tinha mesmo dezoito anos, era bem madura para a idade.

Houve um breve silêncio. Em seguida ela mudou o rumo da conversa.

"De que signo você é?"

"De libra. E você?"

"Áries."

Dessa vez o silêncio foi meu.

"Mas não precisa ter medo de mim", ela se apressou em explicar, vendo que eu não digitara nada.

Como não?, pensei, mas novamente preferi não escrever. Parafusava no fato de ela ser de áries. E de estarmos falando de horóscopo, o que revelava uma apreensão sobre se poderíamos dar certo como namorados. Mas namorar era ainda uma ideia remota. Namorar uma garota de dezoito anos, então, uma ideia remotíssima. E ainda muito estranha para mim.

"Você me parece uma pessoa confiável", digitei.

Sem perceber, eu armara uma arapuca para mim mesmo. Ela não perdeu a oportunidade de fechá-la:

"Então que tal me dar o seu sobrenome? Quero ver se você está no orkut."

A ideia me pareceu absurda. Voltei a armar minhas trincheiras. Ainda não concebia a ideia de ela entrar na minha página. O que significava entrar literalmente na minha vida. Lá estava todo o meu mundo. Meu castelo, minha história. Filha, ex mulher, amigos do trabalho e da faculdade, os leitores que me escreviam. Além do mais, havia informações que me localizavam no mundo: a faculdade que fazia, a empresa em que trabalhava. Pedi desculpas e disse que aquilo era complicado.

Talvez minha resposta tenha sido rude. Ainda não estabelecera com ela uma relação imune às sinceridades indelicadas. Estava muito próximo disso, mas naquele instante meu instinto de autodefesa ainda falava mais alto.

"Por quê?", ela perguntou, e senti uma ponta de mágoa em suas palavras.

"Vamos trocar e-mails primeiro. Termine aquele que você começou".

Não queria revelar o que me preocupava. Se bem que eu já deixara claro o quanto aquela aproximação me assustava. Uma aproximação que se tornava tentadora a cada frase digitada.

Mais uma vez foi ela quem quebrou o protocolo:

"Está certo. Então entre você na minha página. Procure Lívia Sousa Medeiros".

Naquele instante, experimentei algo parecido com vergonha, como se ela tivesse levantado um véu e revelado a minha covardia. Mas se dissesse que também sentira uma espécie de vertigem, não estaria mentindo. Ela completou sua mensagem dizendo que eu não precisava dizer o meu nome, mas fazia questão de que eu soubesse o dela. E que soubesse mais sobre ela.

A sensação de vertigem crescia dentro de mim. A coisa assumia uma seriedade que eu não imaginaria numa noite que iniciara tão funesta.

"Não me sinto no direito de entrar na sua página", digitei. E no ato me senti patético escrevendo aquilo. Era quase uma aceitação da minha parte. Uma rendição à sua estratégia.

"Então dê o seu nome completo que você terá esse direito."

Levei alguns segundos para me convencer. Na verdade, já estava convencido.

"Tudo bem", escrevi, fazendo outra pausa. Eu devia assumir que ela fora mais ousada do que eu. "Meu nome é Samuel Aleixo."

Ela percebeu minha hesitação, enquanto eu engolia minha dignidade por ter cedido de novo mais facilmente do que imaginara. Em seguida ela disse que ia procurar meu nome. E pediu-me que procurasse o dela. Quis saber se eu anotara seu nome completo. Escrevi que sim. Na verdade, não anotara. E tive de voltar algumas telas para relembrá-lo.

Como era previsto, ela entrou antes de mim no orkut. Logo voltava para o msn para dizer que havia dois Samuel Aleixo lá.

"Qual deles é você?"

"O de 41 anos, que ainda consta como casado."

Quando o orkut abriu, digitei "Lívia Medeiros" apenas. Achei que com isso fosse ganhar tempo. Apareceram cinco Lívias Medeiros. Na pressa de vê-la, nem percebi que uma delas era a Sousa Medeiros. Voltei para o msn e escrevi que havia cinco Lívias Medeiros lá.

Das cinco Lívias que apareceram, três me agradaram à primeira vista. Das três de que gostara, duas eram morenas claras, ostentavam um belo sorriso, olhar expressivo e as fotos tinham quase o mesmo ângulo frontal. Lembravam atrizes da tevê que aparecem de repente na novela das sete e dali a pouco viram a musa do verão. A terceira era uma moça que pusera uma foto de perfil, olhava para a câmera de modo enigmático, numa mescla de introspecção e mistério, e parecia ter o rosto coberto por uma máscara branca impregnada na pele. Achei-a bonita. Mas de uma beleza misteriosa, diferente das outras. Silêncios profundos ecoavam do seu olhar.

Não sei por quê, associei a figura dessa Lívia à imagem de gente do teatro. Como se a moça que ali estava houvesse acabado de sair de uma encenação e tivesse tirado a foto do camarim. Até a iluminação sugeria isso. Havia um halo de cinema *noir*, de neoexpressionismo alemão na imagem. Ela não ficaria bem fazendo a novela das sete, mas eu podia imaginá-la num filme de Fritz Lang.

"Digite o nome completo", ela pediu.

Fiz o que ela pedira. Dessa vez apareceu somente uma Lívia: a imagem *noir* do rosto com máscara.

Li em algum lugar que a paixão é feito um *flash* que nos atinge de maneira contundente e absoluta e altera nossos átomos, nossa psique e nossa temperatura corporal, provocando combustão imediata. Mas também pode ser um processo lento, que vai depositando camada após camada de pequenas descobertas até chegar ao momento em que nos damos conta de que já não podemos viver sem a outra pessoa.

Eu não tinha um termômetro ali para medir minha temperatura. Só sabia que a sensação de vertigem atingira o ápice em segundos. Se houve o processo lento, ele ocorreu naquelas duas horas em que teclamos – o *puzzle* sendo montado. Tudo concorreu para que me sentisse fulminado pela paixão assim que bati os olhos naquela foto, agora sabendo que era dela. Uma peça importante do *puzzle* fora colocada. Uma peça reveladora.

Também ela, depois de ter entrado na minha página, voltou a falar comigo já contaminada pela paixão. Perguntou se eu era aquele da foto. Eu confirmei.

“Nossa!”, ela escreveu.

“Que foi?”

“Você usa óculos e tem sobrancelhas grossas!”

Perguntei o que tinha isso.

“Nada”, ela respondeu.

Tudo se passou em dois ou três minutos. Foi o tempo de que precisamos para vasculhar a página do outro. Olhar os amigos, o álbum, as comunidades, os recados, enfim, a vida paralela que as pessoas vivem no orkut. Olhada diagonal, pois a agitação que nos tomava fazia com que não nos detêssemos em nada demoradamente. Uma forma pós-moderna de se apaixonar. Mas não menos intensa.

Era 1h 25min da manhã do dia 1º de outubro. Na minha mente vinha a imagem de todas as minhas barreiras no chão. Minha cidadela fora invadida por aquela paixão arrebatadora. De onde saíra aquela garota, eu não saberia dizer. Nem queria. A última peça do *puzzle* fora colocada. A imagem que se formara era a de nossas almas nuas, expostas para o outro. Entráramos em comunhão.

4

Foi uma madrugada repleta de epifanias. Pela janela eu olhava os apartamentos com suas meias-luzes. Corpos que se deslocavam de um cômodo a outro, um micro ligado sobre uma escrivaninha, uma tevê sintonizada num filme qualquer, uma biblioteca na penumbra de um cômodo desolado, um violão encostado na porta de uma varanda. Lá embaixo dois rapazes subiam a rua conversando num tom de voz tão alto que eu podia acompanhar o diálogo onze andares acima. Falavam da festa a que haviam ido e gargalhavam. Para eles, aquele era um fim de noite como outro qualquer. Para mim, um dos momentos mais cintilantes da minha existência.

Eu estava surpreso com o rumo dos acontecimentos. Desde a ida ao neurologista, o pensamento pessimista na rua, o abatimento e o desânimo ao sair do trabalho, a chegada melancólica ao apartamento, o cochilo que nada mais era do que sintoma de depressão, a entrada casual na internet, o aleatório de tudo.

Ainda naquela madrugada alteramos nossos perfis no orkut. Eu deixava de constar como "casado"; ela deixava de aparecer como "solteira". A partir daquele instante estávamos "namorando". Ambos haviam saído do limbo em que se encontravam e passado para uma dimensão de irrealidade.

Iniciamos ali a trilha de descobertas mútuas, que talvez seja o melhor momento de uma relação amorosa. Descoberta das pequenas coisas, as músicas preferidas, o time do coração, filmes que nos marcaram, nossos medos, obsessões, as pequenas idiossincrasias. Quiséramos dizer aquelas palavras pessoalmente. Por enquanto só podíamos escrever. Ela me passou seu número, mas por receio de que o telefone quebrasse aquele encanto, acertamos que eu ligaria assim que acordássemos, pela manhã.

De vez em quando ficávamos alguns segundos sem digitar nada, pensando no significado do que vivíamos, no espanto diante do acaso daquele encontro. Podíamos embaralhar o *puzzle* agora. Havíamos cravado uma bandeira no território um do outro. Um sentimento resignado e prazeroso de pertencimento nos tomava. Éramos já completos e definidos dentro de nós.

Voltei a pensar na idade de Lívia. Seria estranho aparecer na minha roda social com uma garota de dezoito anos a tiracolo. Sabia das críticas que viriam. Por despeito ou moralismo, muitas pessoas achariam ridícula a situação. Por um momento considerei o dilema: virar as costas para aquela paixão, temendo a opinião das pessoas, ou vivê-la intensamente? De pronto descartei a primeira hipótese. A opinião das pessoas viria sempre contagiada por seus recalques. Desde que não infringisse a lei ou forçasse uma situação, não haveria por que me sentir culpado.

A lei. Embora houvesse saído de casa e a separação fosse um consenso entre mim e Romena, oficialmente eu ainda era casado. Era cedo para pensar nisso, mas fiquei de verificar qual era a minha situação jurídica diante dos fatos. Preocupou-me a distância a que nos encontrávamos. Ela afirmara que Novaes ficava a 300 quilômetros de São Paulo. Era uma distância considerável. Mas eu estava num estado de êxtase tão pleno, que deixei para pensar nisso depois também. Nada parecia um problema grave diante do que vivíamos. Havíamos nos encontrado no caos do mundo, essa era a notícia mais importante naquele momento.

Aquela paixão era o que faltava para que eu passasse a relativizar todas as coisas. Eu vivia um momento de crise em relação a tudo em que acreditara até então. Passara a vida me alicerçando em crenças que agora deixavam entrever sua essência ingênua e falsa. Principalmente crenças ideológicas, nas quais grande parte da minha geração consciente havia acreditado. Minha ojeriza pela mesquinhez da política aglutinava-se em nódulos malignos no meu espírito, como um câncer em estado avançado.

Por conta desses conflitos, de repente começara a enxergar naquela paixão um novo paradigma para os próximos anos da minha existência. Mesmo que o namoro terminasse um dia – e era óbvio que ele poderia perder o viço inicial –, tinha certeza de que, como escrevera o poeta, teria sido eterno enquanto durasse. Eram pressupostos influenciados pela vertigem que me tomava naquelas poucas horas de conversa virtual com Lívia. Mas não era um pensamento destituído de realidade. Eu devia dar algum crédito à minha maturidade. Um grande amor, a certa altura da vida, podia ser um sopro de entusiasmo diante das crenças perdidas.

Outra preocupação latente na qual procurei não pensar por ora era o fato de ser hiv positivo. Ao não informar Lívia sobre a minha soropositividade, estava sendo irresponsável com ela. Mas estava sendo irresponsável comigo também. E, em ambos os casos, no fundo, pelo mesmo motivo.

Não me parecia correto deixá-la se apegar a mim sem que ela tivesse essa informação crucial. Ao mesmo tempo, eu poderia estar colocando antes do tempo um problema que talvez não tivesse a dimensão fatalista que eu imaginava. O fato de ainda não ter tocado no assunto significava que eu percebera nela alguma chance de o hiv não fazer diferença na relação. Ela se mostrara diferenciada, imune a certos tabus da sociedade. Não seria impensável que compreendesse o meu problema.

Mas também não descartava a hipótese de toda aquela história capitular diante do estigma que cercava a Aids. Em todo caso, já havia decidido contar sobre a síndrome naquele mesmo dia, assim que retomássemos a conversa pela manhã. Se houvesse uma reação negativa, eu teria apenas algumas horas de paixão para extirpar da memória, ainda que aquela paixão já houvesse se arraigado no meu ser como o hiv no meu sangue.

Comigo, estava sendo irresponsável pelo risco que corria de ser rejeitado. Um risco que correria em qualquer situação desse tipo, exceto se procurasse um relacionamento em grupos específicos de soropositivos. Uma rejeição poderia afetar de modo irreversível o meu sistema imunológico. Eu já andava sensível por causa da separação. Morar sozinho alterara a química dos meus neurônios. O diagnóstico médico havia me prostrado na sexta-feira. Uma rejeição, àquela altura, teria um efeito devastador sobre o meu estado emocional.

Contudo, pelo que conhecera de Lívia até ali, desconfiava que o hiv não influenciaria seus sentimentos. Não era apenas desconfiança:

era uma certeza. Havíamos rompido algum limite que me credenciava àquele pensamento. Algum limite após o qual o caminho de volta se tornava impossível. Nos imbuíramos de convicções absolutas. A principal delas, a de que havíamos encontrado uma pessoa singular em nossas vidas. Tínhamos consciência do perigo em assumir pensamentos como esse. Ainda mal nos conhecíamos. E uma sombra de imponderáveis por certo haveria de nos perscrutar. Mas falávamos pelo código da alma, cuja primeira cláusula reza que se deve ignorar a razão. Senão, onde estaria a graça de se apaixonar?

Mas se o meu imponderável era o hiv, Lívia também tinha o seu impoderável. E, não fugindo do seu estilo deliberado, revelou-o ainda naquela madrugada, antes que o cansaço lhe tirasse a coragem e a inspiração.

"Promete que não vai ficar chateado?"

Não gostei daquela fala, mas queria saber logo o que era:

"Prometo".

Demorou alguns segundos para digitar. Segundos nos quais um *flash-back* rodou na minha cabeça. Meus namoros da adolescência foram repletos dessas revelações, que mudavam tudo de uma hora para outra. Temi por algo irreversível. Uma gravidez, talvez. Ou um filho. Mas ela dissera ser virgem... Minha mente se turvou.

"Eu menti pra você sobre a minha idade", ela foi logo dizendo.

Ao ler aquilo, uma corrente elétrica percorreu meu corpo. Se era sobre a idade, devia ser uma diferença para mais. Que importava? Já tinha visto sua foto no orkut. Gostara do que vira. Alguns anos a mais não fariam diferença àquela altura.

"Mentiu?", digitei, apenas para que ela prosseguisse.

Então ela escreveu algo que me fulminou como um disparo à queima-roupa:

"Menti. Eu não tenho 18 anos. Tenho 16".

Ela intuiu meu sobressalto e pediu que não me assustasse. Não era o que eu estava pensando.

"Não estou pensando nada", digitei. "Pelo menos nada de mau a seu respeito".

"Nem deveria", ela se pôs na defensiva. "Apenas gosto de homens mais maduros. Que mal tem isso?"

"Por favor, não estou te recriminando..."

"É que já estou acostumada com o que as pessoas falam. As pessoas só falam merda".

Era a primeira vez que ela usava um termo chulo. Seu discurso agora afetava insegurança.

"Não ligue para as pessoas. Eu também sou alvo de comentários".

"Você? Por quê?"

Por pouco não falei do hiv, mas me contive a tempo.

"Um dia te conto".

"Desculpe ter mentido sobre a idade".

"Tudo bem".

"Muda alguma coisa pra você?"

"Não, não muda nada".

Na verdade mudava, eu só não sabia dizer o quê.

Esperei que ela digitasse alguma coisa. A revelação da sua idade causara um embaraço entre nós.

Como ela não escrevia nada, resolvi sair do assunto "idade". Disse-lhe que tinha dado uma olhada nas suas comunidades no orkut.

"Você é mesmo diferente. Achei engraçada uma comunidade que vi lá, 'Eu amo os baixinhos' ".

"É que eu sou um pouco altinha", ela explicou.

Preparando-me para outra surpresa, quis saber sua altura:

"1,75m, e você?"

"1,69m", escrevi, constrangido. Ela não perdoou:

"Ha ha, vai ter que usar banquinho pra me beijar".

Houve outra interrupção na conversa. Um esperando que o outro digitasse. Pelo que escreveu em seguida, deduzi que ela aproveitou aqueles segundos para vasculhar minhas comunidades também.

"Você não me contou que tem fetiche por pés femininos..."

"Tenho... Que número você calça?"

"39."

Esperava um número menor, mas não escrevi nada. Os pés eram a primeira coisa que observava numa mulher. Se não fossem bem feitos, o conjunto da obra estaria comprometido. Um preconceito, talvez. Talvez, não. Um preconceito.

"Que foi, achou grandes?"

"Não, estão de acordo com a sua altura", respondi, diplomático. "A Uma Turman calça 41. Ela é altona também".

"Os pés dela são bonitos?"

"Lindos. Mas ela não acha".
"Eu também não acho os meus pés bonitos."
"Vou conferir."

Um turbilhão de sentimentos se agitou dentro de mim com a revelação da sua idade. Depois lembrei que aquela era exatamente a idade da minha filha. Como pudera se mostrar tão madura tendo apenas dezesseis anos? E seu texto, como podia ser tão redondo para uma menina daquela idade? E seus pais, o que diriam? Permitiriam o namoro com um homem tão mais velho? A expressão "menor de idade" ainda não formara um sentido ameaçador para mim.

Eu passava à indagação seguinte, sobre as consequências daquela noite. Será que para ela tudo não passara de uma fantasia de adolescente, e a seriedade com que eu me entregara não fizesse parte dessa fantasia? Então lembrei que ela se mostrara no orkut. Alguém que buscava apenas se divertir não iria se expor daquela maneira. No meu embaraço, cheguei a suspeitar de que sua página pudesse ser uma ficção criada por ela. Uma página *fake*. Mas era improvável. Havia a sua página de amigos e vários recados recentes. E aquelas pessoas existiam. Ou não existiam?

Uma vez mais voltei a olhar sua página, que permanecera aberta no fundo da tela. Não cansava de contemplar sua foto. Entrei no álbum. Havia ali fotos que a mostravam em poses diferentes da foto noir. Depois olhei de novo seus amigos, suas comunidades. Entre os amigos, gente jovem, homens, mulheres, pessoas fazendo caras e bocas, a variedade que se costuma encontrar no orkut. Todos trocando recados com datas daquele dia e dos anteriores. Seria insano pensar que ela forjara tudo aquilo.

Entre as suas comunidades, uma logo me chamou a atenção: "Eu gosto de homens mais velhos", com a foto do ator Richard Gere. Aquilo explicava alguma coisa. Fui olhando outras: "Eu gosto de sobrancelhas grossas", "Desculpe, eu sou inteligente", "Eu amo Novaes", "Eu tenho olhos verdes". Não havia dúvida – e era uma heresia dizer isso àquela altura – que ela era alguém de carne e osso.

Gostei de saber somente agora que ela era loira e tinha olhos verdes. Pela foto do orkut, esses detalhes não eram tão perceptíveis. Normalmente são características que as mulheres gostam de ostentar e os homens valorizam ao extremo num país preconceituoso como o Brasil.

Achei honesto que ela não tivesse ressaltado esses aspectos durante a conversa. E voltei a lembrar o que pensara quando ela confessou ser virgem. Definitivamente aquilo não fora um apelo de sedução.

A revelação da sua verdadeira idade me encheu de apreensão. Comecei a imaginar as vozes que não tardariam a me chamar de pedófilo. De um certo modo, não lhes tirava a razão. Dezesseis anos era uma idade muito precoce e a pedofilia, um problema real, mais comum do que se imaginava. Por outro lado, procurei me isentar de culpas lembrando a mim mesmo que não fora atrás de uma garota daquela idade. E que relutara em ceder ao seu assédio. Meu impulso não fora compulsivo. Mas sabia que esses argumentos de nada adiantariam contra os meus detratores. O fato puro e simples era que eu tinha 41 anos e ela dezesseis. Aos olhos da sociedade, uma relação indecorosa. Em todo caso, estava disposto a vivê-la. Não vivê-la seria aceitar que estivesse morto, como presumira na sexta-feira, e submeter-me à opinião quase sempre ressentida das pessoas.

Só devia tomar cuidado para não adotar uma conduta que inconscientemente fosse conveniente aos meus instintos eróticos. Era uma fronteira de balizas tênues e traiçoeiras. Assim como ficara de pesquisar sobre o que dizia a lei sobre o fato de ainda ser casado, prometi a mim mesmo averiguar o que dizia a lei sobre pedofilia. Averiguar na verdade o que era de fato a pedofilia. Eu podia estar usando, sem me dar conta, os mesmos métodos de um pedófilo.

Voltei a pensar no fato de ela ser virgem. O que aquilo significava no contexto da minha vida? O fato me era tão inusitado que não sabia o que pensar. Só intuí que preservar a virgindade devia ser algo sagrado para ela. E então compreendi, num vislumbre, que se tudo corresse como idealizávamos, eu seria o primeiro homem da sua vida. Era um pensamento que me deixava confuso. Tudo ainda era muito recente.

Um clarão de repente me iluminou: o de que, a despeito da idade precoce, desde o início ela sabia o que queria. E que conduzira o diálogo para os seus propósitos de conhecer um homem que, além de maduro, lhe agradasse. Aquela conversa de que estava ali por mero acaso não era bem verdade. Desde o começo ela detectara que tipo de homem eu era – se não o tipo ideal, um perfil muito próximo do que procurava.

Eram cinco horas da manhã. Resolvemos dormir. Estávamos cansados, espantados, encantados e felizes. Olhei pela janela. Havia um silêncio fúnebre lá fora. Higienópolis era um cemitério de enormes túmulos opacos. A cidade, uma larga faixa hachurada que tremeluzia no horizonte. Essa era a impressão que me sugeria o campo de visão do décimo primeiro andar, onde me encontrava.

Ao longe, apenas um ou outro apartamento resistia com a luz acesa. Para quem olhasse de fora, o meu quarto, com sua meia-luz que vinha do abajur triangular, seria um desses pontos melancólicos na madrugada silente e fria. Mal sabia, esse observador imaginário, que ali estava um homem que acabara de descobrir uma paixão tardia em sua vida.

Na solidão daquele quarto, um ponto perdido na cidade de São Paulo, um coração pulsava por uma garota de Novaes. E, tinha certeza, em Novaes, naquele instante, uma garota estava deitada em sua cama olhando sonhadoramente para o teto, não querendo se despedir da madrugada em que conhecera o homem da sua vida.

5

Acordei com espadas de luz sobre o rosto. Eu deixara as persianas suspensas e a sensação de calor invadia meu sono agora. Pelo ângulo dos raios solares, calculei que seriam nove da manhã. Ou dez. Assim que retomei a consciência, a primeira coisa que me ocorreu foi ligar o micro. Minha preocupação era de que tudo não tivesse passado de uma alucinação noturna.

Não sabia há quanto tempo o sol estivera fritando meu rosto. Temi que a sensação de calor tivesse produzido uma reação química e gerado aquele efeito de sonho no meu subconsciente. Ao entrar no orkut, porém, lá estava o *scrap* que ela me enviara. E, em sua página, a mensagem que eu havia lhe mandado.

Voltei a olhar sua foto. Sim, ela existia. O impulso de vida que inflava meus pulmões era tão real quanto o chão cuja concretude eu podia comprovar com o toque dos pés descalços sobre ele. Aproveitei para enviar outra mensagem:

> *Às vezes tenho surtos de Gregor Sansa, o personagem de Franz Kafka que um dia acordou e se viu transformado num inseto. Quem sabe tudo o que vivemos ontem não tenha sido um sonho? Mas sua foto está aqui, na minha frente... Sinceridade, nesse momento nem quero saber. O que importa foi como tudo aconteceu. A aleatoriedade do encontro, a desconfiança inicial, os medos, as dúvidas, as gradativas descobertas, a emoção, a epifania, a magia.*

Como quem veste a roupa que despira antes de se deitar, eu retomava o sentimento de plenitude. Era uma nostalgia ainda fresca na memória, que injetava um otimismo pulsante nas moléculas do meu corpo. O sangue fluía regular. Respirar, agora, ganhara uma cadência diferente. Cada pensamento passava pelo prisma daquela paixão correspondida.

Deixei-me ficar na cama saboreando as lembranças, das quais me tornara refém. O sol, naquele horário da manhã, tomava todo o quarto com uma intensidade infernal. Providencialmente desci as persianas. Rememorar tudo, agora, era voltar a assistir a um filme de que gostara. A lembrança era tão viva, os sentimentos tão acesos, que eu podia imaginar uma trilha sonora ao fundo. Veio-me à mente Urge Overkill cantando "*Girl, you'll be a woman soon*". E pela primeira vez prestei atenção à tradução do título daquela canção: "Garota, logo você será uma mulher".

Ainda não me sentia à vontade com a ideia de estar apaixonado novamente. Nem com a de ser correspondido, um sentimento muito próximo da sensação de não ser merecedor de tudo aquilo. Menos ainda com a ideia de que o objeto daquela paixão fosse uma garota de dezesseis anos. Dezesseis anos! Não cansava de pensar naquela idade, como se procurasse um sentido além do que ela representava.

Levantei por volta de dez horas. Havia sobriedade nos meus gestos. Meus passos se deslocavam regulares. Do banho tomado à escolha da roupa, tudo era realizado segundo um ritual de paciência e bem-estar infinitos. Minha alma se embebera de algo soberano e completo.

Depois do banho, saí e caminhei até o café. O pequeno trajeto fora cumprido sem pressa. A brisa da manhã acariciava meu rosto. Precipitei-me ao sabor de um torvelinho de pensamentos ociosos e serenos. Um videoclipe rodava na minha cabeça. Eu o editava ao meu bel-prazer, com as lembranças da madrugada.

Aquele era um trecho do bairro que me agradava, com seus apartamentos de alto padrão e seus casarões de estilo *art-nouveau*. Higienópolis todo era assim, um permanente alto astral. Gostava de observar as árvores que emergiam das calçadas e dos jardins dos prédios, adivinhar seus nomes. Aqui uma tamareira, ali uma tipuana, mais adiante uma sapucaia. As quaresmeiras me inspiravam. Os ipês me alentavam. Os plátanos me faziam parar, numa contemplação embevecida diante da sua reza discreta com o murmúrio do vento. Era primavera e muitas dessas árvores estavam floridas. Passar ali todos os dias, a caminho do trabalho, era um itinerário que cumpria com um prazer único, só compreensível para quem tinha um espírito eminentemente urbano.

Logo estava de volta ao quarto. O desassossego prazeroso permanecia em mim como um *hamster* em sua gaiola e me impelia à ação, qualquer que fosse. Lancei um olhar de gratidão para o espaço do cômodo, a cápsula protetora a partir da qual olhava o mundo e me protegia dele. Aquele pequeno quadrilátero perdido no universo da cidade era o espaço que eu idealizara para quando saísse de casa. Livros, revistas, o computador num canto, os armários embutidos com portas creme, as paredes de um ocre repousante, nuas, sem nenhum adereço – o clima *cool*, calculadamente desolado. Era o truque para segurar a barra da separação. Nas gavetas da cômoda, ocultas como segredos, as poucas roupas que trouxera na saída. Sentia-me num *flat*. Um hóspede. Um escritor proscrito. Um correspondente estrangeiro de mim mesmo.

Pensei em organizar os livros e as revistas, que se achavam empilhados no chão. Era um trabalho que sempre me dava prazer, mas incompatível com aquele momento. Organizar as revistas me remeteria à lembrança do tcc. E eu não queria pensar no projeto naquele dia.

O corolário daquele estado mental foi decidir que chegara a hora de conversar com Lívia por telefone, ouvir sua voz. Peguei o bloco onde anotara o número que ela me passara. Lá estavam os algarismos, em tinta preta, na letra tensa com que os registrara. Por muito tempo olhei aqueles números, na tentativa de extrair deles a nostalgia da tensão com que os anotara.

Pela primeira vez, desde que a conhecera, flagrei-me tentando adivinhar como seria seu mundo. Imaginei-a numa casa de classe média, com uma sala espaçosa, uma varanda ensolarada, as janelas enormes descortinando um trecho da rua. E em seu interior ela se deixando estar num confortável sofá, pensando em tudo o que vivêramos na madrugada. Ou senão, sentada à beira da piscina. Ela devia estar tomada do mesmo estado de encantamento que eu. Achei quase impossível que já não estivesse de pé.

Hesitei um instante antes de ligar. Ela tinha dito que sua voz era de criança. E que eu não iria gostar de ouvi-la. Cogitei se não seria uma voz igual à da minha filha. Até então eu não aproximara Lívia e Briza mentalmente. Talvez porque, de fato, fossem relações bem diferentes. Mas podia ser que, ao ouvir a voz de Lívia, a imagem das duas se fundisse. Era um pensamento que me embaraçava. Até ali soubera separar o sentimento que me unia a Lívia do que me ligava a Briza.

Ainda não parara para refletir sobre a nova situação. Pai e namorado de garotas de dezesseis anos. Não, eu precisava de um tempo para me acostumar.

Para delimitar as diferenças entre as duas, recolhi na memória os retalhos de lembranças do dia em que Briza nascera. Naquele dia, Lívia tinha apenas três meses de idade.

Eu gostava de fixar minhas recordações naquele julho de 1989. Quando Romena ficou grávida, não quiséramos saber de antemão o sexo da criança. Deixamos a surpresa nos brindar com aquele detalhe no dia do parto. Naturalmente nos inclinávamos a achar que fosse um menino. Uma gravação em vídeo, numa festa familiar, registrara alguém chamando o bebê, ainda na barriga, por um nome masculino.

Na manhã em que ouvi o vagido de Briza no corredor do hospital, não me esqueço da expressão da enfermeira se adiantando e dizendo, antes de levantar o xale, que se tratava de uma menina. Para mim, foi como se um sol perene e colorido tivesse nascido naquele instante, embora fora do hospital desabasse uma chuva torrencial. Mais do que Briza me pertencer, eu pertenceria a ela por toda a eternidade.

Briza foi a primeira neta na família de Romena e a primeira da minha família – meu irmão já tinha um menino. Cresceu cercada do carinho de um enxame de tios e tias. Os anos do seu crescimento me vêm tão voláteis na memória que nem parecem ter sido vividos intensamente em meio a demorados passeios pelo bairro, entre histórias contadas nos fins de noite ou entre filmes e desenhos assistidos no velho videocassete que havia em casa.

Agora, dezesseis anos depois, estava naquele quarto em Higienópolis, tomado de paixão por uma garota que, no dia em que Briza nasceu, ainda era um bebê de colo. Experimentei de repente um sentimento de solidariedade pelos pais de Lívia ao pensar que, pelo fato de as duas meninas serem da mesma idade, eles acompanharam as várias etapas do crescimento de Lívia nos mesmos períodos em que Romena e eu vivêramos o desenvolvimento de Briza: o momento de largar a chupeta; a entrada na escolinha, com o fatídico primeiro dia longe dos pais; as festinhas escolares; os presentes de Natal; os programas de televisão; as festas de aniversário; as primeiras lições no caderno; o início da puberdade. Eu agora era namorado de uma garota que, não obstante o fato de nos tratarmos como homem e mulher, no fundo tinha as mesmas expectativas diante do mundo e as mesmas inseguranças que a minha filha.

Disquei o número que ela me passara, temendo que outra pessoa atendesse. Seguiram-se três toques prolongados. Esperei, com o olhar absorto nos prédios lá fora. Antes que o quarto toque se iniciasse, uma voz ofegante atendeu, como se a pessoa tivesse corrido. Eu podia ouvir a respiração descontrolada de alguém dizendo "*alô*". Um "*alô*" solto numa golfada, quase como se cuspisse o coração.

Na hora intuí que era ela. A voz abafada pelo nervosismo, a respiração difícil, o timbre de menina denunciando a adolescente.

– Samuel?

– Sim – ao responder com um monossílabo, eu transferia para ela a responsabilidade de dizer alguma frase mais extensa.

– Nossa, estou tremendo aqui.

Não deixei de notar o acentuado sotaque do interior.

– Também estou nervoso... – quis imprimir um tom mais definido à voz, mas ela saía abafada.

– Nossa!... – ela voltou a dizer, em outra golfada.

Ficamos por alguns segundos naquela tautologia estéril, comunicando-nos pelo significado simbólico da nossa respiração ofegante.

– Gostei da sua voz – eu disse, não demonstrando que de fato achara sua voz de criança.

– Ah, minha voz é horrível – o sotaque roubava a cena, deixando o timbre infantil em segundo plano. Tudo combinado, porém, formava um conjunto sonoro que me agradava.

– Que nada – atenuei. – A minha é que é.

Logo entrávamos na mesma atmosfera do msn de perguntar o que já sabíamos pelo simples prazer de responder.

– Como você está?

Em seu estilo hiperbólico, ela disse que a noite anterior fora a melhor noite da sua vida. Respondi-lhe que tinha sido uma das mais felizes da minha também.

– Faz tempo que você acordou? – aos poucos sua voz recobrava a normalidade.

– Acordei cedo, mas fiquei um tempo na cama – eu disse.

– Eu também. Só levantei para ligar o micro. Fiquei com medo de ter sonhado.

Revelei-lhe que tivera o mesmo medo.

– Pois é... não foi um sonho – ela falou, sem disfarçar a satisfação.

– A não ser que a gente ainda esteja no sonho.

Ela soltou um riso abafado, que produziu um ruído áspero pela proximidade do fone.

– Não é sonho, não. Estou vendo a Maria Luísa aqui na sala.

– Quem é Maria Luísa?

– Minha irmã mais nova, a Malu.

Era o início de mais uma sessão de pequenas descobertas. Quando percebemos, uma hora havia se passado. Ali eu ainda não me preocupava com a conta telefônica. Nos meses seguintes, este se tornaria um aspecto trágico da minha relação com Lívia. Naquele momento, o que nos preocupava era conhecermo-nos devagar e urgentemente, como diziam os versos de uma canção do Chico Buarque. A mim, a única preocupação que realmente pesava, e que bruxuleava como um fantasma em algum porão da minha mente, era a obrigação de revelar a ela sobre o hiv.

Com o rumo descontraído que a conversa tomara, logo compreendi que não seria por telefone que iria revelar minha condição de soropositivo. A ideia de abrir o jogo no msn começou a ganhar sentido. Pelo menos não haveria as modulações de voz, que o telefone escancarava. Por outro lado, eu perderia o dinamismo de uma réplica imediata, caso ela se assustasse com a notícia.

Minha mente se perdeu nessas elucubrações enquanto saboreávamos as descobertas. Que para mim já não eram tão saborosas assim, sabendo da obrigação de lhe dar a notícia fatal. Por mais que aquele fantasma inserisse meu espírito no domínio das sombras, estava certo de que não passaria daquele dia, por telefone ou pelo msn.

– Você faz o que como editor? – ela perguntou, do nada.

– Edito – gracejei.

– Seu bobo, isso eu sei. Que tipo de livro você edita?

– Trabalho com filosofia, sociologia e arte. Mas já editei português, história, geografia...

– Tenho que tomar cuidado com a linguagem então.

– Não se preocupe. Fora do meu trabalho não ligo para a linguagem.

– Você pode me corrigir quando eu errar.

– Detesto fazer isso. Além do quê, você escreve bem, já disse. E você, já sabe em qual área da medicina quer atuar?

– Geriatria.

– Por que geriatria?

– Por causa da minha bisavó. Eu a perdi quando tinha treze anos. Fiquei frustrada por não ter podido fazer nada.

Ela parecia ter resposta pronta para tudo.

– É um motivo nobre.

– Mas já pensei em fazer pediatria.

– Tem algum motivo também? Quer dizer, algum motivo como o da geriatria?

– Tem. A Malu esteve desenganada pelos médicos quando era bebê. Uma equipe de pediatria a salvou da morte.

– É, vejo que, pra você, tudo tem um sentido.

– E tem mesmo. Um dia você vai ver que, embora nosso encontro tenha sido casual, existe um sentido pra tudo isso que está acontecendo. Não vejo você como um acaso, mas como alguém que eu procurava há muito tempo.

– Isso me deixa mais tranquilo.

– Nada é por acaso. Um dia você vai saber o quanto eu esperei por você.

Era quase inverossímil ouvir um discurso como aquele de uma garota de dezesseis anos. Mas era Lívia quem o proferia.

Despedimo-nos com a promessa de conversarmos à tarde no msn. Ela tinha de ajudar a mãe nos afazeres da casa; eu, de me organizar para retomar o projeto. Meu prazo, 21 de outubro, se aproximava. Eu tinha apenas vinte dias. Mas ia ser difícil elaborar alguma coisa naquele fim de semana. Decidi me liberar de qualquer atividade no sábado para resolver de vez a questão do hiv. Fosse qual fosse a reação de Lívia, decidi que só retomaria o projeto no dia seguinte.

À tarde, saí para caminhar. Quando vi, estava em frente a uma lan house na Avenida São João. Era um trecho não muito seguro da cidade, próximo da Boca do Lixo e da Cracolândia. No momento em que me vi em frente à lan, veio-me a ideia de entrar e fazer um novo contato com Lívia. De repente achei que ali encontraria o clima para contar sobre a minha condição.

"Oi, meu amor", ela digitou, assim que entrei no msn.

"Tudo bem?", devolvi, ainda procurando a melhor posição na cadeira. "Estou numa lan".

"E eu, estudando biologia. Tenho quatorze provas no sábado que vem", ela escreveu, não disfarçando o exibicionismo cdf.

"Quatorze?"

Eu tergiversava o quanto podia, esperando o melhor momento para entrar no assunto. Podia estar a minutos de ver aquela relação mudar de status diante da revelação que tinha para fazer. Já não admitia pensar minha vida com base na situação anterior àquele encontro. Minha rotina antes de conhecer Lívia parecia agora um tempo remoto, perdido nos escaninhos da memória. Em menos de vinte e quatro horas os fatos daquela outra vida haviam se tornado mitológicos para mim. Como se tivesse perdido a consciência por um tempo suficiente para que a estranheza se instaurasse entre o meu presente e aquele passado distante. Eu havia me afastado do curso normal que idealizara para a minha vida de solteiro.

Mesmo o tcc perdera importância. Sabia que não podia abandonar o projeto àquela altura. Nem iria fazer isso. Era o que faltava para concluir o curso de jornalismo, um curso que conduzira com diligência, sem deixar uma matéria para trás. Mas agora, a um mês de terminá-lo, percebia que aquele ritual em torno do projeto de conclusão era uma bem camuflada farsa em que os alunos precisavam acreditar para que se sentissem finalmente formados. O fato de o meu orientador jamais ter lido o meu trabalho era uma prova inconteste desse embuste.

"Está o maior barulho aqui", digitei.

"Por que foi para a lan?"

"Queria sair um pouco do quarto. Às vezes preciso de gente por perto".

Achei que aquele era o momento:

"E também porque tenho uma coisa importante pra falar".

Senti que ela se alarmou:

"Que coisa?"

"Uma coisa que você precisa saber".

O silêncio que se instaurou era propício para aquela revelação.

"Pode falar".

Deixei passar alguns segundos.

"Poxa, é difícil começar".

Meus rodeios tinham um objetivo claro: sondar se ela desconfiava de alguma coisa. Não consegui captar nada, apenas criei nela a expectativa de algo ruim. E, afinal, por que ela iria desconfiar de que eu fosse hiv? Eu não tinha feito nenhuma menção ao assunto. Logo ficou claro para mim que eu não tinha opção. Teria de revelar aquilo na lata.

"É algo que pode atrapalhar o namoro?"

"Vai depender de você. Mas preciso ser sincero. Se você achar que isso pode ser um obstáculo, vou entender".

Não queria sobressaltá-la. Mas não encontrava a melhor palavra.

"Fala", ela escreveu, apreensiva.

Respirei fundo e digitei:

"É o seguinte: sou portador do vírus da Aids".

Mas hesitei alguns segundos antes de apertar a tecla Enter.

Se experimentei alguma vertigem naquele instante, foi um sentimento tão volátil quanto irreal. Não houve tempo para angústia. Imediatamente ela digitava de volta:

"Eu já sabia".

Aquilo era novo.

"Sabia?"

"Já tinha visto nas suas comunidades".

Não liguei uma coisa à outra.

"Tinha visto o quê?"

"A comunidade hiv".

"Mas isso não tem nada a ver".

Não tinha mesmo.

"Claro que tem".

Não, não tinha.

"Eu podia ser apenas uma pessoa solidária à causa", digitei, e achei meu comentário bastante plausível.

Ela demorou a escrever alguma coisa. Parecia meditar sobre o que eu escrevera:

"Você tem razão", escreveu por fim. "Não foi pelas comunidades que eu soube. Foi pelo Google".

De fato, minha vida recente estava no Google.

"Você pesquisou meu nome?"

"Pesquisei. Ontem mesmo".

"Ontem?"

Outra surpresa. E só então entendi que ela se referia às primeiras horas da madrugada.

"Quando você disse que não revelaria seu nome. Achei que você pudesse ser uma pessoa conhecida. Agora sei que você também é escritor.

"Não sou uma pessoa conhecida, apenas tenho quatro livros publicados. Por que me pesquisou no Google?"

"Não sei. Foi intuição. Talvez por você ser jornalista".

"Quer dizer que... você sabia do hiv antes de começarmos o namoro?"

"Sabia. Digitei seu nome no Google. O primeiro item que apareceu foi uma entrevista sua para um site falando do seu livro sobre a experiência com a Aids."

"E por que não disse nada?"

"Esperei que você dissesse".

Gostei daquela postura.

"Bom, estou dizendo agora. Dei um tempo para falar. Você sabe... não podia dizer isso logo de cara. Podia assustar você".

"Não se preocupe, não estou assustada. Fiquei feliz por você ter falado. Feliz e aliviada. E gostei de saber que você escreve".

Se não estava assustada, se estava feliz, era porque nada mudaria. Mas eu precisava ouvir aquilo. Ou melhor, ler. Agora era a minha vez de perguntar se mudava alguma coisa entre nós.

"Claro que não, bobo. Não muda nada. Se fosse um problema pra mim, nem teria continuado a conversa. Só devemos tomar cuidado".

Eu não poderia ouvir nada mais gratificante àquela altura da vida. Ela acabara de me conquistar por completo. Só temi que houvesse algo de comiseração em sua atitude. Não queria que ninguém ficasse comigo por compaixão. Mas aquele já era um capricho meu.

"Nem sei o que dizer. Pensei que não fôssemos passar de hoje. Fico contente por você pensar assim".

Ela mesma dirimiu minhas dúvidas, sua maturidade brotando a cada frase digitada:

"Não estou fazendo isso por caridade. Já amo muito você. Acho até que o fato de você ser hiv faz com que o ame ainda mais. Não sei explicar. Só sei que sinto isso".

Mais uma vez eu constatava que não conhecera uma pessoa qualquer. Quem sabe o fato de ela querer fazer medicina tivesse a ver com sua postura? Ou o de ela ser fã do Cazuza e do Renato Russo, os dois ícones do pop rock brasileiro que haviam morrido de Aids. Mas evitei procurar as razões por trás daquela atitude. Apenas acudiu-me à mente a célebre frase do filósofo Pascal: “O coração tem razões que a razão desconhece”.

Eu tinha menos de quinze minutos na lan. Poderia ter renovado o tempo. Preferi sair. Precisava andar mais um pouco. À noite voltaríamos a conversar pelo msn, mas antes eu queria ordenar meus pensamentos, que se agitavam como elétrons na órbita da minha mente.

Às vezes parava num farol e voltava a fita dos acontecimentos. As cores iam se alterando e eu me deixava ficar, tentando entender de onde havia saído aquela garota. Ainda não fazia 24 horas que a conhecera e era como se a conhecesse há anos. Contra todas as evidências e padrões de comportamento da sua geração, ela existia tal como se mostrara a mim desde o primeiro instante. Havia uma força extemporânea em seu modo de ser que a fazia digna de confiança. Uma chave segura que eu não tivera tempo ainda de decodificar, um motivo oculto que me colocava em seu caminho como alguém especial, mas que fugia ao meu entendimento. Ela vinha saciar a minha premência mais arraigada. Uma premência por cuja satisfação eu já havia desistido de lutar.

6

As páginas impressas do projeto permaneceram intactas sobre a mesa de cabeceira. Os recortes de jornal e as revistas culturais que comprara ao longo do ano também ficaram onde os colocara: no chão, ao lado dos livros. Estava aéreo demais para pensar no trabalho.

No domingo pela manhã, teclei no msn com Lívia. Mais uma sessão de pequenas descobertas. Em sua casa, todos já sabiam do namoro. Meu nome começava a soar familiar entre os Sousa Medeiros. Ela me disse que eu fora o assunto durante o café. Seu pai, Válter, tinha perguntado se eu jogava truco. Fiquei mudo quando ela me disse aquilo. E quando gracejou, advertindo que ele só permitiria o namoro se eu me sentasse à mesa para jogar com ele. Eu detestava truco. Aquela foi a primeira informação passada por Lívia que me deu uma vaga ideia de que, embora tivesse a mesma idade que eu, seu pai era bem diferente de mim.

Saí para uma refeição rápida e quando voltei ela estava *on-line* novamente. Voltamos a conversar, intercalando com incursões esporádicas ao orkut, onde trocávamos *scraps*. O orkut se convertera no nosso hábitat, o espaço onde nos deixávamos ver na nova condição de namorados.

À noite houve um momento em que todos, exceto o pai, ficaram em volta do computador olhando Lívia teclar comigo: a mãe Zilmar, o irmão Bruno com a namorada Vanessa, a irmã menor Maria Luísa. Aos poucos ela me apresentava sua família. E eu virava objeto de curiosidade.

Comecei a me sentir em casa, embora ainda experimentasse desconforto com a diferença de idade. Lívia procurou me deixar à vontade com a situação dizendo que a única coisa que eles queriam era vê-la feliz. Acreditei nisso. E aos poucos me convencia de que seria bem aceito no seio daquela família. Naquele dia, pela primeira vez me ocorreu a ideia de ir a Novaes.

Foi uma semana em que aproximamos nossas vidas. Tínhamos a vaga sensação de nos conhecermos há muito tempo e apenas lembrarmos coisas vividas. Seus *wincks* bem-humorados no msn começavam a fazer parte do meu dia a dia. A todo instante ela intercalava a carinha de raiva com a de risada. Também gostava dos *wincks* que mostravam o bonequinho pensativo ou chorando copiosamente. Com o tempo, ao imaginar o que ela pensaria sobre determinado assunto, vinham-me à mente aqueles *wincks*.

Outra lembrança daqueles primeiros dias foram os eternos minutos que eu demorava para entrar no msn. Chamávamos esses longos minutos de "a hora do parto". Quando finalmente eu entrava, já havia na tela, impacientes, duas ou três mensagens dela. Era hilário: embora ela soubesse da lentidão da minha máquina, as mensagens que digitava antes de eu realizar "o parto" davam a entender que me demorava de propósito: "cadê você?", "o que aconteceu?", "por que está demorando?".

A regularidade com que passamos a nos encontrar virtualmente foi me revelando uma das facetas do seu caráter: a pontualidade. Ela parecia ter uma obsessão por cumprir rigorosamente tudo o que prometia. E pedia desculpas inconsoláveis quando algo não saía dentro do planejado. Eu gostava daquilo. Gostava do respeito que ela demonstrava não só por mim, mas por qualquer compromisso que assumia. A palavra empenhada era algo inviolável para ela, um reflexo virtuoso que guardava uma forte relação com sua ideia de manter a virgindade.

Também notei que ela era adepta de procedimentos rotineiros no msn. Entrava quase sempre nos mesmos horários, teclava as mesmas mensagens e reagia da mesma maneira às coisas que eu escrevia. Aquilo parecia passar tranquilidade para ela. Se eu digitava algo que não estava no *script*, ela se sobressaltava. Como quando eu entrava e ela perguntava se estava tudo bem. O esperado era que eu respondesse que sim. Se por acaso eu respondesse "não" – e tanto eu como ela gostávamos de criar esses suspenses para testar a preocupação do outro –, ela logo se alarmava e não sossegava enquanto eu não lhe explicasse por que não estava bem, se o fato de não estar bem tinha a ver com o namoro, etc.

Depois dos primeiros dias, também eu passei a experimentar o conforto daquela regularidade. Chegava do trabalho e a primeira coisa que fazia era ligar o computador. Queria adiantar o expediente da inicialização do micro. E Lívia sempre lá, pontual, ansiosa, meiga e apaixonada:

"Tudo bem, meu amor?"

Em muitas coisas descobríamos afinidades. Ela era cdf assumida e despertava a ira e o respeito dos colegas pelas notas que tirava. Aquilo era algo vital para ela: destacar-se nos estudos. Logo identifiquei ali uma forma que ela tinha de compensar qualidades que julgava não ter. Era uma característica minha também. Passei a vida compensando a timidez com o êxito nos estudos e, mais tarde, na vida profissional – êxito um tanto questionável, eu constatava agora, ainda contaminado pelo clima do fim do meu casamento e pelas frustrações na faculdade.

Aos poucos ela me falava da sua vida e da sua cidade. Novaes era uma cidade de 25 mil habitantes. Ali quase todos se conheciam. Isso viria a ser um problema depois. Naquele momento, achei curioso.

Fundada em 1875, a cidade florescera na esteira da expansão cafeeira da segunda metade do século XIX, potencializada pela vinda de imigrantes italianos e espanhóis. A expansão foi prejudicada pela concorrência de povoados de mesmo porte na região que surgiram com melhor localização geográfica, principalmente em relação à via férrea, um fator essencial para o desenvolvimento de qualquer urbe no período. Na primeira vez em que fui a Novaes, Lívia fez questão de me mostrar a velha e desativada estação ferroviária, onde agora funcionava a zona do baixo meretrício da cidade.

Sua família pertencia à classe média da pequena Novaes. O pai tinha uma loja de autopeças. Segundo Lívia, automóveis eram o assunto mais recorrente em sua casa. Válter era bem conhecido na região, crescera ali. Era um homem vaidoso, estava sempre bem disposto e gostava de exibir o físico cultivado na academia que frequentava.

A mãe ajudava o marido na loja. Católica fervorosa, quando não estava na loja ou na igreja dedicava-se às lides da casa com a devoção de uma missionária, sempre com a televisão ligada na TV católica no volume máximo. Ciclotímica e quase sempre mercurial ao falar com os filhos, era daquelas mulheres que têm obsessão por limpeza. Lívia me contou que, na época e seu casamento com Válter, ela tinha uma pequena loja de roupas, mas fechou-a assim que se casou. Anos mais tarde, voltou a estudar. Chegou a frequentar o curso de direito, mas abdicou dos estudos para se dedicar de vez à família.

Numa daquelas noites, numa tentativa de nos aproximar, Lívia colocou Zilmar na linha para falar comigo. Constrangidos, restringimo-nos a um insosso "*tudo bem?*". Não era o momento.

Também eu ia me mostrando. Lívia gostava de saber sobre mim e passou horas do outro lado da linha ouvindo minhas histórias. Faleilhe da falta que sentia do meu pai, falecido havia um ano. Embora esperada, sua morte fora uma perda sentida. Não vertera uma lágrima em seu velório, nem em seu enterro – meu espírito já estava calcificado por outras perdas –, mas deplorara sua partida.

A morte do meu pai abriu o caminho para o fim do meu casamento, que considerava uma outra espécie de morte. Como ocorrera com os últimos anos do meu pai, a separação também fora um processo lento e doloroso.

Narrei para Lívia meus primeiros dias de homem separado, cujos detalhes ainda estavam frescos na memória. Eu saíra de casa com meus apetrechos mínimos, um pouco de vergonha, uma nuvem de culpa e alguma dignidade. E imagino que ninguém que se separa esteja imune a um implacável sentimento de fracasso – isso talvez fosse o que mais pesasse na minha bagagem.

No primeiro fim de semana em Higienópolis, me senti perdido. O décimo primeiro andar em que me encontrava fazia me sentir mais distante de tudo, como se a realidade e o passado ficassem ao rés do chão. De hora em hora o relógio de pêndulo que Golda mantinha na sala tocava por alguns segundos os acordes de uma sinfonia sacra. Embora fossem harmoniosos os acordes, aquela música injetava uma tristeza atroz no meu espírito. Se tive algum sonho naquele período, ele teve como trilha de fundo aqueles acordes. Era quase como se o espectro de Bach viesse de hora em hora, sentasse num cravo imaginário no meio da sala e tocasse com uma obsessão lúgubre.

Briza e Roger me ajudaram a fazer a pequena mudança. Fazia um sábado de sol ardente e céu lavado. Briza me auxiliou na compra de algumas peças de roupa, depois fomos almoçar no shopping. Aquele seria o último resquício que eu passaria a ter da ideia de família: almoçar e passear com Briza e seu namorado nos fins de semana. Roger conquistou muito da minha confiança naqueles dias. Percebi o quanto ele e Briza já formavam um casal estável, apesar de serem ainda muito jovens. Eles se entendiam, e isso bastava.

No domingo, enfim sozinho, a solidão penetrou todos os poros da minha alma. Saí cedo do apartamento e a primeira fisgada veio assim que entrei numa padaria para tomar café. Havia lá um aparelho de tevê passando uma corrida de Fórmula 1. Tomei aquele café com o espírito impregnado de nostalgia. Não era apenas nostalgia do meu casamento. Era uma ferroada na alma que me fazia lembrar de alguém que eu já não era. Saí da padaria e continuei andando.

As ruas de Higienópolis ainda estavam desertas àquela hora. O mesmo sol escaldante do sábado já se anunciava, com o céu dessa vez coalhado de nuvens. Minha falta de orientação me levou de novo ao shopping. Subi até o último pavimento, apoiei-me na amurada e fiquei olhando as pessoas que se moviam lá embaixo. Jovens casais de classe média com seus filhos pequenos, casais de namorados andando de mãos dadas, grupos de adolescentes, alegres e ruidosos, idosos cheios de vida, outros simplesmente serenos. Senti-me deslocado. Aquele não era o lugar para alguém com o farol baixo como eu.

Almocei qualquer coisa e logo estava na rua novamente. Fui subindo a avenida Angélica em direção à Paulista. Disseram-me que do lugar onde eu passara a morar até a Paulista era um pulo. Não era tão perto assim. Mas eu estava com disposição para andar. Em menos de meia hora já me encontrava na esquina da Paulista. Aquela foi uma das poucas vezes em que a avenida mais charmosa da cidade não conseguiu levantar meu astral. Eu sempre dizia que, quando estava *down,* ia para a Paulista e esquecia a tristeza. "*Quando eu fico assim meio down, vou pra Porto e, bah!, trilegal. Coisas de magia, sei lá...*" Naquele dia, não.

Vaguei como um sonâmbulo pelo Conjunto Nacional, conferi o que passava no cine Bombril, cruzei a avenida, passei pelo Bristol, caminhei até o Espaço Unibanco e terminei no Belas Artes. Depois de alguma hesitação, assisti ao filme *Memórias do saqueio*, um alentado documentário do diretor argentino Fernando Solanas sobre a degradação política, econômica e moral de seu país nas últimas décadas. Poderia ter sido um ótimo programa. Foi deprimente. Saí do cinema no mesmo estado de desolação com que entrara. Desci a rua da Consolação, andando na noite agora quase deserta de São Paulo até me ver na Maria Antônia e desaguar em Higienópolis. Entrei no apartamento, tomei um banho e fui dormir. Antes de pegar no sono, um lampejo riscou o céu da minha mente: eu passara aquele domingo fugindo de mim.

7

Na noite de quinta-feira, Briza me ligou. Foi direto ao assunto:

– Pai, você está namorando?

Não tive alternativa senão confirmar. Na certa ela já tinha entrado na minha página e visto as alterações. E vira Lívia também. Depois de um breve silêncio, perguntou:

– Quanto anos tem a menina?

O silêncio foi meu dessa vez. Tergiversei:

– Quanto anos você acha que ela tem?

– Sei lá, uns dezesseis...

Briza era muito arguta. Fiquei sem graça de dizer a verdadeira idade de Lívia:

– Não, tem dezoito.

Aos poucos as pessoas ficavam sabendo do namoro. Os recados que deixávamos no orkut não davam margem a dúvidas. Algumas pessoas bisbilhotavam acintosamente nossas páginas. Aquilo não nos incomodava. Não colocávamos mensagens íntimas ali, apenas trocávamos o afeto habitual de duas pessoas que acabaram de descobrir a paixão. Mas mostrar que agora éramos namorados fazia parte. Eu estava sozinho havia um bom tempo (levando em conta a solidão que precede o fim de um casamento); ela amargava uma espera de alguns meses. Se alguém se incomodou com a intensidade das nossas mensagens, não percebemos.

Não sabia exatamente em que momento Romena ficara sabendo

de Lívia. Não que isso fosse uma preocupação, nem que eu estivesse cometendo algum desrespeito com ela. Eu não a trocara por uma garota de dezesseis anos. Nossa separação fora algo já elaborado havia algum tempo quando aconteceu. E embora ainda não tivéssemos nos separado legalmente, eu já havia saído de casa quando conheci Lívia. Ainda assim, tomei alguns cuidados para que nossa amizade não fizesse água. Mas fez.

Naquela semana escrevi um depoimento para ela no orkut, que para mim tinha o caráter de uma carta-testamento do nosso casamento. No depoimento, eu realçava a companheira que ela fora ao longo daqueles vinte anos. O auge desse companheirismo se deu no período em que descobri ser portador do vírus da Aids – quem leu *Post-Scriptum* sabe da história. Naquele episódio ela foi de uma abnegação e de uma dignidade raras de ver. Não mencionei o episódio no depoimento, mas Romena sabia que a referência a ele estava implícita no texto.

Duas semanas depois, já ciente da minha história com Lívia, Romena pediu-me que apagasse o depoimento. Seu argumento: achava sórdido o meu relacionamento com uma garota da idade de Briza. Era a primeira vez que ela se manifestava mais claramente sobre o que eu estava vivendo. Era também mais um sinalizador de que eu precisava me inteirar das implicações éticas e legais da nova relação.

Lembrei de o quanto ela ficara indignada, anos atrás, com o caso do relacionamento do cineasta Woody Allen com sua enteada, a coreana Soon-Yi, filha adotiva da sua então mulher, a atriz Mia Farrow. O diretor tinha 57 anos e Soon-Yi, de dezoito para dezenove.

Para quem não conhece a história ou não se lembra dela, em 1992 Mia Farrow encontrou no apartamento de Woddy Allen (eles eram casados mas não moravam juntos) várias fotos da enteada em poses eróticas. A protagonista de *O bebê de Rosemary* gritou sua indignação para o mundo, o caso estourou na mídia e o diretor de *A rosa púrpura do Cairo* teve sua imagem arranhada – ainda que Mia não fosse nenhum exemplo do virtuosismo moral de cuja ausência acusava o marido (basta dizer que, quando tinha dezenove anos, a mesma idade de Soon-Yi quando se envolveu com Allen, casou-se com, por mal dos pecados, o já cinquentão Frank Sinatra).

Woody Allen perdeu a causa, a estima de seus dois filhos naturais com Mia Farrow e alguns milhões de dólares entre indenizações e honorários advocatícios. Casou-se com Soon-Yi em 1998 – ela com 25 anos, ele com 63 – e adotaram duas meninas, Bechet, que está com oito anos, e Dumaine, que tem sete. Raramente vistos em público, Woddy Allen e sua jovem esposa foram flagrados recentemente numa exposição de Pablo Picasso, em Paris, ao lado das filhas adotivas. Na ocasião, o cineasta, com 74 anos, declarou que pretendia passar o resto de sua vida ao lado de Soon-Yi, que estava com 36.

Embora fossem casos completamente diferentes, a reação de Romena agora era muito semelhante à que tivera com relação àquele episódio. E também muito parecida com a reação de Mia Farrow. Na época não consegui esconder que não via nada de mais no relacionamento entre Woody Allen e a garota. Soon-Yi já tinha dezoito anos e queria ser atriz e modelo. Não cabia a acusação de pedofilia, pois a garota não era menor quando começou a se relacionar com o diretor, nem mesmo sua filha natural ou adotiva.

Relutei em fazer o que Romena pedira. Discutimos por telefone e eu fiquei muito mal com aquilo. Antes de desligarmos estrepitosamente, acertamos de nos deletar do orkut. Fiz isso assim que coloquei o fone no gancho. E apaguei o depoimento que escrevera para ela. Mas antes de deletar o texto, tive o cuidado de copiá-lo e salvá-lo num arquivo do Word. Entendia que aquele depoimento era para ela, mas pertencia a mim. Fazia parte da minha história e eu iria preservá-lo.

Dois meses depois, Romena pediria – depois literalmente ordenaria – que eu deletasse do meu álbum no orkut a foto em que apareço com ela num bar, num aniversário qualquer. A foto estava no álbum junto com outras que eu julgava significativas na minha vida. Como ocorrera com o depoimento, relutei por algum tempo em acatar seu pedido. E usei o mesmo argumento daquela vez: aquela foto não pertencia somente a ela, fazia parte da minha história também. Uma história que eu jamais iria renegar.

Por um mês mantivemos um diálogo ríspido sobre aquela foto. Ela alegava o direito de não ter sua imagem veiculada naquele contexto. Eu dizia que aquele era o contexto da minha vida e que não podia fugir dele. Um dia, cansado daquela discussão, entrei no álbum e deletei a foto. Foi como se extirpasse um pedaço de mim.

Romena cerrou fileiras contra o meu relacionamento com Lívia desde o início. Obviamente que não concordei com seus argumentos. Nesse período, só conversamos sobre questões práticas. Houve quem dissesse que Romena ainda tinha interesse por mim. Eu sabia que não. Mas procurei entendê-la. Ela ainda ocupava – e ocupa – um espaço importante na minha memória afetiva.

A ideia de ir a Novaes foi ganhando forma na minha mente. Marcamos uma data. Teria apenas de finalizar o projeto para entregá-lo no dia 21, uma sexta-feira. No dia seguinte, rumaria para o interior. E nem me preocupei com o fato de que naquele fim de semana haveria o plebiscito do desarmamento. Eu justificaria minha ausência sem grandes ressentimentos.

Na editora em que trabalhava, comecei a me abrir com algumas pessoas sobre o meu caso com Lívia. A primeira que soube dela foi Juliete. Ao saber da idade da garota, minha colega de trabalho não se conteve:

– Sam, você é o cara mais pirado que eu conheço! Como assim "a menina tem dezesseis anos"?

– Ah, Juliete, aconteceu, você sabe como são essas coisas...

Juliete era libriana como eu. No momento em que conheci Lívia, não havia pessoa com a sensibilidade mais afinada com a minha do que ela para entender aquela paixão.

Na faculdade, os alunos mais próximos começavam a acompanhar as peripécias do meu namoro e a se mostrarem preocupados comigo. Devem ter notado que fiquei um tanto aéreo por aqueles dias – logo eu, que fora dos alunos mais regulares durante os quatro anos do curso.

Flávia riu muito quando soube que, ao entregar os impressos do tcc, eu me esquecera de mandar encadernar. Simplesmente entregara as folhas soltas.

– Você nem grampeou? – perguntou uma incrédula Flávia.

– Flá, não dava pra grampear...

– Como não dava pra grampear, Samuel? – ela mal conseguia falar de tanto que ria. – Estou vendo que a Lívia tirou você de órbita! Imagine, entregar as folhas soltas... Uma das vias vai para a biblioteca da faculdade.

Só ali me dei conta de que fora mesmo completa falta de foco não ter mandado encadernar as folhas. Flávia tinha razão. Mas esquecer de encadernar o trabalho era o de menos. Diante do descaso do meu orientador com o meu projeto e da precariedade de todo o processo, conhecer Lívia foi apenas o estímulo de que eu precisava para relativizar a importância do tcc.

Antes da entrega do projeto, haveria um evento que, mais do que eu, Lívia aguardava com uma ansiedade febril: meu aniversário. Eu tinha minhas razões para não me entusiasmar com a data: no dia 11 de outubro faria 42 anos. Além de ser uma espécie de idade da razão, em que o passado começa a assumir um caráter épico, eu vivia agora a contingência de namorar uma menina de dezesseis anos. Se pudesse, pararia o tempo, estacionaria naqueles 41 anos e deixaria que Lívia acumulasse alguns anos à sua idade para que a diferença entre nós não me incomodasse tanto.

Para ela, no entanto, aquela data era uma grande oportunidade de demonstrar seu apreço por mim. Ela estava pouco se lixando para a nossa diferença de idade. Nos dias que antecederam o dia 11, varamos a madrugada relembrando fatos de nossas vidas. Nosso processo de conhecimento mútuo continuava a todo o pano com uma voracidade e uma regularidade que às vezes me assustavam. Sempre desconfiava quando as coisas corriam muito perfeitas.

Os dias que cercaram aquele aniversário foram plenos de otimismo e crença na vida. Tudo se encaminhava para que eu passasse aquele fim de ano com ela e sua família. Pelo menos era isso o que ela me prometia.

– Sam, não importa aonde meus pais vão passar as festas, em Botucatu ou em Lençóis Paulista. Você vai estar comigo.

Ela não tinha ideia de que mexia numa ferida aberta. Dezembro era um mês em que minha sensibilidade ficava por um fio. Quando ela disse aquilo, vislumbrei a possibilidade de não passar sozinho a virada do ano. Enxerguei ali uma forma de criar laços com seus familiares. Certamente eu seria o primeiro namorado de Lívia a passar as festas de fim de ano com ela e o primeiro que ela fazia questão que passasse aqueles dias com sua família.

A proximidade do primeiro encontro nos enchia de curiosidade e apreensão. Ela temia que eu não fosse gostar dela. Repetiu à exaustão que eu odiaria sua voz, que a acharia gorda, que seu cabelo estava diferente do que eu vira no orkut.

Depois foi a minha vez de ter crise de autoestima e dizer que não era tão atraente quanto ela achou na foto do orkut.

– Sam, eu gostei de você pelo seu olhar, pelo seu jeito de se expressar, pelo seu caráter.

– Mas quem disse que eu tenho caráter?

Eu tinha medo de que, sob o prisma da paixão, ela fizesse uma imagem idealizada de mim

Aproveitei para dizer que estava meio gordo, que era mais baixo do que ela, que tinha os dentes ruins, o rosto avermelhado, o cabelo espetado.

– Eu já vi várias fotos suas – ela rebatia. – Você é do jeitinho que eu gosto. Não me importo com os padrões.

Eu prosseguia no meu discurso autodepreciativo:

– Sem contar que seus pais vão me detestar. Eles não vão querer que a filha deles namore um cara que não tem onde cair morto.

– Quer parar? Ninguém vai ficar reparando em você aqui.

– No fundo eles querem que você namore um cara da sua idade, bonito, atlético e que venha pegar você em casa com um carrão.

– Sam, está cheio de cara sarado e com carrão que já deu em cima de mim aqui em Novaes e eu nunca me interessei por nenhum deles.

Ficou alguns segundos em silêncio.

– Meus pais só fizeram uma exigência.

– Qual?

– Que, se você vier de carro, não é para eu sair sozinha com você.

– Diga a eles para ficarem tranquilos. Não tenho carro.

Na quarta-feira, entrei no msn à tarde. Lívia ainda não me ligara naquele dia e eu estava preocupado. Um *nick* estranho entrou e me saudou:

"E aí, cunhadão!"

Pelo apelido, não identifiquei quem teclava. Só então me lembrei de que dias antes adicionara o Bruno. Mas não gostei daquela intimidade. E antes que respondesse alguma coisa, ele voltou a escrever:

"A Li saiu com a minha mãe. Pediu pra avisar você que ela vai entrar mais tarde".

"Ok, obrigado", digitei de volta.

Lívia tinha ido com a mãe comprar um presente para mim. Sinal de que estava tudo bem com relação à mãe. Acreditei um pouco mais nisso quando ela me contou o que Zilmar dissera naquela tarde:

– Minha mãe falou que eu vou ficar tão grudada em você, que você vai enjoar de mim.

Naquela semana, expus o que estava vivendo para mais uma das minhas confidentes: Gilda, secretária do editorial. Como Juliete, Gilda também tinha um olhar aguçado para os assuntos do coração. E, conhecendo-me um pouco, foi logo dizendo o que achava da minha nova aventura:

– Bom, Samuel, se fosse tudo certinho, não teria graça, não é? Com você as coisas sempre têm de acontecer pelos caminhos mais tortuosos.

– Concordo, Gil. Mas não sou eu que procuro, as coisas é que acontecem comigo desse jeito.

– Ah, mas vai dizer que você não gosta que seja assim...

– Até gosto. Mas acho que dessa vez o destino caprichou. Acho que alguma coisa em mim atrai esse tipo de situação.

Gostava de conversar com Gilda e compartilhar da sua sinceridade cortante e do seu humor impiedoso, mesmo quando falava de si mesma. Ela vivia proferindo a famosa frase de Rita Hayworth no filme *Gilda*:

– Nunca houve uma mulher como Gilda!

Ao mesmo tempo, era de uma humildade tibetana. Certa feita, ao referir-se ao local onde nascera (ela é portuguesa, mas sem sotaque – veio para o Brasil com um ano de idade), declarou que sua cidade natal era tão insignificante que não era nem chamada de cidade, mas de póvoa.

– E que póvoa é essa, Gil?

– Póvoa de Varzim – ela respondeu, com o semblante impassível. – Fica no interior de Portugal.

– Póvoa de Varzim? – fui tomado de assombro. – Mas Póvoa de Varzim é a terra do Eça de Queirós!

Ela não se deu por achada:

– Garoto bem informado, hem! – disse, batendo no meu ombro e abrindo seu lindo sorriso. – É isso mesmo, o Eça é de lá.

Falava do maior prosador português como se falasse de um tio distante.

No dia em que falei de Lívia para Gilda, acabei pegando carona com ela. Pude então contar a história do namoro desde o início. Ela era uma excelente ouvinte. E a mim fazia bem falar.

Com sua habitual sinceridade, Gilda me colocou algumas questões.

– Já parou pra pensar que quando você tiver cinquenta anos, ela vai ter 24?

– Não, não parei. Mas se ficar pensando nisso, então é melhor meter uma bala na cabeça, fechar as janelas e acender o gás ou ingerir veneno de rato.

– Não, só estou falando isso porque é uma questão que você tem que ter em mente – ela ponderou. – Mas de repente, pra ela, isso pode não ter nada a ver.

– E não tem mesmo – eu já respondia por Lívia. – Sei que ela é muito nova e a cabeça dela pode mudar nos próximos anos. Mas ela não é tão ingênua quanto parece.

Gilda entrara num cruzamento encalacrado e deixara um pouco a conversa para prestar atenção no trânsito. Continuei falando:

– Ah, Gil, acho que em tudo existe um risco. Não sei agir de outro modo numa situação como essa. Ou me atiro de cabeça e arco com todas as consequências, ou nem deixo a história começar.

Ela havia se livrado do congestionamento.

– No fundo acho que sua mente atrai esse tipo de situação – ela asseverou.

– Tenho vários motivos para acreditar que sim – concordei, sem uma opinião formada sobre se achava aquilo bom ou ruim.

Nos aproximamos do Minhocão, que, para variar, estava parado.

– E você não tem medo de chegar lá e não gostar dela? Ou de ela não gostar de você? – Gilda ia prevendo todas as possibilidades. Era o fio terra que não me deixava perder o pé da realidade.

– Ah, esse perigo não existe – eu estava impregnado de certezas. – Foram vinte dias trocando mensagens e fotos. A gente já se conheceu por dentro e por fora. Falta o toque, o olhar. Mas a gente já está muito apegado um ao outro para deixar de gostar pelo aspecto físico. Nem sei explicar direito.

Não sabia mesmo. No fundo sabemos quando o chão é seguro e quando não é. Lívia era. Eu sentia.

– E se ela não for exatamente como você está pensando?

– Ela é, Gil. Ela é do jeitinho que eu imagino.

Fosse outra a pessoa a dizer essas coisas, e eu poderia pensar que estivesse com despeito ou inveja. Não era o caso da Gilda. Atribuía suas admoestações ao seu apurado senso de realidade. Ela era uma mulher experiente. Conhecia os homens, mas principalmente conhecia as mulheres. Um fio terra sincero e necessário.

8

Bati os olhos e fui entrando. Chamava-se *Imaginarium...*, assim mesmo, com reticências. A terminação latina com caracteres serifados conferia um toque erudito ao nome. Os vendedores não ficavam em cima e eu pude exercitar à vontade a minha indecisão. A agenda ou o porta-retratos? Optei pelo porta-retratos. Assim ela poderia ter em seu quarto uma foto minha ao alcance do olhar.

Eu saíra mais cedo da editora. Queria entregar logo o projeto e não pegar fila no departamento de jornalismo da faculdade. Comprei um cartão com uma frase de Shakespeare: "Fale baixo quando falar de amor". Era um cartão simples e discreto, todo preto, apenas com os dizeres do dramaturgo inglês em caracteres brancos. Assinei meu nome com uma caneta especial que o funcionário me fornecera, datei e coloquei junto com o presente.

Assim que saí da loja, uma tempestade de mil demônios desabou sobre a cidade. Eu estava sem guarda-chuva e não queria molhar o presente. Tive de esperar um longo tempo na marquise do shopping. Como a chuva não parava, resolvi tomar um café. Sentei numa mesinha, tirei o presente da sacola de papelão e tentei adivinhar a expressão de Lívia ao abri-lo.

Era uma operação mental quase impossível: eu só a conhecia por fotografia. Dali a algumas horas sim, daria início ao processo de conhecimento físico – olhares, silêncios, toques, sorrisos – daquela pessoa de quem só tivera até agora, além das fotos, a voz, o jeito de falar, de calar, de rir, o tempero na garganta sempre que mudava de assunto.

Terminei o café e voltei para a marquise. Os raios riscavam o céu e o ressoar rascante prosseguia em uníssono, intercalado por trovões assustadores. Algumas pessoas se rendiam aos táxis que se ofereciam como patrulhas de salvamento numa inundação. Tinha diante de mim um cenário de *Titanic* no ápice da tragédia.

Passava de oito da noite e Lívia já devia ter ligado no apartamento. Não gostava de deixá-la sem notícia. Mas não havia como dar um passo fora do shopping. As ruas de Higienópolis eram formadas quase só de edifícios. Impossível encontrar abrigo.

Somente pouco antes de nove horas a chuva arrefeceu. Esgueirei-me pelas ruas ainda com as águas formando novelos caudalosos pelas sarjetas, cumprimentei o porteiro do turno e subi até o meu andar. Ao entrar no quarto, notei que o telefone tocava. Corri para atender já sabendo quem era. Com a voz atônita e a respiração arquejante, Lívia me perguntou o que tinha acontecido.

– Caiu um pé-d'água em Sampa, Li. Fiquei ilhado.

Ouvi soluços do outro lado.

– Poxa, Sam, eu estava desesperada aqui! Achei que você tivesse desistido da viagem e saído com alguém.

– Que ideia, princesa! Eu jamais faria isso.

– Entrei em desespero. Meu pai até ficou preocupado e veio conversar comigo.

– Desculpe, não deu pra chegar antes. Fui comprar seu presente.

Ela deu outro soluço, mais recomposto.

– Meu pai está aqui olhando pra mim e dando risada. Ele tinha falado que São Paulo era assim mesmo, quando não era o trânsito, era a chuva. E eu estou rindo e chorando aqui na frente dele.

– Pode só rir então, porque amanhã vou estar aí e a gente não vai se desgrudar um minuto. Reservou o hotel?

– Está tudo certo.

Passado o sobressalto, quis saber se iríamos conversar de madrugada.

– Minha mãe disse que hoje eu posso conversar até a hora que quiser. Mas tenho medo que você perca a hora amanhã. A que horas você vai pegar o ônibus?

– Seis e meia.

– E a que horas tem que acordar?

– Uma hora antes, pelo menos.
– Vou colocar o relógio pra despertar. Às cinco e meia eu te ligo.

O despertador foi mesmo necessário. De tão ansiosos, fomos dormir às quatro e meia. Passamos a madrugada dando os últimos retoques na imagem com que iríamos nos apresentar ao outro, dali a algumas horas. Não havia medo do encontro. Pelo menos não o medo de não correspondermos pessoalmente como nos entendíamos a distância. Havia outros medos.

Eu ainda não me convencera de que estava tudo bem entre seus pais com relação ao namoro. Nos últimos dias o comportamento deles oscilara entre a liberalidade e o controle. O que era natural. Verificara isso em algumas noites nas quais Lívia teve de sair do msn sob o argumento de seus pais de que ela estava deixando de lado os estudos para ficar na internet. Além disso, alegavam um problema em sua vista, uma doença grave chamada ceratocone, que se agravava com a excessiva exposição diante da tela – Lívia tinha um alto grau de astigmatismo, que poderia evoluir para o ceratocone. Sentia-me sendo chamado à atenção indiretamente quando eles a obrigavam a sair do micro. Como se eu, sendo mais vivido, tivesse a obrigação de controlar o tempo que passávamos *on-line*.

O receio maior, obviamente, era com relação ao hiv. O que eles diriam quando, e se, soubessem? Era uma dúvida subjacente nas nossas conversas diárias. Nesse particular eu deveria seguir as orientações de Lívia, que conhecia melhor os pais.

– Acho melhor só contar depois, Sam.
– Eles não vão se sentir enganados, achar que mentimos pra eles?
– Eles vão achar muita coisa. Antes de achar que nós mentimos, eles vão pensar que você não me disse nada sobre o hiv.
– Por isso é que acho que devemos contar agora.
– Sam, vai por mim, melhor não – ela parecia convicta. – Conheço meus pais. Isso é uma coisa complicada para eles.

Resolvemos esquecer aquele assunto por ora e pensar na viagem. Eu tomaria o ônibus em São Paulo às seis e meia e ficaria quatro horas na estrada, com uma rápida escala em Botucatu. Chegaria em Novaes às dez e meia.

Às quatro e meia, quando fomos dormir, foi com o espírito leve, embora extenuados, que nos despedimos. Ela estava preocupada com o meu sono. Eu não dormira desde o dia anterior. E por mais que quisesse, não teria conseguido, de tão ansioso. Só me rendi ao sono uma hora antes do horário em que deveria acordar. Naquele sono compacto, não houve espaço para um sonho.

O toque do telefone foi se infiltrando nos meus ouvidos. Abri os olhos ainda sem a consciência do que aquele som representava. Não me lembro de ter tirado o fone do gancho para que ele parasse de tocar. Foi um ato reflexo temerário. Eu podia ter desligado o telefone e voltado a dormir.

Um corpo que não era o meu se virou na cama, esticou-se todo e só então a realidade, como um tsunami, invadiu minha mente. Dei um salto e olhei o pequeno relógio na mesa de cabeceira: 5h31min. Fiquei em dúvida sobre se o telefone tocara, mas isso não importava mais. Com a mente não acompanhando o movimento do corpo, corri para o banheiro, tomei um banho de minutos e logo estava de volta ao quarto, enfiando roupas desordenadamente numa bolsa, coisa que deveria ter feito na noite anterior.

Os minutos voavam e eu ainda procurava os frascos do coquetel na gaveta, as fotos três-por-quatro que levaria para Lívia, o exemplar do Post Scriptum com a dedicatória que escrevera para ela, o presente que jazia sobre a pilha de livros. Quis pensar em Lívia e no que representava aquele momento. Imaginei uma nova etapa sendo inaugurada na minha vida. Novas pessoas agregadas, novas relações. Olhei para o relógio: 5h55min. Não havia tempo para abstrações. Peguei as coisas e desci. Lá fora, por cima da silhueta dos prédios, o céu começava a ficar alaranjado. Soprava uma aragem gelada, mas eu pressentia que iria esquentar. Quando o elevador abriu no térreo, o porteiro do turno me saudou com cara de sono:

– Bom dia, Samuel, está indo pro interior?

Pelo comentário, deduzi que todos ali deviam saber da minha história com Lívia. Golda certamente comentara com eles. Saberiam também do hiv?

– Será que consigo chegar na Barra Funda às seis e meia? – indaguei, ajeitando a bolsa no ombro, um modo de desviar da pergunta invasiva que ele fizera.

Ele consultou o relógio. O mostrador era grande. Antes que ele respondesse, pude ver que eram seis em ponto. Ele fez um muxoxo meditativo:

– Rapaz, se você apertar o passo, capaz que chegue.

Aquelas palavras me encheram de apreensão. Atravessei o portão e apertei o passo. O lusco-fusco matutino ainda era um cobertor sobre a cidade adormecida.

Passei numa banca de jornal e comprei um *Estadão*. Logo estava na estação Marechal Deodoro. Ao parar na plataforma, estava ciente de que não haveria tempo para um café.

Na estação Barra Funda, desci a escada rolante olhando o relógio central: 6h25min. Quando entreguei o bilhete para o motorista, eram pontualmente 6h30min. Entrei no ônibus e procurei minha poltrona. De janela, como eu pedira. Queria saborear a paisagem, mas achava difícil ficar acordado. Certamente dormiria assim que o ônibus roncasse os motores.

Passei os olhos em alguns *leads* do jornal. Meu interesse porém se achava a quilômetros de qualquer notícia. A única notícia que importava naquele momento estava em Novaes: era loira, tinha dezesseis anos, olhos verdes, 1,75m, pesava 63 quilos e, eu supunha, devia estar imersa num sono abissal naquele instante.

Enquanto o motorista aguardava os últimos passageiros, fiz planos para aqueles dois dias. Queria beijá-la, trocar carícias, conferir o sotaque do interior a que já me acostumara por telefone. Mas não me passava pela cabeça a ideia de ter relação naquele primeiro encontro. Estava realista quanto à vigilância cerrada de seus pais. E respeitaria uma decisão que para ela era sagrada: a virgindade até o casamento. Uma prova disso é que não me preocupei em levar preservativos. Estávamos conscientes de que aquele não era o momento de pensar em sexo. O mais importante era sinalizar meus propósitos da forma mais transparente. Naqueles vinte dias, diante da afinidade que se instaurara entre nós, já tínhamos idealizado planos definidos: depois que ela entrasse na faculdade, ou depois que se formasse, nos casar, ter dois filhos – condicionados à possibilidade de tê-los com segurança – e morar em São Paulo ou em alguma cidade entre Novaes e a capital. A despeito da diferença de idade, a deliberação com que traçáramos aqueles planos era uma evidência de que tínhamos expectativas comuns em relação à vida.

Não dormi na viagem, apesar do sono atrasado. Passei as quatro horas do percurso me endireitando na poltrona, olhando a paisagem e observando os passageiros à minha volta. Os que meu campo de visão permitia ver haviam mergulhado num sono profundo. À minha esquerda um PM roncava com grande fragor. Suas narinas vibravam. A farda recusava-se a amarrotar. As botas reluziam quando atingidas por alguma nesga de luz. O revólver pendia do coldre.

Três poltronas à frente uma criança de colo gemia de vez em quando, um ganido logo abafado pela mãe. Na poltrona à frente do PM, uma japonesa magricela tirava um cochilo toda esticada. Às vezes eu olhava para ela e sua figura me lembrava uma tábua de passar roupa. Atrás do PM estava um rapaz que nos primeiros minutos da viagem tentou ler jornal, mas que quando olhei de novo havia dormido com a página que lia aberta sobre o peito.

A Castelo Branco se delineava uma estrada de contornos previsíveis, mas que não deixava de cativar. Abstraí em alguns momentos e consegui me entreter com o panorama bucólico que deslizava lá fora. No entanto, por mais interessante que me parecesse aquela variação de arbustos e gados pastando, eu sempre voltava para a areia movediça da minha ansiedade. Será que ela já tinha se levantado? Estaria no banho? O que teria conversado no café com os pais? E eles, o que estariam pensando a meu respeito? A certa altura o cenário rural foi interrompido. Houve uma mudança no sentido da rota que o ônibus seguia e no ronco do motor. Então percebi que entráramos na zona urbana de Botucatu. Havia pouca gente na rua. A cidade despertava.

Ao chegar na rodoviária daquela cidade, o ônibus fez uma parada de quinze minutos. O PM que dormia esparramado desceu. O rapaz do jornal já havia tirado a página de sobre o peito, mas dormia pesadamente, as folhas jazendo amarfanhadas ao seu lado. A japonesa havia despertado e olhava assustada o movimento lá fora. Eu também olhava. Por um momento pensei que Lívia pudesse estar naquele terminal. Era o meu desejo de vê-la o quanto antes.

O ônibus manobrou no terminal, fez o mesmo percurso de volta pelas ruas de Botucatu e logo ganhava a estrada novamente. O ronco aveludado e monótono voltou a acariciar meus ouvidos.

Quando avistei a placa indicando Novaes, ajeitei-me na poltrona, como um garoto que se endireita no cinema ao ver que o filme vai começar. Era apenas o início de uma estrada, o ambiente campestre com largas faixas de terra ora planas, ora onduladas, como na Castelo, mas eu olhava para fora com uma curiosidade infantil. E me pareceu que mal o ônibus entrou na rota de Novaes, o vidro da janela foi invadido por gotículas indecisas que deslizavam em diagonal.

Não demorou e o bolsão urbano da pequena cidade começou a se insinuar timidamente. O típico panorama de periferia. Uma casa erma aqui, outra ali. Uma venda com frutas dependuradas. Uma borracharia e uma oficina imediatas a um posto de gasolina. Um desolado depósito de máquinas enferrujadas. Terrenos baldios. Uma igreja evangélica. Uma serralheria. Pessoas que esperavam para atravessar a via. Meninos jogando futebol num improvável campinho irregular.

O cenário continuou passando, híbrido, os bairros de classe média deixando a periferia para trás. Até sentir o solo firme dos pedregulhos e a cadência dos faróis. Eu sentia cada alteração de marcha em curso nas entranhas do ônibus. Eram mudanças regulares, sóbrias, depois das quais o ronco do motor se alterava num crescente até ser interrompido por outra troca de marcha, igualmente irregular, igualmente sóbria.

Meus olhos devoravam pressurosos as ruas já visivelmente urbanas e espacejadas em quateirões simétricos, com bares, lojas, postos de gasolina, repartições públicas, escolas, uma funerária. Ao ver a funerária, acudiu-me à memória que, na primeira semana do nosso contato, Lívia me contara que Novaes era tão pequena que quando morria alguém na cidade o carro funerário saía pelas ruas anunciando o nome do defunto.

De longe avistei um edifício. Parecia ser o mais alto da cidade, e era, mas à medida que nos aproximávamos, vi que era apenas o arcabouço vazio de uma estrutura de colunas desnudas e paredes sem reboco.

O alto de um campanário, sobranceiro sobre o mar de telhados, sugeria uma igreja matriz. Senti que nos aproximávamos da rodoviária. O ônibus trepidava agora sobre os pedregulhos rudes das ruas do centro. As mudanças de marcha ressoavam mais regulares. O veludo do motor parecia mais vigoroso, grave, como se se preparasse para um momento solene. As pessoas iam despertando e abrindo as cortinas. Ouvia-se o crepitar frenético de poltronas sendo destravadas e fatias de neon penetravam o interior até então imprescrutável do ônibus, ainda impregnado do clima de bocejos invisíveis.

O ônibus virou à direita. Meus olhos vislumbraram de longe o que entendi ser o terminal rodoviário, mas a manobra não me foi favorável. O veículo percorreria com lentidão uma rua paralela antes de se aproximar do local de desembarque. Eu queria correr os olhos pela rodoviária, mas o terminal ficou do outro lado, fora do meu alcance.

Tive de esperar o ônibus manobrar à esquerda uma, duas vezes, para então o meu lado da janela ficar de frente para o local de espera. O ônibus ainda percorreu três plataformas até fazer o movimento de entrar em uma delas. Foi nesse momento, quase de pé dentro do ônibus, que vi Lívia pela primeira vez.

9

Lembro-me do exato instante em que avistei sua presença na plataforma da rodoviária: ela estava abraçada ao irmão, que a acompanhava, e sua imagem confirmava para mim o jeito travesso que eu apreendera naqueles vinte dias.

Fiquei observando-a por alguns instantes do interior do ônibus, enquanto os passageiros se desvencilhavam de suas poltronas e recolhiam seus pertences: era loira, alta, estava de camiseta bege, jeans e havaianas brancas, e parecia não conter a emoção ao me reconhecer dentro do ônibus. O amarelo do seu cabelo sobressaía na claridade débil do dia e a cena toda, emoldurada pelo enquadramento da janela, sugeria um óleo de Van Gogh.

Fui avançando devagar para a porta, desajeitado pela bolsa alçada de improviso no ombro e com a sensação de que vivia um dos momentos indeléveis da minha vida. Em segundos lancei-me para fora do ônibus e dirigi meu olhar para a garota que, entre encabulada e coquete, vinha andando na minha direção.

Demo-nos um abraço desajeitado, sem um encaixe perfeito. Não era o abraço que eu queria ter dado, e acredito que nem ela. Nem era nos abraçar o que queríamos naquele instante. Mas a presença do irmão, tão próximo, constrangeu-nos. Estava claro que ele estava ali a mando dos pais. Restringimo-nos a um "tudo bem?" acanhado, mais para preencher a lacuna da nossa falta de jeito.

Amei Lívia desde o primeiro instante. Tão logo bati os olhos nela, entendi que éramos complementos de carências e afinidades. Como eu, ela estava embaraçada por se mostrar sem retoques. Seu olhar, por sua vez, buscava cada minúcia nos meus gestos. Senti-me vulnerável àqueles olhos verdes que fingiam não olhar mas que esquadrinhavam cada milímetro de mim.

Cumprimentei Bruno, que também me examinava com curiosidade. Esperava um rapaz alto, magro, um jogador de basquete. Bruno estava mais para lutador de judô peso-pesado. Depois Lívia me contaria que ele já praticara o esporte. Ele foi cordato no trato comigo e deu a entender que não se importaria se eu beijasse sua irmã. Por cautela, não arrisquei. Esperaria coordenadas mais seguras da situação.

Bruno apontou o local onde estacionara o carro, sugerindo que o acompanhássemos. Lívia continuava me observando. Não me atrevi a segurar suas mãos. Caminhamos lado a lado, eu sobraçando a bolsa, ela não sabendo onde colocar as mãos. Ela não falou muito nos primeiros instantes. Deixou a conversa por conta do irmão, que entrou no assunto da sua profissão de vendedor de autopeças. Disfarcei meu desinteresse. Nenhum assunto era mais interessante naquele momento do que Lívia.

Entramos no carro, um Monza bordô visivelmente depauperado. O motor estava estropiado e o carro, de tão rodado, parecia que ia desmontar na primeira lombada. Sentei no banco da frente. Lívia pegou minha bolsa, entrou no banco de trás, jogou a bolsa de lado e começou a apressar Bruno. Tinham aquela relação de irmãos que se dão broncas na frente dos outros.

Quando o carro começou a andar, ela enfiou os braços por trás do meu banco, segurou minhas mãos, aninhando-as entre as suas, e as beijou. Foi nosso primeiro contato mais íntimo. Seu rosto ficou muito próximo do meu. Às vezes eu me virava e nossas cabeças se tocavam. Nossos olhares se penetravam enviesados, dividindo o estreito espaço de uma felicidade segura.

Ela tinha mãos grandes, macias, bem-feitas. Tudo em Lívia era grande. Pelo menos maior do que as minhas medidas. Mas tudo proporcional ao seu 1 metro e 75. Seu corpo me lembrava o de uma jogadora de vôlei. Na altura da costela, a silhueta afinava de uma maneira que parecia não dar sustentação à parte de cima do corpo. E, claro, não deixei de observar seus pés. Como as mãos, eram grandes e bem torneados, mas combinando com seu tamanho. As unhas tinham um desenho sensual e estavam pintadas com discrição.

Assim que deu a partida no carro, Bruno pôs para tocar uma música sertaneja no último volume. Tinha uma letra caramelada que abusava da breguice. Perguntou se eu gostava. Minha resposta foi um sorriso diplomático. Não podia emitir uma opinião sincera. Ele não estava testando o meu gosto musical, apenas querendo me impressionar com sua vaniloquência. Notei que me olhava com respeito e admiração e assumia uma atitude didática diante de mim, fornecendo-me explicações necessárias sobre como seriam minhas primeiras horas em Novaes.

– Samuel, meu pai teve de ir a Botucatu resolver uns negócios e me pediu pra levar você pro hotel – ele disse, com uma formalidade afetada que me pareceu engraçada. – Daqui a pouco eu passo lá para te pegar.

– Tudo bem – resignei-me a dizer, embora aquilo não estivesse no roteiro.

– Ele disse que quer conversar com você primeiro – Bruno tinha um elemento autoritário em seu timbre que, depois eu constataria, era clara influência do pai.

Até ali eu seguia o *script* de bom moço que havia planejado. Mantinha-me coerente com a estratégia de não ousar qualquer movimento que pusesse em risco o início do namoro. Sabia que teria de concordar mais do que discordar. Aquela era a via-crúcis de todo namorado que vai conversar com o pai da garota. Com a curiosidade de que, naquele caso, o pai da garota tinha a mesma idade que eu, e a garota, a idade da minha filha.

O motor do Monza não parecia muito confiável. Por duas vezes o carro morreu durante o percurso. Até que, numa subida mais íngreme, o motor não suportou o empuxo. Bruno encostou no meio-fio.

Lívia pareceu não notar meu constrangimento. Estava feliz demais para perceber o quanto aquela situação, embora factível, pudesse me parecer um cartão de visitas nada auspicioso. Minhas impressões se tornaram mais pessimistas quando compreendi que ela não ficaria no hotel comigo. Obviamente não esperava que ela fosse ficar no quarto, mas que ao menos me fizesse companhia no saguão do hotel até que alguém viesse me pegar em definitivo. A ordem dos pais, porém, era para que voltasse com o irmão. Foi o que ela me confidenciou dentro do carro, enquanto Bruno corria até a loja de autopeças do pai, que para meu espanto ficava quase em frente ao local aonde o carro enguiçara. Segundo Lívia me dissera, ele fora buscar um segundo carro.

– Está feliz? – ela me perguntou, sempre procurando minhas mãos.

– Muito.

Foi o primeiro momento propício para um beijo. Mas a loja ficava muito próxima e ainda uma vez optei pela cautela. Não queria que fosse um beijo apressado, nem que Bruno nos flagrasse no meio do ato. Olhava para os lados procurando saber aonde Bruno se enfiara e de que lado ele surgiria. Logo ouvi barulho de motor. Um carro se aproximava. Olhei e vi Bruno estacionando com outro... Monza.

Entramos no carro na mesma disposição anterior. Àquela altura, uma vez que meu itinerário já fora traçado, só queria chegar ao hotel e descansar um pouco. O sono de quase dois dias começava a pesar.

Bruno voltou a colocar o caramelo sertanejo. Dessa vez, mais à vontade, passou a cantar junto com a música, uma continuação da sua campanha particular para selar em mim uma impressão inesquecível da sua personalidade.

O novo Monza era tão precário quanto o primeiro. Mas bastaram alguns metros para eu reparar que havia uma sutil diferença entre eles: este era pior.

A situação foi se tornando tragicômica. Eu ansioso para chegar ao hotel; Lívia segurando minhas mãos, em estado de êxtase por estarmos tão próximos; Bruno soltando sua voz de barítono, acompanhando aquele xarope musical no volume máximo; e o Monza dando solavancos e rateando, rateando, até parar de novo no meio-fio. Eu logo descobriria por quê. A gasolina havia acabado.

– Não acredito, Bruno! – sobressaltou-se Lívia, pela primeira vez demonstrando desconforto com a situação.

Bruno nem dava atenção à irmã, concentrado que estava na cruzada para construir uma imagem positiva diante de mim.

– Gosta de Jobson e Gibson, Samuel? – disse, soltando uma gargalhada e saindo do carro.

Aos poucos eu aprendia que Bruno era uma espécie de ególatra sem freios: ele pouco se importava com as pessoas ao seu redor.

– Aonde ele vai? – perguntei, voltando-me para Lívia.

– Acho que buscar gasolina. Sam, me desculpe por tudo isso. O Bruno é enrolado assim mesmo.

Apertei suas mãos.

– Não esquenta, estou adorando.

E estava mesmo, apesar das bufonarias do seu irmão. Só de estar ao lado dela, depois de tantos dias de contato virtual, já valia aquele transtorno. Quando iria imaginar que viveria uma situação como aquela àquela altura da vida? Só me preocupava o fato de ter de ficar sozinho no hotel à espera de que Bruno viesse me buscar. Aquilo me pareceu algum tipo de manobra de Válter para adiar ao máximo meu contato íntimo com sua filha. Lívia percebeu minha inquietação.

– Sam, no mais tardar meio-dia e quinze a gente passa pra te pegar. Eles falaram que não era pra eu ficar com você antes de você e o meu pai conversarem. Vamos respeitar por enquanto. Meu pai não deve demorar.

Era o que eu esperava. Aproveitei para dirimir uma dúvida:

– Li, seu pai foi mesmo pra Botucatu?

– Foi, Sam, pode acreditar. Também fiquei chateada com isso. Você já vai passar tão pouco tempo aqui e ainda tem de esperar no hotel...

Ela aproveitou a ausência do irmão e pôs uma música do Chico Buarque para tocar. Senti que era o clima ideal para o primeiro beijo. Ajeitei-me no banco, mas logo Bruno voltava com a gasolina. E não gostou do que ouviu. Abasteceu o carro, jogou seu pesado corpo sobre o banco fazendo sacudir o carro e censurou Lívia por ela ter tirado a música sertaneja.

– Bruno, não tira... – ela ainda pediu.

Mas ele já tinha tirado.

– O Samuel estava curtindo Jobson e Gibson – ele disse.

Ouvi aquilo já sabendo que minha opinião não seria levada em conta, caso a expressasse.

Lívia guardou o CD. Em poucos minutos estávamos em frente ao hotel. Bruno fez menção de esperar no carro. Desci sem saber se Lívia me acompanharia. Ainda não me sentia à vontade com a situação. Poderia tê-la beijado enquanto Bruno foi buscar a gasolina. Mas seria outro momento precário. E eu queria um mínimo de clima. Nós merecíamos.

Ela desceu e me acompanhou até a recepção. Continuava apreensiva, esfregando as mãos – uma das imagens que me ficou dela naqueles momentos iniciais – enquanto me examinava com minúcia, como se não acreditasse que eu fosse de carne e osso.

Dirigi-me ao funcionário, coloquei a bolsa no chão e confirmei a reserva. Lívia me olhava com seu sorriso de quem pedia licença para existir. Sentia-se observada também e não conseguia se soltar.

Preenchi o formulário e já voltava para o *hall* quando Bruno gritou do carro que faria o contorno para estacionar melhor. Foi a senha.

Eu e Lívia estávamos na recepção, perto da porta de entrada, bem próximos um do outro. Bruno desaparecera com o carro por trás das colunas que sustentavam a marquise do hotel. Aproximamos nossos corpos e suavemente nos beijamos. O funcionário do hotel certamente achou que fosse um beijo prosaico de namorados. Jamais imaginaria que fosse o nosso primeiro beijo.

Como ocorrera com o abraço, não houve um encaixe perfeito. Foi um beijo desajeitado, não tão molhado quanto desejávamos. Talvez por isso tenha sido um beijo inesquecível. O toque dos seus lábios era macio, uma seda trêmula e tépida. Eu tinha voltado a ser um menino que não sabia beijar.

O quarto do hotel era pequeno e não comportou minha felicidade naquela manhã. Não era felicidade somente por estar ali, mas um sentimento que resumia a minha satisfação pelo que a vida me reservara àquela altura. Não cansava de lançar um olhar retrospectivo sobre aquelas três semanas. E agora que estava ali, no hotel de uma cidade de cuja existência nunca tivera a mais remota notícia, ainda cogitava se tudo não passava de um sonho.

Fechei a porta, tirei o tênis e a calça e me deitei. Havia um cardápio na mesa de cabeceira, feito de uma folha única plastificada. Passei os olhos pelo menu. Eu não estava com fome, mas inebriado de uma ansiedade algo física, como se o corpo não quisesse ceder ao cansaço e ao sono. Resolvi averiguar o que havia no frigobar. Apenas o trivial, água, refrigerante e, no fundo, uma latinha que me aguçou a vontade: cerveja preta.

Peguei a latinha e voltei para a cama. Tomei um gole deitado, tendo de levantar a cabeça para não derramar. Desajeitado, coloquei a lata na mesa de cabeceira e fiquei olhando para o espaço do quarto com a cabeça apoiada nos braços atrás da nuca. Havia um silêncio de pluma lá fora. O hotel era pequeno e simples e ficava afastado do centro da cidade. De vez em quando ouvia a voz de algum funcionário na cozinha. Conversa corriqueira. Era apenas mais um dia no cotidiano da pacata Novaes.

Dei duas tragadas na cerveja e sem que percebesse fui entrando na zona evanescente que separa o sonho da realidade. Mas não sonhei com nada de que me lembrasse depois. Logo abri os olhos devagar, como se apenas os tivesse fechado por instantes. O teto do quarto foi surgindo lentamente, com formas baças e imprecisas se deslocando no ar, como se assistisse a um teatro de sombras. Olhei para o lado, rompendo a ilusão daquela imagem, e divisei a latinha de cerveja opaca na semiescuridão. Numa associação de sentidos, o gosto da cerveja acordou na minha boca. Demorei a entender onde estava. E quando entendi, uma angústia misturada ao sentimento de vergonha invadiu minha alma. Não tinha noção de o quanto havia dormido, mas deduzi que tinha sido um tempo razoável. O suficiente para que Bruno e Lívia já tivessem vindo me buscar.

Aquela fusão de sentimentos me paralisou. Por trás dela estava a constatação agora bastante plausível de que nem Bruno nem Lívia haviam aparecido. De repente, a história de que Válter tinha ido a Botucatu me pareceu apenas um pretexto para os pais de Lívia pensarem no que fazer em relação a mim. Eu bem que desconfiara de que ainda não haviam digerido direito a ideia do namoro.

O sentimento de vergonha não era apenas pelo que diria às pessoas que sabiam da história. Era um sentimento mais devastador, que dizia respeito somente a mim mesmo. Fazia emergir do fundo da memória os meus fracassos e as minhas vergonhas.

Com o coração opresso, liguei para a recepção do hotel. Meu drama se multiplicou quando o recepcionista me informou que eram 13h30. Então tive certeza de que Válter e Zilmar haviam mudado de ideia. Não deviam ter dormido à noite pensando no que fazer. Certamente ainda discutiam a diferença de idade entre mim e Lívia. Haviam criado a filha com tanto desvelo para entregá-la púbere a um homem recém-separado de 42 anos? Eu próprio admitia que não devia ser fácil para eles. Então voltava a culpa na minha direção. Como fora entrar numa história como aquela? Que diabos estava fazendo em Novaes? Onde andava o Samuel que havia vinte dias só pensava em terminar de modo razoável seu curso de jornalismo?

Levantei da cama, acendi a luz, peguei a pasta e a escova de dentes e fui para o banheiro. Meu hálito devia estar horrível. Lavaria o rosto, pegaria minhas coisas, acertaria a diária, chamaria um táxi e iria embora. Embora adivinhasse a ferida que aquele ato abriria na minha memória, estava resoluto.

Enquanto lavava o rosto, fitei meu olhar no espelho do banheiro. Era como se outra pessoa, com movimentos autônomos, me olhasse e identificasse no mais profundo de mim aquela vergonha, que era o corolário de todas as vergonhas que já protagonizara na vida. O estranho que me esquadrinhava não demonstrava comiseração. Seu olhar era neutro, quase congelado, beirando o cruel. Se havia algum sentimento ali, eu podia entrever naquelas pupilas um toque de censura pela minha inépcia para a vida. Naquele olhar eu apreendia o resumo do que o mundo pensava de mim através dos meus próprios olhos.

Nem mesmo quando me enxuguei consegui imprimir no meu espírito a ideia alentadora de que aquela camada infame que punha à mostra a minha ignomínia e a minha miséria finalmente se desprendera do meu semblante. Por um instante, como num movimento de defesa, segurei a toalha contra o rosto. O macio do felpo me acariciou a pele. Era uma carícia tépida, entre tantas amarguras que me afligiam.

Eu já experimentara aquele processo de purificação em outras situações. Conhecia sua genealogia. Primeiro extraímos um prazer cruel ao nos olharmos da perspectiva da nossa insignificância e do nosso ridículo. É o momento em que estranhamente a sinceridade conosco mesmos nos serve de alento. Depois nos redimimos ao compreender que, não obstante nossa miséria, ou em razão mesmo dessa miséria, somos dotados de magia e beleza. E que é isso que nos faz humanos.

O sentimento de que fora abandonado no hotel catalisou meus sentimentos mais pessimistas a respeito de tudo. Não gostava da ideia, mas de repente, diante da indigência que enxerguei na minha condição naquele momento, senti pena de mim mesmo. Então, no aconchego solitário da toalha, no escuro macio e quente em que não havia olhares me reprimindo, escondido das pessoas, escondido de mim, um choro vigoroso me subiu pela garganta até atingir as fronteiras do cérebro.

Voltei para o quarto sem a toalha. Agora as lágrimas corriam livremente. Joguei-me na cama e fiquei esperando aquele choro prolongado e convulso se render ao cansaço. Era um choro que não doía só na alma, mas nos braços, nas mandíbulas, nas têmporas, nas costelas. Quando meus músculos já não reuniam mais forças, para tirar o gosto salgado de lágrimas da garganta, tomei o resto da cerveja que havia na lata. Que por sinal já estava quente.

10

Demorei a me dar conta de que, uma vez que estava em Novaes, não precisava digitar o número da operadora nem do prefixo para ligar para a casa de Lívia. Limpei a boca com o dorso da mão, peguei o telefone e liguei.

A repetição da chamada sem que ninguém atendesse fez com que me afundasse ainda mais no sentimento de vergonha e ridículo. Era impossível não haver alguém na casa àquela hora. E mesmo que não houvesse, onde estava Lívia que não me ligava?

O pior era não ter ideia do que acontecia. Forcejava por acreditar que houvera algum incidente. Mas que incidente poderia acontecer numa cidade tão pequena? A combinação dos fatos acentuava minha convicção de que aquela viagem não terminaria bem.

Liguei de novo. Tinha decidido que seria a última tentativa. Se ninguém atendesse, iria embora. Sumiria daquela cidade e daquela história, que agora me parecia desprovida de qualquer sentido. Mas não esbocei nenhuma tentativa de me levantar. Fiz a ligação da cama, deitado. E contrariei minha resolução discando o número por três vezes. Não acionava o *redial*, discava número a número, como se quisesse adiar o sofrimento.

Depois de cinco tentativas, alguém finalmente atendeu. Mas eu não esperava boas notícias.

Uma voz de mulher perguntou se era o Samuel. Ao confirmar, deduzi que fora Zilmar quem atendera, e dessa vez seu tom de voz me pareceu mais acolhedor do que da vez em que Lívia a colocara na linha. Pediu desculpas por não ter atendido, explicou que estava no fundo do quintal e não ouvira o telefone tocar. Em seguida deu a informação que mais me interessava: Bruno e Lívia já tinham saído para me buscar. Agradeci e desliguei. Em seguida me levantei e lavei novamente o rosto. A água purificou o meu olhar do sentimento de fracasso e vergonha.

Mal voltei para o quarto, o interfone tocou.

– Senhor Samuel, sua noiva está na recepção – informou-me o funcionário.

Enquanto trocava a camiseta, fiquei conjecturando por que o funcionário achara que Lívia fosse minha noiva. Talvez por um certo modo de pensar do interior, pelo qual tudo devesse ser feito de maneira "correta", de acordo com as regras da sociedade. Se eu e Lívia nos beijáramos na frente dele, sendo eu tão mais velho, ela só poderia ser minha noiva.

Aquele pensamento me pareceu divertido e desanuviou minha mente, ainda turva com a possibilidade do abandono. Quando apareci no *hall*, Lívia veio ao meu encontro. Esfregava as mãos, seu olhar querendo me acolher e compensar a apreensão pela demora.

Do hotel até a casa de Lívia, o Monza percorreu algumas quadras. O fato de estarmos ali sugeria que tudo era possível. Que milagres, se é que aquilo fosse um milagre, aconteciam. Ou que amores impossíveis não ocorriam somente nos contos de fada ou no cinema.

Lentamente o portão automático subiu e o quintal de uma típica casa de classe média se descortinou à minha frente. Havia roupas no varal e samambaias viçosas pendiam lateralmente de alguns vasos de xaxim. Uma mangueira conectada a uma torneira de jardim perdia-se para os fundos da garagem. Lembrei da minha casa de infância.

Bruno acelerou e posicionou o Monza ao lado de um Corolla. Ainda dentro do carro Lívia segurou minhas mãos, como se estivéssmos na iminência de um momento decisivo – e estávamos –, e proferiu um lugar-comum habitual daquelas ocasiões:

– Não repare que nossa casa é de pobre.

Sua casa não era de pobre. Só o Corolla estacionada ali já dizia muito sobre seu padrão de vida. Mas procurei não interferir naquele discurso providencial. Ela estava nervosa. Depois me diria que temia pela conversa que eu teria com seu pai. Só não me disse nada na hora para não me alarmar. Também não me disse que, enquanto conversei com Válter, ela se escondeu no banheiro para ouvir melhor a conversa.

Quando Bruno puxou o freio de mão e desligou o carro, e antes que eu me levantasse do banco, avistei uma mulher de pele clara, de estatura média e semblante cerrado surgir por detrás das roupas do varal. Não parecia um semblante fechado com naturalidade, mas uma performance facial preparada especialmente para a ocasião. Seu olhar me dissecou de modo penetrante ainda dentro do carro, como se quisesse sondar minha alma desde o primeiro instante. Sustentei o olhar, embora atingido por uma onda negativa. Meu espírito estremeceu. Aquela expressão de maus fígados seria a imagem que por muito tempo eu guardaria de Zilmar.

Saí do carro e me dirigi até a mãe de Lívia para cumprimentá-la. Ao me aproximar, confirmei minha impressão. Seu olhar era direto, contínuo, congelado. Ela não disfarçou sua contrariedade com a situação. Pareceu-me daquelas pessoas que sentem orgulho em ser sinceras o tempo todo. Em poucos segundos fez-me entender que por ela eu jamais teria posto os pés em sua casa – e jamais poria as mãos em sua filha.

– Sua mãe não gostou de mim – sussurrei para Lívia.

– Gostou sim – ela sussurrou de volta. – Não liga, é o jeito dela.

Procurei seguir meu plano de me mostrar com naturalidade, deixando claro que não representaria uma ameaça para eles. Eu teria algum tempo para tentar desfazer a má impressão que Zilmar tinha de mim, embora, depois daquele olhar mortífero, minhas esperanças de êxito tivessem sofrido um duro golpe. Se o seu objetivo fora me deixar pouco à vontade, ela tinha conseguido.

Ao entrarmos na casa, Lívia me puxou pela mão e me conduziu até seu quarto. Era um cômodo grande e arejado, adjacente ao corredor, cujo tamanho estava em harmonia com a extensão dos dois ambientes da sala. Ela pegou minha bolsa e colocou sobre a cama. Logo Zilmar entrava no quarto, que ficara com a porta aberta. Compreendi que não ficaríamos sozinhos sem que alguém discretamente nos vigiasse.

– Nem arrumou o quarto direito – Zilmar foi dizendo, agora mais receptiva.

– Ah, mãe, vai brigar comigo na frente do Sam? – protestou Lívia.

O quarto nem estava desarrumado. Era mais um pretexto de Zilmar para ficar por perto. Aproveitei o momento para tirar o porta-retratos da bolsa e entregá-lo a Lívia. Zilmar deixou-se ficar, para ver o que era. Enquanto Lívia abria o presente, uma garotinha de olhos claros e gestos reprimidos entrou no quarto. Reconheci o olhar de quem pedia licença para existir. Era Maria Luísa.

– Sam, essa é a Malu – disse Lívia, terminando de abrir o presente.

Cumprimentei a menina. Seus olhos claros, que pareciam dois peixinhos assustados, deslizaram para o chão.

– Sam, adorei! – Lívia segurava o porta-retratos a distância para examiná-lo melhor. Em seguida leu o cartão com a frase de Shakespeare.

Pensei que ela fosse me dar um beijo, mas a presença da mãe a inibiu. Então lembrei da conversa protocolar que teria com Válter dali a instantes. Compreendi que somente depois da conversa é que o namoro seria dado como permitido.

Lívia também aproveitou o momento para me entregar os presentes que preparara para mim. Como quando chegamos a sua casa, começou outro discurso depreciativo sobre o que comprara, presentes simples, nada comparáveis ao que eu lhe dera, mas-que-eram-dados-com-todo-o-carinho, etc.

Primeiro entregou-me um exemplar da Bíblia, fazendo muito gosto a Zilmar, que nos primeiros instantes buscou extrair de mim alguma palavra de simpatia pelo catolicismo – depois Lívia me diria que aquele presente fora sugestão, na verdade imposição, da mãe. Ela havia escrito uma pequena dedicatória na página de rosto, que deixei para ler depois. Em seguida estendeu-me uma correntinha e um bracelete, ambos com o seu nome inscrito. Por fim entregou-me um caderno com o ursinho Pooh na capa, mas pediu-me que só o abrisse depois.

– Onde está seu pai?

Zilmar tomou a frente e respondeu:

– Lá no fundo, consertando a piscina. Vamos até lá.

Disse isso e saiu em direção à cozinha com Malu atrás, sem verificar se a acompanhávamos. Lívia só esperou a mãe e a irmã desaparecerem para me dar um abraço e um beijo de agradecimento. Depois me conduziu até a cozinha, deu-me um beijo furtivo na lavanderia e logo saíamos para o quintal.

Válter estava de pé na beira da piscina, de bermuda e camiseta. Fez menção de limpar as mãos assim que me viu e veio andando com ar receptivo na minha direção. Era uma cena ensaiada. Mostrar-se por último, depois da esposa e das filhas, fazia parte de um *mise-en-scène* da família.

O pai de Lívia era um homem de aspecto jovial. Tinha o olhar firme, com um indefinido toque infantil, e ostentava uma entrada de calvície consolidada que antecedia um contrastante volume de cabelo na parte posterior da cabeça. A voz era ágil, com forte sotaque interiorano, modulada para transmitir confiança e simpatia. Ele cumprimentou-me de modo cortês, me olhando nos olhos, e puxou uma cadeira para que eu me sentasse, entre a churrasqueira e a piscina – ele mesmo ficou de pé. Quando olhei para trás, Zilmar e Lívia haviam desaparecido. Fazia parte do ritual.

Notei que Válter captara em segundos o meu jeito comedido. Meu primeiro impacto sobre ele tinha sido positivo. Ele sinalizou entender o meu constrangimento por estar ali pedindo a aprovação do namoro com sua filha e procurou não se portar como um pai velhaco. Tratou-me o tempo todo de homem para homem, sem escamotear o zelo pela filha, mas sem deixar de entender minhas razões.

A conversa durou cerca de meia hora. Um tempo em que às vezes me senti como se negociasse Lívia. Válter tinha uma maneira ligeira de falar, linguagem de vendedor, repleta de pressupostos e sofismas enfáticos. Não me dava brechas para intervir. Nas poucas vezes em que o fiz, fiquei com a impressão de que ele não prestou atenção ao que eu dissera.

De fato, o que eu tinha a dizer não interessava muito a ele. Captando isso, procurei apenas me mostrar natural, encarando aquela conversa como um jogo de tateios sutis e ocultações calculadas. Coloquei-me na posição de bom ouvidor, que de fato sou, e ouvi-o desfiar a história do curto mas tumultuado namoro de Lívia com Silviano.

– É uma menina romântica. Vive sonhando com um príncipe encantado e ouvindo músicas no quarto. Tem dezesseis anos, mas mentalidade de dez.

Obviamente que eu não concordava com aquela opinião. Que Lívia fosse uma garota romântica, era compreensível. Mas dizer que ela tinha mentalidade infantil era não conhecê-la. Deduzi que, para conhecê-la tão pouco, Válter não devia conversar muito com a filha. Ou era daqueles pais que, de tão voltados para o trabalho, ou por estarem desconectados com a realidade de seu tempo, já não entendiam a cabeça dos filhos. Mas dei de barato. Eu não estava ali para julgar o tipo de pai que ele era.

O assunto paterno, no entanto, foi recorrente naquele instante. Válter ocupou vários minutos da conversa elaborando uma breve teoria baseada na sua experiência de pai. A referência para seus argumentos girava em torno do filho Bruno. A teoria era pessimista.

Válter foi duro ao falar do filho. Em certos momentos tive ímpetos de defender o rapaz, eu que nada tinha a ver com a história. Ele criticava o comportamento de Bruno, mas isentando-se de qualquer responsabilidade.

Às vezes intercalava sua fala com uma frase apelativa, com a explícita intenção de angariar minha cumplicidade:

– Você é pai, você sabe do que estou falando.

A certa altura, talvez por se sentir mais à vontade, passou a falar com moderação. Por trás daquela moderação, porém, eu enxergava um discurso autoritário. Não demorei a concluir que ele era um sujeito extremamente reacionário, mas com um eficiente talento para se mostrar moderno e liberal.

No fim da conversa, forcei uma brecha para dizer alguma coisa. Não queria deixar a impressão de apatia.

– Olha, Válter, não adianta eu dizer que sou desta ou daquela forma. Vim aqui para que vocês me conheçam um pouco. Sei que é meio estranho eu ter 42 anos e a Li dezesseis, mas aconteceu. Eu mesmo ainda estou pouco à vontade com a situação.

Ele assimilou o que eu dissera. Seu raciocínio era rápido, parecia antever a intenção das minhas palavras antes que eu terminasse a frase.

– Samuel, para nós a questão da idade não é problema – ponderou. – Ela gosta de pessoas mais maduras, nós também estranhamos, mas já nos acostumamos com isso. Eu só peço a você uma coisa: não a faça sofrer. Ela está muito apaixonada e a gente conhece a filha que tem. Se ela sofrer, vai deixar de comer, vai ficar doente, vai atrapalhar os estudos, aquelas coisas... Bom, é isso – ele disse, de modo conclusivo, colocando um ponto-final na conversa, como se tivesse concretizado uma venda. – Seja bem-vindo e não repare no jeito despachado da gente. A Zilmar já está colocando o almoço na mesa.

Durante o almoço, Zilmar nem parecia a mulher de maus bofes que me recebera no quintal. Desculpou-se pela ceia improvisada explicando que, com o problema de saúde da sogra – a avó de Lívia estava com câncer no antebraço –, ficara com o tempo reduzido e não pudera preparar nada especial. Aos poucos se rendia a uma afabilidade que me pareceu sincera.

– Coitada, ela não está muito bem – disse, e fez uma cara compungida. – Está muito abatida com a doença. Se a gente não está lá para animar, ela se entrega de vez.

Eu precisava de assunto. E doença em família era uma tema que conhecia de longa data. Fiz um breve relato do câncer que acometera minha mãe quando eu tinha dezoito anos e que acabou por levá-la quatro anos depois. Zilmar mostrou-se interessada. Pelo que notei, ela devotava um cuidado especial pela sogra como se fosse sua própria mãe.

O almoço improvisado consistia de bife acebolado, salada, pão francês e refrigerante. Eu não poderia desejar banquete mais apetecível depois de viagem tão longa e de conversa tão indigesta. O bife, cortado em pedaços imersos num mar de cebolas, era uma covardia contra a fome que de repente despertara em mim. Abri um pãozinho, coloquei pedaços de carne no meio e devorei o lanche. Era a minha fome, mas era também uma estratégia.

Havia muito aprendera que, para conquistar os pais de uma namorada, em hipótese alguma se deve fazer cerimônia quando lhe oferecem alguma coisa, especialmente comida. Aprendi isso como pretendente e como pai. Naquela tarde, o prazer e o sem-cerimônia com que me refestelei com o bife acebolado devem ter feito Zilmar relevar muito da sua animosidade comigo. Em poucos minutos conversávamos sobre os assuntos mais triviais: de empregadas domésticas a futebol, de política a trabalho, de culinária a religião.

Tive a oportuna ideia de perguntar se havia pimenta na casa. Com uma satisfação que não me passou despercebida, Zilmar levantou-se da mesa e foi buscar no fundo da geladeira um vidro que havia séculos ninguém abria. Era um vidro grande, com pimenta curtida de verdade, daquelas que fazem arder os olhos só com o cheiro. A pimenta foi motivo para mais assunto. Exceto Zilmar, ninguém ali apreciava o condimento.

Lívia ficou o tempo todo do meu lado, segurando minhas mãos, olhando-me de um modo peculiar que ela tinha de olhar. Ela estava feliz. Podia ver isso naqueles olhos que não cansavam de me fitar admirados. Depois me revelaria que o Silviano nunca conversara com seus pais daquela maneira.

– Meus pais não gostavam dele – confidenciou-me depois. – Achavam ele arrogante e meio afeminado.

– Afeminado?

– Acho que afeminado não é bem a palavra. Covarde é melhor. Um dia ele estava na sala e passou uma lagartixa no chão. Ele ficou todo histérico pedindo para alguém matar a lagartixa. Fiquei morrendo de vergonha. Até hoje o Bruno imita ele dando os gritinhos.

De certo modo, era a primeira vez que Lívia trazia um namorado de verdade em casa.

– Estou muito feliz, Sam. Dessa vez fiz tudo certo. E tenho certeza de que meus pais gostaram de você. Conheço eles.

Um indício de que eu conquistara a confiança de Válter e de Zilmar foi que, assim que terminamos de comer, eles nos deixaram à vontade, sem a vigilância cerrada das primeiras horas. Válter continuou no fundo da casa consertando a piscina e só depois de algum tempo voltei a vê-lo. Zilmar sumiu no interior de um dos quartos, provavelmente fora dormir.

Sentamos num dos sofás da sala, o cantinho que adotamos como nosso, e começamos aquilo que normalmente as pessoas chamam de namoro: beijos, carícias, olhares, silêncios. O ambiente da casa de Lívia voltou a me lembrar o ambiente da minha casa da infância. Disse isso a ela, numa das vezes em que fomos à cozinha pegar café.

– Quero que você se sinta em casa aqui – ela falou.

Passada a tensão inicial, eu já me sentia mesmo em casa. Da sala para a cozinha era um pulo. E Lívia me deixou à vontade para usar o computador. Às vezes desalojava a pobre Maria Luísa do videogame para que olhássemos scraps. A menina saía, contrariada. Lívia se mostraria severa com a irmã menor. Por pouca coisa ralhava com ela, reproduzindo inconscientemente – eu deduziria depois – a forma como era tratada pela mãe.

Numa das vezes em que fomos à cozinha, ouvimos subitamente o barulho de grossos pingos fustigando o cimentado do quintal. Espiamos da porta. Uma espessa chuva desabava de repente e Lívia correu para tirar a roupa do varal. Movido pelo instinto de bom-moço que incorporara, fui atrás dela e em segundos, com uma destreza que desconhecia em mim, consegui tirar várias camisas e calças de sob o temporal. Fiquei pingando, mas salvei a roupa que tinha sido lavada e estava praticamente seca. Quando entreguei as peças a Lívia, Zilmar, que tinha se levantado e estava na lavanderia, pediu à filha que fosse buscar uma toalha para mim. Foi um momento de aproximação. Lívia não deixou que eu me enxugasse, enxugou ela mesma meu rosto, meu cabelo e minhas costas, sob o olhar diligente de Zilmar, que já me dispensava um tratamento de genro:

– Enxuga bem para ele não pegar um resfriado – recomendou.

Passamos a tarde no sofá da sala. Às vezes Válter passava e soltava alguma frase, pura linguagem fática. Zilmar veio duas vezes até a porta e numa delas perguntou se eu era católico. Disse a ela que não seguia nenhuma religião, embora de vez em quando fosse à missa. Não era verdade. Fazia muito tempo que não assistia a uma missa. A última fora a de sétimo dia da morte da minha mãe. E só por este motivo. Mas ficava bem dizer aquilo. Ela não iria me achar de todo um herege.

Fiquei embaraçado, porém, quando mais tarde ela quis saber se eu havia me casado na Igreja. Intuí que ali não adiantaria mentir. Então confessei que eu e Romena nos casáramos apenas no cartório.

– Que ótimo! – ela disse. – Então você vai poder se casar na Igreja!

Meu espanto se deveu primeiro ao fato de ela estar falando em casamento e depois porque pensei que ela não fosse gostar de eu ser casado apenas no civil. Mais tarde Lívia me explicou. Para os católicos, o único matrimônio que valia era o realizado diante de Deus.

Apesar do clima favorável, Válter e Zilmar sinalizaram que não poderíamos sair sozinhos por enquanto. Certamente essa orientação fora dada a Lívia antes mesmo da minha chegada. Assim, ao longo do dia revezamos o sofá com a internet e a cozinha. Era o nosso restrito espaço para o namoro.

Lívia colocou algumas músicas para tocar no computador. Músicas que ela havia escolhido para ouvir comigo quando eu estivesse em sua casa. Era um CD – o mesmo que tentara pôr para tocar no carro – com as canções que ouvíramos naqueles vinte dias. Quando fui embora, no dia seguinte, enfiou o CD na minha bolsa dizendo que era mais um presente.

A certa altura, pensei em mandar um recado para Juliete pelo orkut. Já que tudo tinha corrido bem, quis que minha colega de trabalho compartilhasse da minha felicidade:

Juliete, acho que descobri o paraíso. E ele fica em Novaes.
Beijos.
Samuel.

11

Os pais de Lívia teriam um jantar na Associação Comercial de Novaes. Como em hipótese alguma poderiam nos deixar sozinhos, incumbiram-nos de uma missão altruísta naquela noite: eu e Lívia faríamos companhia a sua avó, uma vez que seu Adalberto, o avô, também iria ao tal jantar.

Dona Sônia tinha uns olhos azul-celeste e uma bonomia que cativavam no primeiro instante e recebeu-me com a simpatia e a boa disposição que o câncer lhe permitia. Sua casa era clara, iluminada, com bons fluidos. Seu Adalberto também se mostrou receptivo. Era um homem alto, de olhar benévolo e fala mansa, mas que, como o filho, ocultava uma austeridade dissimulada, aparentemente abrandada com a idade. Em alguns momentos me lembrou meu pai. Parecia bastante abatido com a doença que acometera a esposa, embora procurasse não demonstrar.

A avó de Lívia logo se prontificou em pegar um refrigerante na geladeira e em trazer uma fôrma com pedaços de bolo de fubá para a mesa. Movendo-se com lassidão na cozinha, orientou a neta para que me servisse e me deixasse à vontade.

No alto da parede, num suporte, um aparelho de televisão estava sintonizado na novela das sete. Dona Sônia disse que, se quiséssemos, podíamos mudar de canal. Resolvemos assistir com ela. Não cometeríamos aquela indelicadeza.

A certa altura ela fez um comentário sobre a atriz que aparecia na cena. Alimentei a conversa com um comentário pertinente. Era a minha estratégia novamente em ação: mostrar-me tão prosaico a ponto de conversar sobre novelas. Mas não estava forçando nada. Conhecia a atriz que ela mencionara.

Maria Luísa havia ficado com a gente. Dona Sônia demonstrava um desvelo especial pelas netas. Com sua voz pausada, perguntou a Malu como estava indo na escola. A menina parecia pouco à vontade com a minha presença. Ao responder, em vez de olhar para a avó, olhava para mim.

De repente Lívia levantou-se:

– Quer me ver tocar teclado?

Ela me puxou pela mão e eu a segui pelo interior da casa até um quarto que parecia arrumado havia dias.

– Este é o meu quarto aqui na casa da minha avó.

Com um gesto, direcionou meu olhar para um canto:

– E este é o meu teclado.

Sentou-se, abriu o instrumento e começou a tocar uma música romântica:

– *My heart will go on*, conhece? – perguntou, sem tirar os olhos das teclas.

– A música do *Titanic*?

– É.

Então sua atenção voltou-se de vez para o instrumento. Ela fez movimentos introspectivos com o olhar e com a boca e executou com toda a calma a música que escolhera. Ali se mostrou sem medo, e eu pude vê-la em várias simbioses que se alternavam, corpo e alma, menina e mulher, amiga e namorada. Torci para que a música se estendesse mais e mais, e a melodia prosseguiu do fim para o começo várias vezes, como uma fonte cuja água se renovava o tempo todo. Até que Lívia a interrompeu bruscamente, achando que eu já estivesse enjoado da canção:

– Por que parou?

– Porque você não está gostando.

– Quem disse?

Voltou a tocar, dessa vez uma música religiosa.

– Essa música eu tocava na igreja.

Mas não conseguiu executá-la até o fim. Não lembrou de todas as notas. Tentou algumas vezes e no fim fez cara de decepção.

– Não faz mal – eu falei.

Ouvindo aqueles acordes, ocorreu-me uma cena de *Elefante*, filme do diretor Gus Van Sant na qual um dos personagens tocava *Pour Elise* numa tomada longa.

– Você sabe tocar *Pour Elise*?

Ela não respondeu. Em vez disso, extraiu as primeiras notas da canção, que não saíram perfeitas. Aos poucos foi acertando os acordes. Tocou por alguns minutos, com a mesma introspecção de instantes atrás, deixando que eu me embevecesse diante de seus longos dedos sobre o teclado. De repente, como se despertasse de um transe, olhou para mim e me flagrou em plena contemplação:

– Que foi?

– Nada. Estava te olhando.

Antes que voltasse a tocar, puxei seu corpo contra o meu e nos beijamos. O quarto mergulhou num silêncio cúmplice. Um silêncio que de repente contrastou com a melodia que até há pouco preenchia o ambiente. Sua avó não tardou a presumir que algo acontecia. Logo ouvimos seus passos em direção ao quarto. Nos aprumamos com diligência e Lívia voltou a tocar *Pour Elise.*

Válter e Zilmar não demoraram a chegar. Com eles vieram um irmão de Válter e sua mulher. O casal me cumprimentou com uma cortesia perfunctória. Não trocaram palavra comigo além do cumprimento. Mas notei que discretamente me estudavam.

Os pais de Lívia mostraram-se agradecidos por eu ter ficado com ela fazendo companhia a dona Sônia. Quando saímos, seu Adalberto também me agradeceu. Senti revigorada a sensação de que cumpria a contento o meu papel.

Na volta, fiquei sem saber se deveria ir para o hotel ou seguir com eles. Era cedo ainda, pouco mais de dez horas. Zilmar logo dirimiu minha dúvida:

– Daqui a pouco o Bruno chega e te leva.

Aquela seria uma cena recorrente. Enquanto estivesse ali, meus passos seriam sempre direcionados pelos pais de Lívia. Sentia-me como um prisioneiro de guerra. A presença de Lívia, porém, preocupada o tempo todo comigo, compensava aquele cerceamento.

Voltamos para o sofá. Entre idas e vindas para pegar café, ficamos namorando, dando-nos por contentes pelo que havíamos conquistado naquele dia. Para ela, ter conseguido a aprovação dos pais era uma vitória particular. Sua convicção de que eles haviam gostado de mim a deixava mais tranquila quanto à continuidade do namoro.

Na tevê passava um filme a que fingíamos assistir. Não demorou e Zilmar veio sentar-se no outro sofá. Passou a assistir com vivo interesse ao filme, mas em minutos dormia pesado, o corpo largado e uma cerrada expressão de cansaço no rosto. Ela viera nos vigiar, mas sucumbira ao sono.

Foi um momento cômico. O filme passava na tevê; eu e Lívia trocávamos carícias no sofá; a dois metros de nós, sua mãe jazia submersa num sono espesso. As carícias eram trocadas a medo, pois de vez em quando Zilmar soltava um leve ronco, acordava e perguntava em que pé estava o filme. Eu e Lívia nos olhávamos atônitos, um esperando que o outro respondesse. Tentávamos nos inteirar rapidamente do enredo, o que era impossível. Na busca por alguma uma resposta, eu mastigava palavras. Zilmar ouvia, fingia entender o que eu dizia e voltava a dormir. E esquecíamos novamente do filme.

As horas foram passando. O filme terminou. Bruno não chegava. Súbito Zilmar acordou em definitivo e perguntou se eu já queria ir para o hotel. Deu a entender que ela é que me levaria, uma vez que Bruno não dera sinal de vida. Fiquei com vontade de dizer que estava tarde, que seria muito incômodo sair àquela hora da madrugada, que esperaria Bruno chegar ou que não me importaria de dormir no sofá. Zilmar adivinhou meus pensamentos. Levantou-se resoluta, tilintou a chave do carro e encaminhou-se para a porta perguntando para a filha se ela iria também.

– Só um minuto, mãe – disse Lívia, tomando-me pelas mãos e me puxando para o quarto. – Sam, vamos pegar sua bolsa.

Enquanto nos dirigimos para o quarto, ouvimos Zilmar dizer que estava tirando o carro. Lívia entregou-me a bolsa e perguntou se eu havia tomado os remédios.

– Os da noite ainda não – sussurrei.

– Então toma já! – ela ordenou, simulando autoridade.

Foi até a cozinha e voltou com um copo com água até a borda, deslocando-se com cuidado para não derramar. Peguei o copo, olhei de lado para ver se ninguém me observava e ingeri os comprimidos. Em seguida, com a boca umedecida, dei-lhe um longo beijo molhado.

Atravessamos a noite silenciosa de Novaes no mesmo Monza em

que Bruno nos trouxera, sob uma nuvem de estrelas cintilantes espalhadas em um céu diáfano. Como ocorrera de manhã, Lívia foi no banco de trás com a minha bolsa. Quando o carro parou, ela desceu junto comigo. A mãe não se opôs. Ao sair do carro, despedi-me de Zilmar com um beijo no rosto. Foi sincero, mas a indiferença com que ela o recebeu me fez sentir o mais indigno dos bajuladores.

No *hall* do hotel, ao me despedir de Lívia, o mesmo funcionário nos observou com discrição. Beijei Lívia demoradamente, já lamentando as horas que ficaríamos separados. Se o recepcionista achava que éramos noivos, não haveria de estranhar a intensidade do beijo.

Acompanhei-a de volta até o carro. Gostava de olhar seu jeito de menina e seu corpo de jogadora de vôlei. Acenei ainda uma vez para Zilmar, que discretamente me observava. Depois Lívia me diria que, assim que deu partida no carro, ela comentou que eu era "um cara legal".

Voltei para o *hall*, dei boa-noite ao funcionário e dirigi-me para o quarto. Para ele, eu devia ser o noivo da cidade grande que visitava a noiva do interior. Uma ideia simples, fácil de ser concebida e assimilada. Logo, ele deduziria, ela se casaria comigo e iria embora para São Paulo, a cidade que eu colocara no campo "origem" do formulário que preenchera.

Ao fechar a porta do quarto, era como se abrisse as portas da consciência, até então mera depositária das minhas impressões. Meu juízo ficara tolhido a maior parte do tempo, dando espaço às ações que se sucediam com uma velocidade prodigiosa. Agora podia deixar o corpo cair sobre a cama e liberar a imaginação e a memória.

Eu já havia desistido de entender de onde Lívia surgira. Ela falava que éramos almas gêmeas, que nosso encontro não fora obra do acaso, mas acreditar em almas gêmeas ia contra tudo o que eu havia acreditado até então. E no entanto não podia negar que, a despeito dos 26 anos que nos separavam, havia entre nós algo que transcendia o simples entendimento.

A impressão de alguém que pedia licença para existir não era um mero jogo de palavras. Lívia reunia em sua personalidade a influência rígida dos pais com relação a princípios, potencializada pelo contato com a Igreja Católica, e o frescor juvenil da sua idade, naquilo que ela tinha de gratuidade e ousadia. Uma combinação que se consubstanciava com graça naquela garota que agora, de fato e de direito, eu podia chamar de minha namorada.

No dia seguinte, Lívia e Bruno foram me buscar às dez da manhã no hotel. Eu já estava apreensivo no saguão, pois, para não fugir ao hábito, eles se atrasaram um pouco. Hábito mais de Bruno, uma vez que Lívia era de uma pontualidade londrina.

Ela me recebeu com a mesma cerimônia ansiosa do dia anterior, tratando-me como se eu houvesse acabado de chegar de São Paulo. Já nos sentíamos íntimos e confiantes de que aportáramos para valer na vida do outro, mas eu tinha curiosidade de saber como seria o clima do dia seguinte em sua casa. Válter e Zilmar ainda eram uma incógnita para mim.

Cumprindo meu papel de "prisioneiro de guerra", no domingo fui com a família almoçar na casa de dona Sônia. Todos se mobilizavam em torno da avó de Lívia e de seu grave problema de saúde. Ali pude conversar um pouco com seu Adalberto, especialmente sobre futebol. Ele parecia ter simpatizado comigo, até mais do que o filho, e me narrou com riqueza de detalhes o dia em que fora assistir a uma partida entre Corinthians e Santos no pequeno estádio do Parque São Jorge, na década de 1960. A informação era nova para mim. Nunca soube de um clássico da magnitude de Santos e Corinthians disputado naquele estádio. Ele me contou o caso com indisfarçável orgulho, pois naquele remoto dia tivera a oportunidade de cumprimentar ninguém menos do que Pelé, a quem, durante a conversa, chamou o tempo todo de "o Negão".

Depois do almoço, Bruno nos levou até uma escola para que eu justificasse minha ausência no plebiscito do desarmamento. Na pequena fila em frente à seção eleitoral, eu e Lívia aproveitamos para trocar alguns beijos, sob o olhar curioso das pessoas. A curiosidade se devia naturalmente à diferença de idade, visível ao simples olhar. Mas não me incomodava. Pelo contrário, me fez bem constatar que Lívia não tinha vergonha ou receio de se mostrar comigo para as pessoas da sua cidade.

Saímos da escola e fomos direto para a rodoviária. Queria garantir a passagem de volta para o horário mais tardio que houvesse. Para meu desalento, o último ônibus sairia às cinco horas. E já passava de duas. Voltamos depressa para a casa de Lívia. Haveria tempo apenas para namorar mais um pouco no sofá. Logo estávamos todos à mesa, tomando um bem tirado café preparado por Zilmar, à guisa de despedida.

Quando faltavam vinte para as cinco, levantei e me dirigi ao quarto para pegar minha bolsa. Na volta, Válter e Zilmar estavam perfilados na sala, em postura hierática, como se fossem o embaixador e a embaixatriz de um país qualquer. Enxerguei ali a união do casal. Era mais um ritual. E interpretei aquela postura como de aprovação do namoro.

– Samuel, seja bem-vindo – disse Válter, estendendo-me a mão. – Boa viagem e volte quando quiser.

– Obrigado – retribuí, ainda travado pela formalidade.

Na rodoviária, Zilmar esperou no carro enquanto eu e Lívia nos despedíamos na plataforma. Aquela liberalidade foi outra demonstração de que o namoro contava com o consentimento deles. Voltei a me despedir de Zilmar com um beijo no rosto. E de novo fiquei com a impressão de que o beijo não fora bem recebido. Ela era uma mulher cheia de reservas, para quem situações novas precisavam de um tempo para serem assimiladas.

O ônibus já roncava os motores na plataforma. A felicidade estampada no rosto de Lívia foi substituída de repente pelo pesar diante da minha partida. Um pesar que também era meu. Mas estava conformado, tomado do sentimento de gratidão por tudo ter corrido bem. Para um namoro tão cercado de tabus sociais, devíamos agradecer por aqueles dois dias.

Lívia recostou-se na parede à espera do beijo de despedida. A tristeza desenhava uma beleza renascentista em seu semblante. Ficamos ao lado de outro casal de namorados que também se despedia. Os dois eram jovens, quase adolescentes, e provavelmente da mesma idade. Não havia entre eles a premência que existia entre nós. O beijo deles foi apaixonado, intenso, mas sem o sentimento do imprevisível que nos espreitava.

Fui o último a entrar no ônibus. Trocamos beijos ansiosos até que o motorista imprimiu um ronco mais impaciente ao motor, dando-nos um ultimato. Demos então o último beijo, longo, molhado, apaixonado, quase infinito. Quando abri os olhos, Lívia ainda mantinha os seus fechados. Belisquei sua bochecha, chamando-a para a realidade, e me dirigi para a porta.

Subi os degraus, procurei minha poltrona, acomodei minha bolsa no compartimento de bagagens e me sentei. Ela ficou parada na calçada. Olhava na minha direção, mas não tive certeza se me via. Fiquei olhando-a enquanto o ônibus fazia as primeiras manobras. Não era mais uma tela de Van Gogh que a cena me sugeria, mas o olhar perdido da jovem Suzon no quadro *O bar de Folies-Bergère*, a derradeira obra do pintor francês Édouard Manet.

Ainda uma vez tentei vê-la, mas a manobra do ônibus fez com que a perdesse de vista. Então relaxei na poltrona e me preparei para tentar dormir. Fechei os olhos à espera do sono, que não veio. Se na viagem de ida não dormira por ansiedade, agora não dormia de feliz. A todo instante *flashes* daquele fim de semana auspicioso invadiam a minha lembrança. Pensei em Briza, em Romena. Pensei nos meus pais, nos meus irmãos. Eles também faziam parte dessa felicidade, por existirem e fazerem parte da minha história. Voltei a pensar em Lívia e no milagre da sua presença na minha vida. Pensei na diferença das nossas idades, no vírus que poderia ser um obstáculo àquele estado de êxtase. Depois não pensei em mais nada. Meu olhar se resignou a contemplar a noite solene que descia sobre o cenário bucólico cortado pela Castelo Branco, um filme em sépia que rodava do lado de fora, mais um afago das forças invisíveis do cosmo no meu espírito àquela altura da vida.

12

Lívia não resistiu: assim que voltou da rodoviária, trancou-se no quarto e começou a ler *Post-Scriptum* febrilmente. Estava exultante. A leitura prolongava a sensação da minha presença em sua casa. Quando cheguei a São Paulo, perto de dez da noite, ela já havia avançado um bom trecho da leitura. Como tinha de ler escondido, deixou a porta do quarto fechada à chave.

Ela já havia lido os dois romances juvenis que eu lhe enviara pelo correio, dez dias antes. Mas agora era diferente. *Post-Scriptum* falava da minha experiência com o vírus hiv. Era um livro mais denso e o mais comentado pelos leitores no orkut. Lívia criara uma grande expectativa sobre ele.

Como suspeitávamos que pudesse acontecer, depois da minha partida o namoro entrou numa zona de turbulências externas. Entre nós estava tudo bem. Nossas conversas diárias pelo msn e por telefone continuariam nos dias seguintes com a mesma urgência dos vinte dias que antecederam minha ida a Novaes. Nos dias subsequentes, li para Lívia alguns contos, que ela ouvia com um interesse que só fazia crescer a admiração que eu sentia por ela. Não ficávamos três horas sem nos falar. Parecíamos trazer um relógio interno que a cada pequeno período soava o alarme da saudade.

Seus pais, no entanto, não viram com bons olhos aquela manifestação intensa de afeto. Numa mudança de atitude que Lívia mais do que eu já esperava, começaram a tratá-la de maneira ríspida, irritados com o tempo que ela dedicava a falar comigo diariamente. Emitiam os primeiros sinais de que nem tudo fora aceito de maneira tranquila entre eles.

A implicância começou na própria noite de domingo. Eles não gostaram de a filha ter-se trancado no quarto assim que fui embora. Alegaram que ela não fizera nada durante o fim de semana – não estudara, não ajudara na limpeza da casa, não dera sequer uma mãozinha no almoço – e que era uma atitude antipática fechar-se para a família daquele jeito, como se agora somente eu importasse.

Perto de meia-noite ela saiu do quarto e quis entrar no msn. Atento aos movimentos da filha, Válter não permitiu. Argumentou que a internet estava fazendo mal para os seus olhos – e de fato estava – e que ela andava dormindo pouco ultimamente – o que também era verdade. Por trás daquelas restrições, porém, escondia-se a má vontade que ele e a mulher começaram a manifestar com a ideia do namoro. Presumivelmente aquelas implicações eram levadas a termo de caso pensado. Crescia na minha mente a convicção de que eles tinham me tratado bem um pouco por educação, um pouco porque queriam dar a mim uma chance mínima de mostrar meus propósitos, mas já determinados a não me aceitar. Receberam-me com cortesia por constatarem que eu era uma pessoa de um certo nível, mas implicitamente o plano da proibição do namoro já estava em marcha.

Não deixei de perceber o clima tenso. Captava as vibrações negativas apenas com o timbre afetado de Lívia ao telefone. Passei a ouvir com frequência os gritos de Zilmar, ao fundo, mandando a filha executar algum serviço doméstico assim que eu ligava, uma forma de dar vazão ao seu desconforto com a situação.

Aqueles dias foram decisivos para o namoro. Lívia me contaria depois que, diante da pressão dos pais e dos parentes, pela primeira vez parou para avaliar o ônus psicológico que lhe seria cobrado para manter aquela relação em níveis saudáveis. Passou a considerar com mais realismo a contracarga que enfrentaria por assumir uma relação que desde o início já atraíra a antipatia de todos em sua família, com raras exceções.

Ela imaginava como seria o ano seguinte, no qual prestaria vestibular para três universidades concorridas. Pensou na proximidade de seus dezoito anos. Numa análise simples, sua maioridade poderia significar uma solução. Ela faria dezoito anos e entraria no pleno gozo dos seus direitos civis. Para seus pais, contudo, a coisa não era tão simples assim.

Nos últimos dias eles deixaram claro que o fato de a filha fazer dezoito anos não alteraria a vigilância cerrada que manteriam sobre ela.

Podia ser, eu conjecturava, que eles não tivessem me achado a pessoa mais adequada para a filha, ou que meu padrão financeiro não satisfizesse suas expectativas. Aos poucos, porém, fui enxergando a realidade da situação por um ângulo mais amplo e uma convicção foi se enraizando em mim: por uma série de motivos racionais e irracionais, éticos e antiéticos, eu jamais seria aceito no seio daquela família. Era uma questão de valores. E valores não nascem do simples contato, são elaborados ao longo de gerações. Valores são inegociáveis.

Todos esses fatos criaram um cenário nebuloso na mente de Lívia. Por conhecer o procedimento habitual dos pais em certas situações, e por saber de fatos que guardara para si naquele momento, ela passou a considerar obstáculos que eu relutei em aceitar como um perigo iminente.

Um fato que eu ignorava, e que Lívia só me revelou muito tempo depois, foi que nos primeiros dias do namoro ela comentara sobre mim com a empregada da casa, uma mulher de meia-idade, chamada Mirtha, que havia anos trabalhava para sua mãe. Lembro de Lívia ter falado dela com carinho nos primeiros dias do namoro, especialmente pelo fato de Mirtha frequentar a casa de Zilmar desde antes do nascimento de Bruno. Na ocasião, perguntei a ela se, ao falar de mim, fizera menção ao hiv. Ela disse que não.

Lívia tinha um senso da realidade bastante apurado para a sua idade e uma alteridade que eu admirava. Essas virtudes faziam com que desenvolvesse uma habilidade incomum para conviver em relativa fleuma com sentimentos contraditórios. Diante desse cenário, e apesar da sua fleuma, temi por seu equilíbrio emocional. Mas temi também pelo meu. Não queria alimentar expectativas que seriam facilmente demolidas por Válter e por Zilmar.

De fato, Lívia tinha seus motivos para se preocupar.

– Sam, conheço meus pais – ela costumava dizer.

Essa frase, proferida num tom sentencioso, parecia conter em si o germe de uma ameaça oculta, como se a qualquer momento algo pernicioso fosse acontecer contra o namoro e aquela frase servisse como justificativa ou consolo. Confesso que, durante aquela primeira viagem, subestimei o reacionarismo enraizado no espírito de Válter e de Zilmar e não dimensionei como deveria o preconceito e a náusea com que me dirigiam o olhar. Não me refiro à diferença de idade somente, ou ao hiv – do qual, eu supunha, eles ainda não tinham conhecimento –, mas àquela atitude própria de toda família de querer eternizar a harmonia familiar impedindo que pessoas de fora maculassem a atmosfera original de inocência e fraternidade. Eu encarnava o vilão daquela história e nada do que fizesse alteraria essa condição.

A mudança de comportamento dos pais de Lívia me deixou apreensivo. Comecei a temer pela próxima ida a Novaes, já marcada para o feriado prolongado de 15 de novembro. Contra todas as ameaças, porém, Lívia já fazia parte da minha história.

Dia da Proclamação da República. Da nossa pobre República, com seus políticos estúpidos, medíocres e anacrônicos. Como da outra vez, cheguei num sábado com promessa de sol em São Paulo e tempo fechado em Novaes. Ficaria até terça-feira. Dessa vez seria Zilmar quem traria Lívia até a rodoviária.

Desci no terminal e fiquei por alguns minutos em pé na plataforma. De repente senti duas mãos grandes e macias vendando meus olhos. Lívia saíra do carro e sorrateiramente viera ao meu encontro. Abraçamo-nos demoradamente buscando saciar a saudade de vinte dias. Logo Zilmar aproximou o Monza e buzinou duas vezes. Olhei na direção do carro: lá estava o olhar glacial.

Andamos até o carro de mãos dadas, apesar do olhar pouco amistoso de Zilmar. Seu gelo fez com que dessa vez eu não a cumprimentasse com um beijo no rosto. Era uma mudança de postura da minha parte. Um movimento de defesa. O mal-estar, contudo, estava instaurado. Pela secura da recepção, pude imaginar o que me aguardava naqueles quatro dias.

Lívia pediu-me que fosse direto para sua casa e só depois para o hotel. Acedi ao pedido, uma vez que a reserva já fora feita. Mas Zilmar não gostou da ideia. E para deixar claro que não haveria a mais remota chance de eu ficar na sua casa, fez questão de dizer que depois Bruno me levaria para o hotel.

O curto trajeto colaborou para que o silêncio não se tornasse mais opressor dentro do carro. Quando a porta da garagem se abriu, considerei quase um milagre estar naquela casa novamente. As samambaias continuavam viçosas adornando a parede, mas o clima para mim não seria o mesmo da primeira viagem.

Eu havia comprado um gatinho de pelúcia para Lívia. Antes de sair do carro, busquei o pequeno embrulho no fundo da bolsa e estendi-lhe o presente. Em seguida, de pé em frente à porta da sala, tirei da bolsa duas fotos do meu pai que trouxera para ela ver. Zilmar se aproximou, tomou as fotos nas mãos e ficou olhando para elas:

– Ele parecia ser um senhor muito simpático – disse.

– Ele era sim – confirmei, com indisfarçável orgulho daquele traço que de fato fazia parte da personalidade do meu pai.

A observação de Zilmar amenizou a tensão dos primeiros minutos. Como da vez anterior, ela ostentava uma secura inicial que aos poucos se convertia em afabilidade. Na hora cogitei se essa mudança de atitude não seria em razão da presença do marido.

Válter surgiu da cozinha e veio me cumprimentar. Parecia estar sempre saindo de alguma tarefa doméstica. Mais expansivo do que a esposa, perguntou se eu fizera boa viagem, depois disse para eu ficar à vontade. Era mais uma fórmula do que um desejo. Agradeci a gentileza, enquanto já cumprimentava a pequena Maria Luísa, com seus olhos de peixinhos assustados, e Bruno, que me apresentou a namorada Vanessa.

A indiferença de Válter e de Zilmar, que seria uma sombra permanente na segunda viagem, acabou nos beneficiando naquele sábado. A insignificância a que me relegaram fez com que eu passasse grande parte da tarde com Lívia no sofá da sala. Só não nos livramos de ouvir a cacofonia da televisão postada em cima da geladeira, sintonizada na TV católica. Pude presenciar *in loco* o fanatismo religioso em sua nuança mais contraditória: a perda do verdadeiro sentido da religião, que é o de interiorização espiritual, pelo seu efeito oposto, o ruído de comunicação ensurdecedor que mais alienava do que convidava à meditação.

A internet evitou que nosso confinamento fosse completo. Entrar no orkut, conferir e-mails, ouvir música era o que nos restava fazer, uma vez que ela não tinha autorização para sair comigo. Na certa seus pais supunham que na primeira oportunidade eu fosse levá-la para o hotel e transar com ela.

Entretanto, não ficamos totalmente privados de liberdade. Naqueles quatro dias, alguns "privilégios" nos seriam concedidos: duas idas à padaria, uma visita à casa da tia Clara e um passeio de uma hora, rigorosamente cronometrada, para tomar um sorvete na praça matriz da cidade.

O frescor juvenil de Lívia me fascinava. O viço das suas formas e a seda da sua pele mobilizavam em mim uma profunda gratidão pela ventura de ter conhecido aquela menina que ali estava o tempo todo agarrada a mim. Sem contar o fato de que tudo o que eu dizia era ouvido com uma atenção circunspecta que não me deixava esquecer da responsabilidade que deveria ter com seus sentimentos. Eram divagações que vinham sempre acompanhadas da preocupação com os limites éticos da minha conduta. Aterrava-me a ideia de estar acomodando minhas conveniências sentimentais e eróticas à situação que vivia. É o que todo pedófilo clássico costuma fazer. Então lembrava a mim mesmo que a relação não envolvia somente a libido, mas também sentimentos. Tínhamos afinidades emocionais muito semelhantes. Apesar da diferença de idade, vivêramos experiências, em geral amargas, bastante parecidas. Sentíamo-nos como dois *gauches* no mundo. Era uma identificação muito real para que a negássemos. E isso não dizia respeito somente ao sexo.

Minha preocupação era tão tangível que eu me perguntava até quando duraria aquele sentimento. Sempre ouvira dizer que garotas na idade de Lívia apaixonavam-se muito facilmente e com toda a intensidade, mas que a paixão arrefecia nelas com a mesma velocidade com que irrompiam. Também ouvira que mulheres de áries eram muito fogosas quando amavam, mas que logo se desinteressavam. Eu estava consciente, sob todos os ângulos pelos quais olhasse a situação, da atmosfera de risco em que entrara. Mas Lívia, como se manipulasse uma delicada pinça imaginária, ia tirando uma a uma as dúvidas da minha cabeça.

Tia Clara. Escrevo assim, "tia Clara", porque logo me familiarizei com ela. Depois das carícias trocadas com Lívia, a visita a sua casa foi o melhor momento da segunda viagem.

Assim que a avistei na sala, no sábado à tarde, passando o secador no cabelo de Zilmar, pensei que as duas fossem irmãs, impressão que me colocou de sobreaviso. A própria tia Clara explicou que não era irmã, mas tia de Zilmar, embora as duas aparentassem a mesma idade. Ela foi muito educada ao me cumprimentar e em dado momento perguntou da cozinha se eu queria café.

A boa impressão que tia Clara me passara fez com que Lívia me levasse no dia seguinte a sua casa, que ficava a poucas quadras dali. Sua intenção era atenuar meu desconforto, já bastante evidente diante do desprezo que vinha sofrendo por parte de seus pais. Caminhamos de mãos dadas e paramos várias vezes para trocar beijos durante o percurso. Na rua, enquanto as pessoas nos olhavam sem disfarçar o espanto, Lívia me explicava quem era cada uma delas. Ela não se importava que olhassem. Havia me assumido não apenas perante seus pais, mas diante de toda a comunidade de Novaes.

Andamos mais um pouco e logo estávamos em frente ao portão da tia Clara. Ela veio nos atender com a mesma simpatia do dia anterior. Pude então observá-la melhor. Era uma mulher de traços finos, um rosto anguloso, o corpo esguio, conservado para a idade – pouco mais de cinquenta anos – e uma voz que passava serenidade. Se seu espírito era realmente sereno, eu não tinha como saber, mas pelo menos ela não demonstrava afetação. Não se excedeu em nenhuma conversa mais íntima comigo e de um modo natural deu a entender que minha presença era bem-vinda em sua casa. Depois Lívia me revelaria que, à época de seu casamento, ela tivera problemas com a família do seu marido, um homem igualmente cordato que estava na sala e me cumprimentou com discrição e deferência. Talvez isso explicasse alguma coisa.

No quintal, tia Clara mostrou suas plantas para Lívia, depois nos levou até uma espécie de varanda. Embora simples, sua casa era espaçosa e arejada. Ali ofereceu-nos canjica e sagu. Foi uma das melhores canjicas que comi em muitos anos. Quando esvaziei a tigela, ela insistiu para que eu pegasse mais. Por recato, agradeci e declinei a oferta, embora me aguçasse a vontade.

Enquanto comíamos – Lívia preferiu o sagu –, as duas conversaram sobre pessoas que eu não conhecia. Tios, primos, conhecidos, alguns que haviam se casado ou se separado, outros que tiveram câncer ou haviam morrido, outros ainda de quem tia Clara nunca mais tivera notícia. Um inventário vasto e variado que fiquei ouvindo com minha paciência de bom ouvidor, enquanto degustava a canjica. Não era apenas paciência, mas também prazer por compartilhar com alguém a minha condição de namorado de Lívia. Não me passou despercebido que a tia de Zilmar era a primeira pessoa que eu conhecia em Novaes que não tratava Lívia como criança, mas como a jovem madura que ela era.

Na segunda-feira pela manhã, antes de ir para a casa de Lívia, resolvi dar uma volta pelo centro de Novaes. Uma vez que não podia fazê-lo na companhia da minha namorada, cumpriria sozinho aquele pequeno périplo.

Pedi ao homem da recepção que chamasse um táxi. Ele me sugeriu o moto-táxi, mais rápido e barato. Ressabiado, aceitei. Foi assim que, em poucos minutos, por três reais, sacudi o corpo temerariamente na garupa de uma motocicleta pelos becos e atalhos da cidade. Foi a primeira vez que andei de moto na vida.

Embora o comércio estivesse aberto, havia pouco movimento nas ruas – o feriado seria no dia seguinte. Para sentir a atmosfera da cidade, vasculhei lojas, assuntei o preço das quinquilharias e degustei um pastel de queijo com caldo de cana. A todo momento flagrava-me espantado com o aleatório de estar ali. E tudo por conta de uma entrada fortuita na internet. Um *click* no mouse e o seu destino muda como um trem passa de um trilho a outro.

Válter e Zilmar mal me olharam na cara naqueles dois dias. O marido ainda se esforçava para um trato minimamente cordato. O mau humor de Zilmar, no entanto, atingira o ápice. Sempre com o canal católico sintonizado num volume infernal, presenciei seus gritos ensandecidos contra a pobre Maria Luísa. Atônita, a menina não sabia o que fazer para saciar a histeria da mãe.

Sabedor de que era a causa daquela explosão de fúria, procurei me portar de modo discreto, acompanhando os acontecimentos do sofá. O mal-estar, porém, pesava opressor sobre o ambiente da sala. Para mim, era como se impregnasse todo o perímetro urbano de Novaes.

Ainda na segunda-feira, diante da reserva de Válter e do olhar de desprezo de Zilmar, tive uma pequena discussão com Lívia por causa do clima insustentável. Disse a ela que iria embora, pois sentia que não era mais bem-vindo em sua casa. Não estava propondo o término do namoro, apenas não queria ficar ali, sendo olhado como um criminoso.

Lívia tentou me convencer de que o problema não era comigo, mas entre eles. Disse que era comum seus pais brigarem e fecharem a cara com quem estivesse por perto. Lembrei a ela que sua mãe nem sequer me dera bom dia.

– Sam, por favor...

Ela começou a chorar, pedindo que não fizesse aquilo. E eu suportei mais um dia inteiro de gritos histéricos, olhares mortíferos, desprezo e silêncios venenosos. E o fiz somente pelo empenho de Lívia em consolidar o namoro. Comecei a achar que eles já sabiam do hiv. Mas não podia ter certeza. Quis acreditar que, se fosse isso, Lívia teria me contado. A certa altura, cheguei a questioná-la a esse respeito. Ela negou que eles soubessem.

Eles só voltaram a falar comigo quando fui embora, às cinco horas da terça-feira. Na despedida, Zilmar fez com que me sentisse um réprobo ao estender-me a mão sem nem me dirigir o olhar. Peguei minha bolsa e, junto com Lívia e Bruno, que me levariam até a rodoviária, reuni no semblante o que me restava de orgulho próprio e me encaminhei para o carro. Levava comigo a certeza de que demoraria a voltar àquela casa. Talvez jamais voltasse.

Na rodoviária, Bruno nos deixou sozinhos para a despedida. Era o mínimo que eu esperava dele. Lívia recostou-se na parede. Era pura desolação. Lembrou-me Julie Delpy em algumas cenas do filme *Antes do pôr-do-sol*. Não trocamos palavra naqueles minutos. Beijamo-nos ardentemente enquanto o ônibus não encostava.

Quando o ônibus chegou e os passageiros começaram a subir, demos um último beijo demorado e finalmente eu embarquei. Ela ficou no mesmo lugar em que a beijara, o olhar atarantado, tentando adivinhar aonde eu me sentaria. Minha poltrona ficava do lado da janela, oposto ao da plataforma. Não pude lhe dar um último aceno. Em minutos o ônibus ligava os motores, manobrava e progredia com lentidão pelas ruas da cidade. Logo ganhava a estrada para Botucatu e em seguida a Castelo Branco. A paisagem rural que me chegava pelo filtro sépia do lusco-fusco vespertino, que na primeira viagem eu interpretara como um afago do cosmo no meu espírito, deslizava novamente diante dos meus olhos. Mas agora eu o contemplava como se fosse pela última vez. Na minha mente uma pergunta renitente latejava junto com a dor que começava a atingir minhas têmporas: em que momento eu fora condenado?

13

No ônibus, fui assaltado por pensamentos pessimistas. Para azedar meu humor, um bem fornido PM subiu em Botucatu e veio sentar-se do meu lado. Logo dormia, esparramado na poltrona, deixando seu paquidérmico braço cair sobre o meu. Encolhi-me o mais que pude para não importuná-lo e para que ele não encostasse em mim, mas ele se esgueirava cada vez mais com o balanço do ônibus, deslizando para o meu lado.

A certa altura, senti o cheiro acre do seu suor. Olhei para ele e vi gotículas que se formavam nas têmporas. Um asco me invadiu. Dei-lhe um toque discreto para manifestar meu incômodo. Ele abriu os olhos, aprumou-se, esboçou um ar de dignidade, limpou o suor com o dorso da mão e voltou a mergulhar no seu sono de abismo. Mais tarde, quando alguns passageiros desceram num trecho da estrada, ele se deslocou para uma das poltronas que ficaram vazias.

Durante a viagem, fiz um pequeno inventário daqueles quatro dias. Algo acontecera entre o sábado e aquela terça-feira. Algo que escapara à minha percepção, mas que talvez Lívia soubesse, mas não tenha querido ou podido me revelar. Ou, ainda, que temesse. Eram meras suposições. E eu fui parafusando hipóteses ao longo da viagem.

Ao chegar em São Paulo, liguei para ela assim que desci na rodoviária. Ficara preocupado com seu abatimento na despedida. O telefone só chamava. Dirigi-me para o apartamento e liguei de lá. Bastou ouvir sua voz para compreender que algo ocorrera. Seu timbre me chegava afetado:

– Sam, não estou legal. Acho que estou com febre.

– Mediu a temperatura?

– Ainda não, mas estou com calafrios. Minha cabeça está doendo.

Fez-se um breve silêncio.

– Está tudo bem na sua casa?

– Ninguém falou comigo depois que você saiu.

– Mas ninguém falou porque você não viu ou porque eles estão na bronca?

– Porque eles estão na bronca. Conheço meus pais. Agora eles vão me dar uma gelada.

Logo eu descobriria o motivo da febre. Assim que ela voltou da rodoviária, seus pais entraram no quarto, um de cada vez, para conversar com ela. Ela achou que eles vinham dar o último ato para que terminasse o namoro. Eles não foram tão incisivos, mas fizeram perguntas que deixaram Lívia desconcertada.

– Você sabe se o Samuel tem alguma doença grave? – Válter perguntou.

Surpreendida com a violência oculta da pergunta, Lívia não conseguiu disfarçar o sobressalto.

– Claro que não, pai. Por que a pergunta?

– Só queria saber. Você sabe, tem muita doença esquisita por aí.

Obviamente era uma sondagem capciosa. E Lívia sentiu que deveria desviar a conversa daquele assunto o quanto antes. Procurou parecer natural, sabendo que nenhum álibi iria convencer o pai. E o eufemismo usado por Válter, "doença esquisita", fez com que se sentisse vulnerável respondendo a uma pergunta da qual ele certamente já sabia a resposta.

Ele não perguntou mais nada. O que buscava estava mais no modo como Lívia reagiria do que na resposta, que, ele sabia, não seria sincera.

Em seguida foi a vez de Zilmar entrar no quarto. Embora aturdida com aquela *blitz*, Lívia já esperava a mesma pergunta. Sua resposta dessa vez pareceu-lhe mais convincente:

– Que doença ele pode ter, mãe?

– Sei lá, câncer.

Franziu a testa antes de responder:

– Ele teria me contado.

Assim que pôde, Lívia reproduziu para mim aqueles diálogos. Ali compreendi que meu retorno a Novaes, já agendado para o dia 3 de dezembro, estava abortado. E intuí que o fim do namoro era questão de dias. De horas, talvez.

Estava claro que o modo como eu fora tratado estava diretamente relacionado àquelas indagações. A certeza de que eles já sabiam do hiv era tão concreta quanto os edifícios que eu contemplava da minha janela.

Desviamos o assunto para coisas mais amenas. Perguntei se ela entraria no msn mais tarde. Ela respondeu que não, pois sua cabeça estava latejando. Além do mais, seu pai não iria deixar.

Sugeri então que fôssemos dormir. Eu também estava com dor de cabeça e exaurido pela viagem. Mas não consegui desligar sem voltar ao assunto que pulsava oculto na conversa.

– Por que eles fizeram essas perguntas?

– Acho que eles já sabem do hiv, Sam.

– Mas quem contou?

– Não sei. O Bruno andou pesquisando seu nome no Google.

– O Bruno?

– Vi no histórico das pesquisas. Alguém pesquisou seu nome no Google e não fui eu.

– Mas por que ele faria isso?

– Meus pais devem ter pedido. Ou eles mesmos devem ter pesquisado.

– Mas assim, do nada? – eu não me convencia.

– Não sei, Sam. Do nada não pode ter sido.

– Será que não foi aquela empregada que contou pra sua mãe? Como é mesmo o nome dela?

– Mirtha. Não, Sam, eu não falei nada pra Mirtha sobre o hiv.

– Bom, se o Bruno ou quem quer que seja entrou no Google, então descobriu tudo a meu respeito e contou pra eles. Tem entrevistas lá em que falo do hiv.

– Pode ser – ela disse, de modo vago.

A vista de Lívia piorava. O fantasma do ceratocone a espreitava, embora ainda fosse uma possibilidade remota. E ela não conseguia se livrar de uma renitente dor de cabeça. Na sexta-feira, Zilmar levou-a ao oftalmologista. O médico pediu um exame aprofundado para medir o grau do astigmatismo e a possibilidade do ceratocone.

Fiz uma pesquisa sobre aquela doença da qual nunca ouvira falar. Conforme apurei, tratava-se de uma desordem ocular não inflamatória que afeta o formato da córnea, provocando a percepção de imagens distorcidas. Tem causa desconhecida e atinge pessoas na faixa etária entre dez e vinte anos. É uma doença hereditária que, em estágios avançados, pode exigir o transplante da córnea. A evolução do ceratocone é quase sempre progressiva, com aumento do astigmatismo, mas pode estacionar em determinados casos.

Lívia ficou preocupada com o exame que o médico pedira. Havia histórico do ceratocone na sua família. Uma tia-avó de Zilmar ficara cega por causa daquela doença. Caso ela a desenvolvesse, poderia ficar cega também.

Eu havia feito a reserva para o dia 3 de dezembro. Lívia pediu-me que dessa vez ficasse num hotel mais barato, que ela tinha pesquisado num guia turístico da cidade. Uma semana depois, porém, liguei para o hotel cancelando a reserva. Não iria mais a Novaes.

A sensação de comunhão e segurança, de ainda me flagrar espantado com o rumo dos acontecimentos, tudo isso dava lugar agora a uma angústia densa e lancinante e ao sentimento que impregnara meu espírito nas poucas horas daquela sexta-feira de setembro, entre a prognose neurológica e o meu contato com Lívia.

Tudo voltava àquele ponto inicial. O namoro estava "oficialmente" proibido. Os pais de Lívia assumiam uma posição clara e definida agora. Era um passo à frente para levarem a termo a decisão que queriam ter tomado desde o começo, antes mesmo de saberem do hiv. Na verdade, antes mesmo da minha primeira viagem a Novaes. Era uma questão de valores para eles.

A disposição de Válter e de Zilmar ficou patente no diálogo que tiveram à mesa, na manhã de um daqueles dias, a propósito do cancelamento da minha viagem, logo depois de Lívia comentar o fato com eles.

– Foi a melhor decisão que ele tomou – apressou-se Válter em dizer, no seu habitual estilo de decidir pelos outros. Mas ao ver a tristeza estampada no rosto da filha, procurou minimizar o fato:

– Quem sabe um dia, daqui a alguns anos, quando você estiver formada, ele possa voltar?

Lívia ficou em silêncio. Ela sabia que os anos na faculdade fariam com que esquecessem um ao outro. Sem o contato diário, ainda que por telefone, os sentimentos iriam se esmaecer até perder o viço inicial. Ela não queria consumar aquele amor dali a alguns anos. Queria viver o presente da relação, não importava o quanto durasse. Mas Zilmar, que até então permanecera calada, com sua sutileza de tanque de guerra tratou logo de dar um tiro de canhão em suas esperanças:

– Quem sabe daqui uns vinte anos ele possa voltar? Se ele não morrer até lá... quem sabe?

Passamos a viver uma situação ambígua. Para os pais de Lívia, o fato de eu cancelar a terceira ida a Novaes significava que o namoro fora dado como terminado. Mas faltava a confirmação dela. Eles esperavam que Lívia lhes desse a notícia de uma conversa definitiva comigo ainda naquele fim de semana. Seria o protocolo do término. O registro verbal da sua decisão. Mas ela ainda não havia feito isso. Nem cogitava fazê-lo. Para ganhar tempo, dissera a eles que continuaria a falar comigo somente como amigo. Mentiu dizendo que houvera a conversa definitiva, e que eu entendera suas razões. Foi o salvo-conduto que possibilitou a sobrevida do nosso contato pelo msn naquela semana, nos poucos minutos que o pai ainda lhe concedia.

Esboçamos então a estratégia que nos restava: a conversa clandestina, depois que todos fossem dormir. Era um período de tempo bem definido entre a meia-noite e a uma da manhã. Havia outra delimitação, mais determinante, que não tinha a ver com horários, mas com circunstâncias: entre o momento em que Válter e Zilmar se recolhiam e a chegada, alta madrugada, de Bruno da balada. O primeiro momento, por razões óbvias; o segundo, por razões óbvias também: Bruno não era nada de confiança e em geral chegava mal-humorado.

Essa passou a ser a nossa obsessiva rotina nos fins de noite, nas semanas que se seguiram. Assim que seus pais se dirigiam para o quarto, Lívia me ligava para avisar que o caminho estava livre e que ela ligaria em instantes. Eu então me ajeitava na cama, posicionava o telefone ao lado do travesseiro, abaixava o som da televisão e aguardava a ligação.

Para que ninguém a descobrisse, ela me ligava escondida atrás da poltrona, no chão. Era uma posição desconfortável que não raro lhe dava câimbras. Às vezes eu sentia remorso por estar deitado na cama enquanto ela torturava as costas naquela posição incômoda. Mas não havia nada que eu pudesse fazer. Ela própria se resignava à necessidade daquele sacrifício.

Conversávamos com a iminência de que tudo poderia terminar de uma hora para a outra. Eu especialmente vivia essa expectativa. Espantava-me a ideia de que a ida de seus pais para o quarto fosse um fato tão definitivo na rotina noturna da casa. Sempre achava que dia menos dia eles a flagrariam atrás da poltrona e, diante do escândalo da descoberta, dariam um ponto-final nas conversas. Chegava mesmo a suspeitar de que eles soubessem de tudo, pois a mim parecia inverossímil que ela pudesse manter aquele hábito sem que ninguém percebesse. Mas Lívia era muito precavida. Ao menor estalido no assoalho ou flexão invisível no silêncio da noite, ela apurava os ouvidos.

O máximo que acontecia era alguém se levantar, atravessar a escuridão da sala, acender a luz da cozinha, tomar um copo de água ou ir ao banheiro e depois voltar para o quarto. Nesses momentos Lívia me sussurrava que alguém havia se levantado, e nós interrompíamos a conversa até que a pessoa retornasse ao quarto. Ela então aproveitava para mudar de posição, em geral queixando-se de que as costas doíam ou que as pernas haviam dormido. Eu lhe perguntava se não era melhor irmos dormir. Ela dizia que não. Somente o sono a dobrava.

Bruno tanto podia chegar à meia-noite como às quatro da manhã. Quando ele voltava mais cedo, esperávamos que entrasse, tomasse alguma coisa na cozinha ou fosse ao banheiro e depois se dirigisse para o quarto. Só então, na segurança de um silêncio absoluto, retomávamos a conversa.

Eu imaginava a adrenalina que Lívia devia sentir, apesar do desconforto da posição. Temia por ela. Se a descobrissem, obrigariam-na a verbalizar o término do namoro ali mesmo.

– Li, e se eles resolverem dar uma olhada no seu quarto?

Lívia tinha pensado em tudo.

– Se eles forem lá, vão ver que estou dormindo como um anjo.

– Como assim?

– Sam, eu coloco três travesseiros como se fosse um corpo e jogo o edredon por cima. Cubro até a cabeça.

14

A notícia do fim do namoro começou a circular entre seus familiares. Pela descrição que Lívia me fez, um discreto brilho de satisfação passou a flamejar na alma dos que eram contra a relação. Na frente dela, faziam comentários compungidos, como se lamentassem. Entre eles, exultavam, como se ela tivesse se livrado do contato com um terrível delinquente ou um traficante de drogas, que para eles eram desvios de conduta tão ignóbeis quanto carregar o hiv no sangue.

No domingo, coagido pela saudade, liguei para a casa dela logo pela manhã. Não medi as consequências do meu ato. O telefone tinha identificador. Se não vissem que era eu quem ligava, ao menos saberiam que a ligação vinha de São Paulo. Mas a minha vontade era maior que a prudência.

Ninguém atendeu. Nesse momento lembrei de que naquele domingo haveria um almoço na casa de dona Sônia. Sua avó iria para o hospital em Botucatu, na terça-feira seguinte, iniciar as sessões de quimioterapia. A família se reunia para animá-la. Então fui mais ousado ainda. Acossado pela sensação de abandono, liguei para a casa dos avós de Lívia. Eu não tinha nada a perder. Minha reputação devia andar ao rés do chão entre eles. Mas eu precisava ver alguma coisa acontecendo. Não aceitaria passivamente aquela derrota. E nem acreditava que ela estivesse consumada. O silêncio de todos diante do caso era tudo o que eles queriam. Não se importavam se Lívia estava sofrendo com a situação. O importante, para eles, era que ninguém mais tocasse no assunto, uma vez que ele fora dado como encerrado.

Algumas chamadas depois, uma voz de mulher atendeu. Disse um "*alô*" mal educado, ou pelo menos assim me pareceu, como se eu a estivesse importunando. Julguei que fosse uma das tias de Lívia. Perguntei se ela estava. A mulher nada disse. Ouvi uma respiração áspera, seguida do toque seco do fone sendo colocado sobre a superfície de um móvel qualquer. Em segundos, com a respiração opressa, Lívia surgiu na linha. Ali eu ainda não me dera conta de que fora Zilmar quem atendera a ligação.

Depois Lívia me narraria em detalhes o que se passou naqueles minutos. Ela estava na sala, conversando com uma de suas primas. Quando ouviu o toque do telefone, intuiu que pudesse ser eu. E ficou apreensiva ao ver que Zilmar, que estava no sofá, se levantou para atender. Passou a prestar atenção ao semblante da mãe. O olhar de Zilmar estava absorto no vazio quando disse "*alô*", mas assim que ouviu a voz do outro lado, mudou de figura e voltou-se para Lívia, que a espreitava aflita. Houve uma comunicação direta entre mãe e filha. Uma sabia o que a outra estava pensando. O ódio que dominou Zilmar impediu-a de pronunciar qualquer palavra. Seu dia havia acabado a partir daquele instante. Era muita petulância da minha parte. E seria humilhante para ela anunciar meu nome diante das pessoas que ali estavam. Paralisada pelo rancor, restringiu-se a erguer o fone na direção da filha e depois deixá-lo sobre a superfície do *rack*, dando a entender que a ligação era para ela. Mas não saiu do lado do aparelho. Cruzou os braços e se deixou ficar para cercear a conversa. Seus olhos fuzilavam Lívia com todo o ressentimento de que era capaz.

– Alô! – disse uma Lívia nitidamente pouco à vontade.

– Li, me desculpe, não devia ter ligado – falei, no atropelo.

– Não, tudo bem.

– Mas me deu raiva, sabe – desabafei. – Raiva e saudade.

– Tudo bem, Sam, todo mundo sabe que a gente terminou – ela falou, já mais desenvolta. – Eu vou me dedicar aos estudos agora. Só quero pensar em medicina.

Sua repentina desenvoltura e o teor do que dissera me atordoaram.

– A gente terminou? Como assim?

– Está todo mundo aqui, meus tios, minhas tias, minhas primas de Lençóis... – ela continuou, ignorando meu aturdimento.

– Li, fala direito comigo. Que negócio é esse de que a gente terminou?

– Minha avó está bem. Ela está um pouco abalada, nunca fez quimioterapia antes. Mas a gente está dando uma força pra ela. Eu vou ficar no hospital durante os dias em que ela ficar lá.

– Li, foi sua mãe que atendeu?

– Na terça-feira – ela respondeu. – Na terça-feira ela vai fazer a primeira sessão de químio.

– Ok, já entendi – alguma coisa começava a fazer sentido. – Ela atendeu e está aí do seu lado, não é?

– Então está bom. Você está bem?

– Li, sua mãe está aí do seu lado? Só me responde isso, por favor.

– Não, ela não falou nada. Ninguém falou nada. Eles não têm raiva de você, Sam, fica tranquilo.

– Ah, quer saber? Não vou alimentar esse papo de louco. Eu não estou bem porra nenhuma! Estou péssimo, entendeu? Estou mal pra caralho!

– Um beijo, então, Sam. A gente se fala qualquer dia.

E desligou.

Zilmar não acreditou na farsa de Lívia. Naquele mesmo domingo, à noite, ela e o marido chamaram a filha para uma conversa na sala. Deram à convocação a seriedade que precede as graves decisões de família. Agora não era um mero aconselhamento ou uma sugestão. Eles a obrigavam a ligar para mim e terminar comigo ainda naquela noite. Queriam começar a semana com "o problema do namoro" resolvido. Válter ficaria do lado enquanto Lívia falasse comigo, para se certificar de que não seria enganado.

Eu passara o domingo enclausurado, refém de um desalento que me tolhia qualquer ação. Comprei o jornal mas nem abri os cadernos. Olhava os livros, mas não me animava a iniciar nenhuma leitura. À tarde, para espairecer, resolvi dar uma volta pela cidade. Peguei um ônibus e fui até a avenida Paulista.

A avenida me pareceu menos inóspita do que no primeiro fim de semana depois da separação, talvez por agora me sentir mais o cidadão jogado no mundo em que me convertera. Mais uma vez fiz o périplo pelo circuito dos cinemas. Entrava nos saguões, via que filmes estavam passando, olhava o cartaz, lia a sinopse e a crítica, mas não me animava a comprar o ingresso.

A certa altura, cansado daquela andada, sentei num dos bancos de concreto do Conjunto Nacional. Nada mais desolador para o meu espírito do que aquele trecho, incrustado no interior de um bem projetado edifício da avenida. Eu estava imbuído de um certo espírito masoquista de buscar alívio no sofrimento. Aquele era o trajeto dos casais de namorados que, como se zombassem de mim, ou, pior, como se me ignorassem, passavam rumo aos cinemas, às exposições de arte, às feiras de artesanato, aos teatros, aos restaurantes. O sofisticado universo da classe média paulistana, que ostenta sua *joie de vivre* nos fins de semana da Paulista, com sua população de gente graduada e pós-graduada, o alto astral de seus diálogos, a ironia de seus comentários, o charme de seus gestos. Eu possuía o hábito de pescar de orelhada o tema de suas conversas. Falavam de assuntos restritos, pequenos nichos estereotipados do *status quo* intelectual, de uma excelência que se pretendia cerebral, descolada e politicamente correta.

Voltei para o apartamento no início da noite. De nada adiantara ter saído. As recordações dos últimos meses refluíam na minha mente como uma maré que trazia à orla os despojos de um navio que naufragara. Eu arrastava a modorra daquele domingo dentro de mim. Não sabia se Lívia ligaria, nem das consequências da minha ligação.

Ela só ligou por volta das dez horas. Embora tenha dado um salto na cama para atender, pressenti que aquela ligação trazia maus augúrios. Mas eu queria ouvir sua voz. Mesmo que fosse para dizer que não nos veríamos mais.

Ela tinha o timbre impregnado de uma tristeza insolúvel, como se a qualquer momento fosse desatar num choro convulso. A frase mais articulada que conseguiu proferir foi que era melhor não conversarmos mais. Declarou isso como se lesse um *script*. Depois, em frases esparsas, deu a entender que a pressão sobre ela era grande e que por conta disso estava ficando doente. Por fim, disse estar cansada.

Ouvi em silêncio aquelas palavras. Pensei em insistir para que não desistisse, mas percebi o quanto ela estava exaurida. Ela não estava no seu natural e obedecia a determinismos dos quais não podia fugir. Poupei-a de mais pressão. Despedimo-nos com o fim do namoro acertado. Antes de desligar, com a voz embargada e já no limiar do choro, ela pediu-me que a perdoasse.

Interpretei aquilo como a senha para alguma coisa. Perdoar pelo quê? Eu deveria alimentar alguma esperança? Deveria procurá-la depois de passado o tumulto? Fiquei com vontade de compartilhar com ela aquelas dúvidas, mas não disse nada. Se era para selar o fim do namoro, eu deveria aceitá-lo como um fato absoluto, sem arestas. Por mais trágico e cruel que pudesse parecer aquele desfecho, o sentido irreversível dos fatos passava a ser um alento. Como a morte.

Tanto quanto Lívia, eu estava extenuado, corpo e espírito. Desliguei o telefone e permaneci imóvel na cama. Só me movi para tirar o tênis, fechar a janela e pegar um cobertor no guarda-roupa. A noite esfriara. Uma corrente de ar quase enregelara meus braços. Uma vez na cama, voltei para as minhas conjecturas.

Fiquei parafusando teorias tolas e ingênuas. As boas intenções nem sempre eram suficientes. Eu sentia sobre mim todo o ônus da complexidade do mundo. As relações pessoais eram feitas de teias inflexíveis, leis inexoráveis, códigos imutáveis, segundo uma lógica misteriosa que eu sabia existir, mas que me escapava à compreensão. Ao entrar na atmosfera daquela relação, transgredira alguns desses códigos, corrompera a simetria das teias, infringira as leis objetivas que ordenam o fluxo da vida.

O calor do cobertor aos poucos aqueceu meus braços, meu corpo e meu espírito. Em minutos a visão esmaecida do teto foi dando lugar a um espaço indefinido que permaneceu por várias horas no meu subconsciente, até que os primeiros raios de sol vieram me acordar.

Depois que começara a namorar Lívia, eu entrara numa espécie de buraco negro. Tirando o namoro em si, que era prazeroso e edificante, o entorno se convertera numa fonte de frustração e angústia que sugava minhas energias e entorpecia minha alma. Embora compreendesse as razões de pais de Válter e de Zilmar, sentia-me em contato com o que havia de mais hipócrita e autoritário em se tratando de relações pessoais. Tinha consciência de que o Brasil era um país que vivia na Idade Média nesse sentido, mas não fazia ideia de que na prática esse descompasso temporal se manifestasse de forma tão ostensiva. E a coisa não vinha isolada, mas como se fizesse parte de um pacote.

Algumas vezes senti em Lívia um certo melindre quando eu relacionava esse modo de pensar e agir com o modo de ser das pessoas do interior. Ela tinha razão em refutar esse estigma. Toda generalização é leviana e injusta. O interior não era feito somente de pessoas como Válter e Zilmar. E nem eles eram pessoas destituídas de virtudes.

Embora me esforçasse para não consolidar em mim essa visão

generalista das coisas, ao mesmo tempo constatava que, de fato, um número não pequeno de pessoas ainda vivia submersa nessa visão de mundo arcaica. E se orgulhava dela, o orgulho fazendo parte do pacote.

Diante da abulia que me tomava, eu tecia um arrazoado pessimista da sociedade em que vivia: a elite cínica, patrimonialista e hipócrita, os intelectuais pernósticos e distanciados da realidade, o simplório cristão falso moralista – cristão, mas capaz de uma insensibilidade e uma crueldade absurdamente atrozes.

E nem achava que essa combinação de fatores fosse primazia da nossa cultura. O preconceito é algo intemporal e universal, uma atitude de defesa baseada na ignorância da natureza daquilo que discrimina, um medo arraigado que nos aferra a certos valores como forma de nos sentirmos seguros no mundo, de nos associarmos a determinados grupos com os quais mantemos relações de interesse e afinidades e de cuja coesão depende nossa autoestima e nosso equilíbrio emocional.

Minhas teorias ganhavam um enorme sentido enquanto eu as alinhavava na mente. Passados alguns minutos, adquiriam a consistência de bola de sabão, e eu passava a vê-las como tolas, frágeis e inúteis. Então Drummond vinha me alentar o espírito: "*à sombra do mundo errante, murmuraste um protesto tímido*", escreveu o poeta, num de seus versos que mais me tocavam.

Eu tinha muito trabalho naquela manhã e evitei pensar no novo *status* da situação. Uma madrugada mal dormida não é tempo suficiente para digerir o fim de um namoro que não se quis terminar. Como não tinha opção, imunizei meus sentimentos com a aceitação pura e simples do fato, como se fosse a morte de um ente querido. Eu deveria guardar um luto digno nos dias subsequentes. A dignidade me preservaria do sofrimento.

Meu luto não pôde se consumar, no entanto. Houve apenas um ensaio. Antes das nove da manhã, Lívia me ligou a cobrar, como sempre fazia. Disse que não dormira à noite e que não saberia viver sem mim.

Exultei ao ouvir aquilo. Um falso sentimento lamentou a quebra da resolução do meu luto, que se pretendia digno – e foi, nas poucas horas em que ensaiou existir. Mas era de fato um sentimento falso.

Ficamos alguns segundos em silêncio, interrompido por mim ao perguntar se ela não corria riscos me ligando. Ela disse que estava sozinha em casa e que seus pais haviam acreditado no fim do namoro. Não imaginariam que ela fosse me procurar já na manhã seguinte.

Reatamos de imediato. Só o fato de ela ter ligado já tinha esse significado implícito de resistência. E "reatar" não era o verbo mais adequado para a ocasião. Não houvera ruptura. Pragmaticamente reconsiderei o que pensara antes sobre as perdas. Somente a morte era uma perda absoluta e irreparável. Enquanto houvesse vida, haveria sempre a possibilidade do reencontro.

Rendidos pela impossibilidade de viver sem o outro, começamos a criar estratégias para os próximos dias. Primeiro e essencial ponto: não terminaríamos o namoro. Mesmo que seus pais a obrigassem, que impedissem todas as formas de comunicação, continuaríamos a nos considerar namorados e voltaríamos a nos procurar, ainda que essa procura se desse depois de dias ou de semanas – ou, quem sabe, de meses. Segundo ponto: conversaríamos bem menos agora e não sofreríamos por causa disso. Confiaríamos no sentimento que pulsava dentro de nós. Terceiro ponto: teríamos sempre em mente que a liberação do namoro, se é que viesse, iria demorar meses, talvez anos. Talvez mesmo nunca viesse.

15

A semana correu no clima de revigoramento da relação que cercou aquele telefonema. Falamo-nos pouco, algumas vezes com ela tendo de interromper a ligação porque alguém chegava no portão, mas devorando as palavras nos minutos que nos restavam. Lívia me falou da sua impressão de que seus pais haviam acreditado no término do namoro. Ao mesmo tempo revoltava-me ao revelar nas entrelinhas que, mesmo com sua anuência em aparentemente fazer o que eles queriam, continuavam a tratá-la mal. Segundo ela, eles não escondiam o desconforto por ela ter omitido minha condição de hiv. Sentiam-se traídos e tinham dificuldade para perdoá-la. Além disso, temiam que ela já estivesse contaminada.

De fato, Válter e Zilmar passaram a associar ao hiv qualquer mal-estar que Lívia manifestasse. Uma dor de cabeça ou um súbito enjoo eram motivo para que jogassem na cara da filha que "aquilo é que dava ter se envolvido com um aidético". Talvez influenciada por essa atmosfera kafkiana de acusação, curiosamente Lívia passou a manifestar os sintomas de um soropositivo.

Primeiro foram algumas noites de febre. Seguiram-se inflamações na garganta, feridas no canto da boca, uma extrema fadiga, dores no corpo. Relacionamos os sintomas à somatização diante dos fatos. Fiquei apreensivo, porém, quando ela começou a apresentar ínguas no pescoço e manchas na pele. Aquilo me pareceu algo além de uma mera somatização. Perguntei de que cor eram as manchas. Ela disse que vermelho-escuras. Fiz uma pesquisa na internet e descobri que manchas vermelho-escuras – na verdade, purpurina –, eram sintomas do sarcoma de Kaposi, o câncer de pele que tem uma grande incidência entre soropositivos.

Para não sobressaltá-la, não comentei nada com ela sobre a evidência do câncer de pele. Aquela combinação de fatores, com o agravante das manchas purpurina em lugares suspeitos do corpo, era no mínimo estranha. Quando Válter e Zilmar começaram a perceber as manchas, que Lívia não tinha como esconder, a vida dela se transformou num inferno. Se ainda havia dúvidas quanto aos outros sintomas, as manchas na pele eram um prenúncio inequívoco para eles de que eu a contaminara.

Na quinta-feira, Zilmar perguntou a Lívia se eu não havia ligado mais. Era uma traição que ela cometia consigo mesma. Prometera a si e ao marido que meu nome não seria mais mencionado na casa, sob qualquer pretexto. Mas não resistiu. No fundo não acreditava tão piamente quanto Válter que havíamos deixado de nos falar. Por uma intuição inata das mães, Zilmar não estava disposta a conviver com hipóteses. Se fosse preciso, vasculharia todos os porões da alma de Lívia para farejar vestígios da minha presença nos sentimentos da filha. Aquilo virara uma obsessão para ela.

Lívia respondeu que a última vez que falara comigo fora no domingo, na conversa que a própria mãe presenciara. Zilmar fez uma cara azeda, dando a entender que não acreditava. Mas nada disse. Sua preocupação estava voltada para outra coisa no momento. No dia seguinte iria buscar o resultado do exame oftalmológico de Lívia. Ela temia que a filha estivesse com o ceratocone, o que significava uma possível necessidade de transplante de córnea.

Conversamos por cinco minutos na sexta-feira. O tempo suficiente para que Lívia fizesse menção aos sintomas do hiv e ao exame da vista. Ela me perguntou se eu namoraria alguém que tivesse aquela doença. Sua preocupação excessiva com o ceratocone revelava que ainda não levava a sério os sintomas que eu atribuía ao hiv. Minha inquietação passava anos-luz do que a afligia. Eu me preocupava, sim, com a hipótese de ela ter uma doença grave nos olhos, mas não que isso fosse mudar alguma coisa com relação ao namoro. Lívia às vezes se esquecia de que o fato de eu ser hiv positivo nunca fizera diferença para ela. Por minha vez, eu não via seu potencial problema na vista somente como uma forma de compensá-la por ela ter me aceitado apesar da Aids. Simplesmente o ceratocone não fazia a menor diferença para mim.

O exame deu negativo. O astigmatismo e a miopia haviam de fato aumentado, mas a hipótese do ceratocone fora afastada. Foi o que Lívia me contou numa rápida ligação escondida, num momento em que a mãe tinha ido ao banheiro. Estava aliviada. E não via a hora de me dar a boa-nova.

Aquela porém seria a última notícia auspiciosa naquele fim de semana que se revelaria nefasto. O mais nefasto desde que iniciáramos o namoro e o mais nefasto depois, na memória recente dos meus dias.

Não pudemos conversar mais na sexta-feira. À noite, enquanto o sono não chegava, fiquei na cama vigiando o telefone à espera do toque que me tirasse da apatia. Os pensamentos mais desencontrados me visitaram. Imaginei Lívia em seu quarto, impossibilitada de usar o telefone, vendo crescer em seu corpo aquelas terríveis manchas, consumida pela fraqueza e pela febre, e seus pais na sala, assistindo tevê. Depois, num exercício meramente fantasioso, mas nem por isso destituído de realidade, repensei minha vida retomada daquele 30 de setembro, caso não a tivesse conhecido. Teria conhecido outra pessoa? Estaria sozinho? Estaria feliz? Logo submergia num profundo oceano de lembranças desconexas e granuladas. Quando acordei, eram três horas da manhã. Senti prazer no corpo descansado, um prazer efêmero, pois em seguida a memória dos últimos acontecimentos afluiu à minha mente. Então voltei a dormir.

Há quem compare a paixão a uma doença. Contraímos o vírus do amor e ficamos algum tempo fora de órbita, como se dominados por uma pane mental. Tudo então assume um caráter relativo. Nosso código de valores se altera. O mundo se mostra colorido, sem a face pesada da realidade. O sangue flui com mais sentido. A temperatura se eleva. A vida pulsa literalmente. Talvez por isso não sejam incomuns histórias de amor em que as pessoas enfrentam os mais arriscados obstáculos para ficarem juntas. Quando tocadas pela paixão, elas simplesmente ensandecem.

Naquele 30 de setembro em que conheci Lívia, minha produção de seratonina deve ter descido a níveis abissais. A de endorfina, invadido meu cérebro sem pedir licença. Quando me dei conta, estava tomado disso que chamam amor. E o melhor: por alguém inebriado do mesmo sentimento.

O amor, sabe-se – ou não se sabe –, transita na contramão do capitalismo. E nos faz assumir riscos, viver perigosamente, ser imprudentes. Se soubéssemos, não embarcaríamos. Ou embarcaríamos de vez. Como a vida, o amor é uma viagem sem volta.

Mas quem, com sangue nas veias, nunca cometeu uma loucura por amor? Eu não tinha apenas sangue nas veias. Tinha o vírus de uma doença letal correndo por elas. Essa pequena e condenável contingência da minha passagem pelo planeta foi a causa de tudo. Contra ela pesaram valores, preconceitos, olhares enviesados, caridade hipócrita – a "caridade de quem me detesta", de que fala Cazuza numa canção. Eu não pedia caridade. Queria apenas o direito de segurar nas mãos da minha namorada. Olhar em seus olhos. Tê-la ao meu lado. Ingenuidade minha. O mundo é muito mais complicado.

O amor. Naquele período, li com curiosidade uma entrevista na qual o cavaleiro brasileiro Doda Miranda, casado com Athina Onassis, herdeira do multimilionário armador grego Aristóteles Onassis, esforçava-se para explicar que sua ligação com Athina não tinha sido um "golpe do baú", como se costuma dizer nesses casos, mas fruto de uma repentina e violenta paixão. "Nós dois treinávamos no haras do Nélson Pessoa, na Bélgica, e já tínhamos nos visto de longe", explicou Doda, na entrevista que concedeu à revista *Veja*, em 2006. "Num dia em que estava muito deprimido, com saudade da minha filha, que tinha vindo para o Brasil, tive uma crise de choro na sala de selas. A Athina entrou, puxou conversa, quis saber o que estava acontecendo e eu contei. Trocamos telefones. Passamos a nos falar com frequência e, quando percebi, estávamos namorando".

Esta comovente forma de aproximação, que não foge ao modo como em geral muitos casais se conhecem, não foi o suficiente para evitar que Doda passasse a ouvir insinuações de que se casara com Athina de olho apenas em sua fortuna. "No começo foi duro ler o que saía na imprensa a meu respeito. As pessoas ligavam nosso envolvimento diretamente ao dinheiro e interesse financeiro. De qualquer pessoa que se aproxime de Athina, mesmo por amizade, vão dizer que está interessada no dinheiro dela. (...) Como atleta, não fiquei abalado, mas pessoalmente sim. Ficava preocupado, procurava saber se os conhecidos estavam acreditando no que saía nos jornais. Mas depois resolvi deixar o tempo passar. Não adiantaria responder. Deixei passar, e passou. Não vi mais nada disso nos últimos dois, três anos".

Na mesma entrevista, Doda conta que o fundamental, no caso dele, foi "a comunicação e o amor sincero". Uma explicação simples e suficiente. Era no que eu acreditava no tocante ao meu namoro com Lívia. Achava que a sinceridade do que sentíamos era o que, em última instância, iria nos salvar.

Ainda o amor. Outra história que gostava de evocar era a de como Danuza Leão conheceu seu primeiro marido, o jornalista e empresário Samuel Wainer, em 1953. Ela já era uma *starlet* fadada ao sucesso como modelo; ele, o poderoso proprietário do diário carioca *Última Hora*, que tivera uma ascensão meteórica com o apoio do então presidente Getúlio Vargas, mas que caíra em desgraça diante do ressentimento dos concorrentes com o crescimento vertiginoso do vespertino desde que Vargas voltara ao poder, em 1950. Pesavam contra Wainer denúncias de fraudes nos vultosos empréstimos que o governo concedera ao seu jornal. Uma Comissão Parlamentar de Inquérito foi instaurada (num período em que CPI era algo tão raro como um cometa – na verdade aquela foi a primeira CPI instaurada no Brasil). Samuel Wainer foi preso, acusado de tudo quanto se podia imaginar de abjeto. Tornara-se, com especial e intensa contribuição dos jornais concorrentes, uma espécie de inimigo público número um.

Um dia, num bar, um amigo de Danuza, Sérgio Figueiredo, disse que iria visitar Wainer na prisão e perguntou se ela queria ir junto. Danuza aceitou. Só conhecia do jornalista a lenda que corria a seu respeito, segundo a qual, para não se apaixonar por Samuel Wainer, bastava não chegar perto dele.

Pouco tempo depois, Wainer foi solto. Seu jornal nunca mais teve a influência de antes, pois no ano seguinte Vargas se suicidaria e muita coisa mudaria no Brasil. Mas no dia em que foi visitá-lo na prisão, Danuza saiu de lá com a promessa de namoro selada. Haviam se apaixonado nos poucos instantes em que conversaram. "Achei muito interessante visitar um homem preso e, quando o conheci, senti uma grande atração por ele. De que tipo, eu ainda não sabia direito. Ele era lindo, com olhos azuis penetrantes, um ar irresistível de sofredor – e estava preso, além de tudo. (...) Fiquei fascinada por aquele homem tão inteligente, com uma vida tão diferente da minha, e, se naquela mesa tosca de delegacia tivesse uma garrafa de uísque, gelo e copos, teríamos ficado conversando até alta madrugada", escreveria Danuza muitos anos depois em seu livro de memórias, *Quase tudo*.

Danuza talvez não esperasse que o propalado charme de Samuel Wainer a fosse arrebatar daquela maneira. De certa forma ela encampou Samuel Wainer, 22 anos mais velho do que ela, numa época em que uma relação desse tipo causava muito mais escândalo do que hoje. Assumiu-o diante do mundo, não obstante a diferença de idade e as acusações que pesavam contra ele. Passaram a namorar depois que Wainer saiu da prisão, casaram-se meses depois e tiveram três filhos.

Li na internet relatos de pessoas que enfrentaram algum tipo de obstáculo para assumir a pessoa que amavam. A sociedade toma sempre o casal padrão como base de comparação e ignora que o instinto humano é um labirinto inescrutável. Que quando se ouve soar as trombetas da paixão, o que se quer é fazer parte do campo magnético da outra pessoa, olhar em seus olhos e dizer "eu te amo" todos os dias, mesmo que este seja apenas um surrado clichê do cinema e da literatura.

No fim daquele ano eu presentearia Lívia com o livro de memórias de Danuza Leão. A escolha do presente não fora por acaso. Eu enxergava nela muito da jovem de atitude que fora Danuza Leão.

Um dia que nasce para ser nefasto. Mesmo sendo uma manhã de sábado, costumeiramente o meu melhor dia da semana, com sol forte entrando pela janela, a sinfonia ininterrupta dos pássaros nas árvores, o trinado das crianças nos *playgrounds*. A beleza do dia está no olhar de quem o contempla. O meu olhar não vislumbrava beleza alguma.

Não lembro de ter me olhado no espelho naquela manhã. Nem de ter cruzado com alguém no elevador, ao descer para a rua. Se cumprimentei o porteiro do turno, não me recordo qual deles trabalhava naquele dia. Meus passos seguiram automáticos até a calçada do prédio. Quando me dei conta, estava no balcão da padaria, opaco e anônimo, pedindo o café e o pãozinho na chapa habituais. Quando me dei conta, já havia tomado o café, ingerido o pãozinho, passado no caixa e guardado o troco sem conferir. Eu penetrara num providencial lapso de memória que me protegia de pensar nas coisas que me afligiam.

Na volta da padaria, tentei ligar o micro; ele não deu sinal de vida. As luzinhas até acendiam, mas o *hard disk* emitia um zumbido estranho, indicando que algo ocorrera com a máquina. Na tela aparecia uma instrução técnica em inglês que não fazia o menor sentido para mim.

Esperei passar um tempo durante o qual alternei a cama com a janela. Tentei me contaminar do agito matinal da rua, de algo que me fizesse acreditar em alguma coisa. Havia uma reforma que parecia eterna no edifício ao lado. Fiquei observando o movimento dos operários em seu objetivo de conduzir enormes quantidades de concreto para um quadrilátero que, eu presumia, seria a base do futuro solar sobre a entrada da garagem subterrânea do prédio.

Os caminhões chegavam, buscavam a melhor posição próximo da calçada e ejetavam as canaletas pelas quais o concreto deveria descer. Em seguida, coordenado pelos gritos de ordem dos operários, o motorista liberava a descarga. O concreto escoava até o chão emitindo um som rascante e formava um pequeno volume, que logo era desfeito pelos serventes munidos de pás e enxadas, fazendo com que a massa se espalhasse pela extensão do futuro solar. Assim que o conteúdo de um caminhão era esvaziado, o veículo se retirava para que outro encostasse e a operação recomeçasse.

O que sobressaía naquele movimento frenético era a alegria irradiante dos operários na realização da tarefa. Muitos deviam ter mulher e filhos e viver em condições precárias em algum bairro da periferia, quando não em alguma favela. E no entanto estavam ali, sob o sol implacável das dez horas de uma manhã de sábado, lançando chistes inocentes uns contra os outros enquanto trabalhavam, mediante um soldo certamente irrisório, sem qualquer esperança de uma vida melhor. Eles nem se apercebiam de que, apesar do transtorno que causavam no fluxo dos transeuntes na calçada, e a despeito do determinismo que cercava seus cotidianos, a orquestra sustentada por músculos e suor que compunham oferecia um espetáculo de vigor e crença na vida.

Saí da janela e ainda uma vez tentei ligar o micro. Ele continuou a emitir o ruído irritante de instantes atrás. "Dera pau", pensei, como se diz na gíria informática. Como era um computador antigo, cogitei se não seria o caso de comprar um novo, em vez de tentar consertá-lo.

Desliguei o micro e resolvi sair de novo. Supus que Lívia não fosse ligar nas próximas horas. E flanar pelas ruas de Higienópolis era sempre um repouso para o espírito. Era melhor do que ficar no quarto pulverizando lembranças e pressagiando hipóteses improváveis.

Na volta, ao entrar no quarto, o telefone tocava. Corri para atender.

Lívia estava de mau humor por eu ter saído e me demorado. Como podia me afastar do telefone com tantas coisas acontecendo?, perguntou, a voz queixosa. Que "tantas coisas"?, eu quis saber. Ela então me contou.

O clima amanhecera carregado em sua casa. Desde as primeiras horas ela ouviu os gritos impacientes de Zilmar com Maria Luísa na cozinha. Pela intensidade das broncas, adivinhou que aquele seria mais um dia "daqueles". Na cama, ficou esperando a sua vez. Estava claro que as rebordosas da mãe contra a irmã nada mais eram do que um reflexo do que vinha acontecendo nos últimos dias.

Lívia notou que a voz de Zilmar continha mais impaciência do que o habitual. Também percebeu que Válter não saíra para o trabalho, como fazia aos sábados. Ouviu a voz do pai na cozinha perguntando qualquer coisa para Zilmar. E voltou a detectar impaciência na voz da mãe ao responder o que Válter lhe perguntara. Algo diferente se passava entre eles. E não teve dúvida de que algo relacionado ao namoro.

Como se adiasse um castigo que sabia iminente, ela demorou-se na cama o quanto pôde. Pensou em mim, pensou na situação, lembrou das poucas horas que passáramos juntos, repassou na mente os sintomas que vinham se manifestando no seu corpo, fez previsões funestas para o futuro próximo e, por uma intuição forjada na sua precoce experiência de adolescente reprimida, pressentiu que algo terrível estava para acontecer.

Suas previsões começaram a ganhar forma quando Zilmar abriu a porta do quarto e perguntou se ela iria dormir até o meio-dia. Ela disse que já estava se levantando. Depois foi a vez do pai. Válter foi mais direto:

– Li, não demora na cama que eu e sua mãe queremos conversar com você.

Se houve outras situações em que o namoro estivera a pique, as quais até então conseguíramos contornar, naquela manhã Lívia adivinhou que a relação sofreria um golpe derradeiro e fatal. Ao contrário do que intuíramos, seus pais haviam percebido desde o início nossa manobra ao longo da semana para dissimular o falso término. Lívia sabia que dessa vez eles viriam com um arsenal mais pesado, prontos para demolir qualquer tentativa da nossa parte de escamotear a situação.

Ela se levantou, fez as abluções matinais, voltou para o quarto e esperou. Não demorou e Zilmar a chamou com voz incisiva. Lívia percorreu o espaço entre o quarto e a sala com a sensação de uma condenada dirigindo-se ao cadafalso. A conversa foi sumária, como convém a uma execução. Não foi nem mesmo uma conversa. Apenas Válter e Zilmar falaram. Lívia restringiu-se a ouvir a espécie de veredito que lhe era imposto. Não inovaram nas ameaças: o B.O. contra mim por corrupção de menor, sua saída do Anglo, o Conselho Tutelar, a ordem expressa para que não falasse mais comigo nem por amizade, a proibição de qualquer contato por qual meio fosse. As ameaças agora vinham com a promessa de serem levadas a termo já na segunda-feira, caso percebessem qualquer indício do não cumprimento imediato das ordens.

Lívia não teve ânimo para retrucar. Estava profundamente saturada de tudo aquilo. Amava seu namorado, mas deveria compreender – ou começava a "entender que deveria compreender" – que a vida colocava situações contra as quais não havia o que fazer. Seus pais ainda acrescentaram alguns conselhos, que ela mal ouviu por ter entrado num estado de torpor que não conseguiu evitar. Quando eles deram por encerrada a conversa, levantou-se e se fechou em seu quarto.

Tentei ligar algumas vezes, mas ela não atendeu. E quando atendeu, perto de seis da tarde, foi apenas para me pôr a par da conversa e dizer que era melhor nos afastarmos de vez. Perguntei se ela me amava. Ela disse que "muito". Então passei a entender menos ainda. Ainda mais ao lembrar das coisas que havíamos prometido ao outro durante a semana. Mas ela estava reticente. Reticente e apática. Era como se lhe tivessem tirado o viço de adolescente. Nunca a vira tão conformada e tão convicta de uma decisão. Depois eu entenderia. Para se preservar, ela deixara de pensar em mim para pensar somente em si mesma. Ou talvez nem em si mesma ela pensasse.

Ficamos ao telefone por dois ou três minutos. Não me lembro com que palavras nos despedimos, se é que tenha havido uma palavra final. Desconfio que ficamos em silêncio e ela tenha deixado a linha cair. Só me vinha nítido o silêncio que invadiu o quarto depois de encerrada a ligação. Um silêncio que desatava um ressonante fragor dentro de mim e estremecia meu peito.

Devo ter dormido por quase duas horas. O sono, como os lapsos de memória, vinha em meu auxílio nos momentos de perigo e me tirava de circuito. Uma vez desperto, procurei manter afastada a lembrança dos acontecimentos. Levantei, dei o *start* no computador e, sem me dar conta de que o micro não funcionara de manhã, acionei os primeiros comandos. Só quando já entrava no orkut é que me lembrei da mensagem de erro e do som intermitente que a máquina emitira quando a ligara da vez anterior. A informática era uma ciência obscura demais para que eu tivesse a ilusão de compreendê-la. De modo que aceitei com naturalidade que o computador funcionasse agora e concentrei-me no objetivo que tomou conta da minha vontade assim que despertei daquele sono providencial: deletar todos os scraps que Lívia me enviara no orkut desde que a conhecera. Deletar inclusive ela da minha página.

Não era por nenhum sentimento de vingança que fazia aquilo: era para me preservar. Uma vez que o namoro terminara, eu não saberia conviver com suas mensagens ali tão próximas, muitas delas com a paixão ainda fresca dos primeiros dias; nem com sua foto *noir*, já tão familiar para mim. Preferia o vazio da sua ausência. Aproveitei e apaguei também seus e-mails e troquei a palavra "namorando" por "solteiro" no meu *profile*. Sentia as ferroadas a cada e-mail deletado, mas levei a cabo com uma feroz determinação aquele objetivo, que era o coroamento protocolar de que aquela delicada e intensa relação havia realmente chegado ao fim.

Depois de mandar para a lixeira o último e-mail, fechei os programas e saí. Não me lembro por quais ruas caminhei. Quando dei por mim, estava sentado num banco da Praça Villaboim, quase na fronteira de Higienópolis com o bairro do Pacaembu, olhando as árvores da praça. Sempre circulara por ali e nunca reparara na beleza daquelas árvores. Pela espessura dos troncos, muitas delas deviam ser centenárias. Havia uma poesia dolorosa naqueles galhos rugosos e retorcidos, como se retivessem a dor na eternidade da vida vegetal que corria invisível ao nosso olhar humano. Se houve alguma comunhão entre mim e aquelas árvores, ela marcava encontro naqueles galhos vetustos, dolorosamente retorcidos, expressando a metafísica de serem galhos e terem de existir ressequidos e encarquilhados.

Ao voltar para o apartamento, notei que esquecera o micro ligado, o que de repente me pareceu oportuno. Se o tivesse desligado, não sabia se ele funcionaria de novo. E eu estava tomado de uma curiosidade algo fútil e mórbida de ver o efeito do meu ato sobre as pessoas que porventura tivessem entrado na minha página naquela noite.

Algumas delas já tinham captado que algo acontecera. Fiquei admirado. Não fazia três horas que eu deletara Lívia da minha página e que alterara minha condição no *profile*. Achava pouco tempo para que alguém tivesse notado.

Mas, uma vez que haviam notado, a preocupação dessas pessoas foi um alento, apesar de tudo. De certo modo, seguraram o meu desespero. Não o bastante, porém, para que eu pressentisse a terrível noite que se abateria sobre a minha vida, agora sem o contato com Lívia. Mas eu tinha outra noite, mais imediata, para enfrentar: a daquele sábado, que havia apenas começado.

Depois de ler as mensagens, resolvi desligar o micro e tentar dormir. Troquei de roupa e me deitei. Fiquei ouvindo os sons difusos de mais uma noite de sábado na cidade. A solidão me perscrutou de todos os pontos para onde eu dirigisse o olhar dentro do quarto. Pensei em ligar para Briza, mas desisti, diante da absoluta falta de assunto com minha filha naquele instante. Achei melhor esperar o sono, ainda que ele demorasse a vir, e eu ficasse ali, sentindo as fisgadas a cada lembrança evocada.

Subitamente o telefone tocou. Pensei que pudesse ser uma das pessoas que tinham enviado mensagens, preocupada com o meu momento ruim, querendo talvez se certificar de que eu me encontrava bem ou se colocar à disposição para conversar. E por uma fração de segundos me animei pensando que seria mesmo bom conversar com uma delas. Eu poderia ao menos diluir a angústia represada. Ao atender o telefone, porém, ouvi a voz arfante de Lívia.

Ela não esperou que eu dissesse nada. Foi logo falando que me amava e que não queria que eu saísse da sua vida. Perguntei o porquê daquilo. Ela recompôs a respiração e explicou.

Assim que acertáramos o fim do namoro, dormiu profundamente e sonhou que eu tinha me atirado da janela do apartamento. O pesadelo foi tão real que ela acordou assustada. Seus pais acorreram ao quarto, mas ela não revelou o teor do sonho. Somente pediu a eles que a deixassem ir à casa da Bia para relaxar um pouco. Podiam coibir o namoro, mas não podiam impedi-la de conversar com sua melhor amiga. Eles acharam o pedido razoável e consentiram, não sem uma ponta de desconfiança.

Ao chegar à casa da amiga, Lívia acessou o orkut e entrou em desespero ao perceber que eu não estava mais em sua página. Notou também que seus scraps para mim tinham sido apagados. Começou a chorar, consolada pela Bia. Para ela, não me ver ali era como se eu tivesse morrido. Chegou a pensar que o pesadelo fosse uma premonição.

– Sam, promete que nunca vai sair da minha vida? – ela me pediu, entre soluços.

– Claro que sim – falei, aturdido com a situação.

– Aconteça o que acontecer, Sam... não quero perder você.

– Também não quero perder você, bebê.

– E promete que vai me adicionar de novo na sua página? Poxa, por que você fez aquilo?

Em vão procurei uma resposta e acabei não dizendo nada. Eu sabia por que fizera aquilo, mas era doloroso pensar nos meus motivos. Eles remetiam a um tempo ancestral na minha existência, um tempo em que tudo se apresentava de uma maneira trágica e inexorável. Aquele término de namoro era mais um eterno retorno na minha história, e eu lutava para que ele não se consumasse.

Não perguntei de onde ela ligava. Nem o que acontecera em sua casa depois que nos faláramos pela última vez. Também não pensei muito no que prometia. Apenas expressei o meu desejo irracional de enfrentar aquela proibição não importava em que condições. Não sabia como, nem quanto tempo levaríamos para conquistar o direito de ficar juntos. Mas sabia por quê: Lívia valia todos os riscos e todos os sacrifícios. A minha pequena Danuza Leão.

Desligamos com o sentimento de união pulsando dentro de nós. Ela pareceu satisfeita com a minha promessa e refeita do impacto do pesadelo. Por minha vez, eu experimentava a crença de que aquela relação tinha algo de indelével. Era como um imperativo, alheio à nossa vontade. Um desígnio que tínhamos de cumprir para satisfazer o sentimento que nos tomava. Não importavam os porquês nem as proibições. Não importavam os tabus e os preconceitos. Éramos um do outro, no sentido mais profundo e ensandecido que essa afirmação pudesse conter.

16

No dia 15 de dezembro, uma quarta-feira, pedi quinze dias de férias na editora. Só voltaria à ativa no início de janeiro. Era uma preocupação a menos. Desde que fora proibido de ir a Novaes, não conseguia me concentrar nos livros que editava.

No primeiro fim de semana longe do trabalho, procurei me isolar do clima de Natal que já dominava as ruas. Não havia muito o que fazer para me proteger da atmosfera ubíqua das festas. Encarava a efusividade natalina como uma provocação para o meu espírito combalido.

Uma atividade em que me comprazi naqueles dias foi retomar o contato com um pequeno rol de escritores. A literatura poderia representar um refúgio contra aquele clima efusivo. Principalmente se conseguisse iniciar a escrita de um novo livro, o que comparava a estar apaixonado. Só se leva uma escrita adiante quando se está tomado de paixão pelo texto que se elabora. Era nisso que acreditava. E era nessa atmosfera que procurava me inserir.

A ideia de escrever um relato narrando os acontecimentos do namoro começou a fazer vulto na minha cabeça. Eu já era autor de um relato autobiográfico, uma narrativa que fora uma terapia diante dos dramas e conflitos vividos em razão da Aids. Relatar os fatos que vinha vivenciando desde que conhecera Lívia significaria exercitar novamente essa espécie de terapia.

A literatura erigia-se para mim como uma cápsula protetora, o pequeno bolsão de onde eu podia vislumbrar o possível. Eu vivia, enfim e novamente, o estigma do anti-herói, outro eterno retorno na minha realidade. Só devia tomar cuidado para não cair na armadilha da autocomiseração. Eu não era um coitado.

Movido por esse sentimento de redenção, no primeiro sábado das férias comecei a urdir os fios desta narrativa. Não era apenas a pulsão literária que me motivava, mas a necessidade de respirar os ares do ambiente civilizatório que as palavras instauram. Uma vez que convivia com fatos extraordinários, as palavras se soltavam de mim impelidas por uma necessidade vital de estar em contato com um mínimo de racionalidade.

Dizem que, nos momentos de grande privação, premida pela necessidade de libertação, a mente se solta de certas amarras e se torna mais criativa. Naquele momento, escrever era a única coisa que eu podia fazer para não sucumbir à violência dos fatos. Ou para não enlouquecer. Com o espírito impregnado de uma paixão que não podia extravazar de outro modo que não por telefone, e ainda assim com severas restrições, escrever sobre essa paixão seria uma forma de compreendê-la, de acalentá-la, torná-la mais forte; de, enfim, trazer Lívia para mais perto de mim.

Em poucos dias, vi meu surrado bloco de anotações povoar-se de palavras. Embora tivesse consciência dos vários ângulos sob os quais olhar aquela situação, considerei justa minha indignação diante do que vinha vivendo. Sem dúvida que se tratava de um ato de rebeldia. A escrita seria como uma demarcação de terreno. Enquanto estivesse no território sagrado das palavras, encontraria um sentido para tudo aquilo.

Na virada do ano, fiz o possível para que a melancolia não se instaurasse por completo no quarto. Naquela noite, deixei a televisão ligada num canal de esportes em que passavam reprises de copas antigas. Também deixara o micro ligado. Ele voltara a funcionar. Até quando, eu não sabia.

Lá fora uma banda subia a rua tocando músicas de ocasião. Como evoluía devagar, ouvi à exaustão o "adeus ano-velho, feliz ano-novo". Mas a música era bem executada e espalhava alegria na noite. Ou meu espírito é que se recusava a se render à tristeza. A razão daquela recusa tinha um motivo: eu havia falado por três vezes com Lívia durante o dia. A última, às 19h30 pontualmente, como havíamos combinado.

Por aqueles dias, Lívia apareceu com um aparelho celular. Cárita, sua melhor amiga na escola, estava se desfazendo do seu aparelho e o oferecera por um preço irrisório. Lívia tinha o dinheiro, economias guardadas com o que seus tios e avós lhe davam de vez em quando. Ela só não podia deixar que seus pais e Bruno soubessem do aparelho O celular facilitaria as coisas. Agora urgia que comprasse um para mim, eu que nunca tivera celular.

Ela me contou as novidades do dia. Passara mal. Ânsia de vômito, febre, tonturas, falta de ar. E as manchas purpurina, cada vez mais se alastrando em sua pele. Por meu lado, eu sempre lhe fazia as perguntas de praxe: se havia comido alguma coisa, se tomara os remédios, se conversara com seus pais sobre aqueles sintomas. A tudo ela respondia que não.

Naquele dia Lívia havia pedido aos pais que não passassem a virada do ano na casa dos tios, em Botucatu. Ela não estava bem e sabia que iria se aborrecer com as brincadeiras de mau gosto que eles costumavam fazer nessas ocasiões. Não houve acordo. Talvez até percebessem que o estado da filha inspirava cuidados, mas não admitiam a hipótese de deixá-la sozinha em casa. Na certa ela ficaria no telefone comigo. Além disso, o que diriam os parentes de Botucatu?

Lívia seguiu para Botucatu junto com Bruno e Vanessa. Fiquei de ligar às onze e quarenta. Eu quisera ligar à meia-noite em ponto, uma forma insolente de marcar presença, mas ela disse que eles começariam a oração faltando quinze para a meia-noite – aquele era um hábito da família, um momento sagrado para eles.

Quando faltavam vinte para a meia-noite, Lívia ligou para me desejar um ótimo ano-novo e para dizer que a oração estava para começar. Conversamos por uns minutos. Logo sua mãe vinha buscá-la para o início do ritual.

– Te ligo à meia-noite e cinco – ela disse.

Ela me pediu que não ligasse à meia-noite em ponto, pois seu pai não iria gostar de vê-la ao celular enquanto os parentes se cumprimentavam. Segundo ele, "não pegaria bem". Na certa porque os parentes adivinhariam que era comigo que ela falava. Válter não suportaria a cena.

À meia-noite, porém, o telefone tocou.

– Oi, Sam! Estou escondida aqui. Feliz ano-novo!

– Tenho o maior orgulho de você, princesa – foi a única coisa que me ocorreu dizer.

– Preciso ir agora, senão eles me pegam aqui. Te ligo daqui a pouquinho – sussurrou, antes de desligar.

Aquilo valera pela noite. Tentei adivinhar onde ela se escondera para falar comigo à meia-noite em ponto. Certamente no banheiro. E não deixei de imaginar Válter, atônito, procurando-a no meio dos parentes que o puxavam para abraçá-lo e desejar-lhe feliz ano-novo.

Com um sentimento de vitória saltando do peito, fiquei ouvindo os fogos lá fora e olhando os buquês coloridos que se abriam no céu. Pensei em Briza. Àquela altura ela devia estar na casa da avó, na habitual confraternização de fim de ano. Eu fizera parte daquele evento por vinte anos, os vinte anos do meu casamento. Mas nos últimos tempos já não tinha ânimo para participar. Então pensei em como minha vida havia se transformado nos últimos meses.

A entrada em 2006 fortaleceu nossas convicções. Lívia parecia mais decidida. Narrava-me suas conversas com os pais a meu respeito, conversas que fatalmente acabavam em discussão diante da sua recusa em fazer o que eles queriam. As ameaças feitas em dezembro ficaram diluídas diante da minha aparente saída de cena. Mas eu permanecera no enredo como um personagem oculto, e eles sabiam disso. Cogitei se aquela situação não seria conveniente para eles, desde que eu me mantivesse a distância. Era uma hipótese plausível. Fazia quarenta dias que não nos víamos. Eles não deixavam de constatar que o contato virtual comigo fazia bem a Lívia. Desde que eu não aparecesse por lá, parecia estar tudo bem para eles.

Na última semana de janeiro, aceitei o convite das minhas amigas da faculdade para tomar um café na Paulista. Era o nosso primeiro encontro depois do término do curso. Agora éramos jornalistas formados e queríamos curtir a nova condição. Falamos de livros, de filmes, da graduação recém-concluída, do que cada um andava fazendo da vida, de namoro e, claro, da minha história com Lívia e do livro que escrevia sobre ela. No fim da noite, despedimo-nos com a promessa de nos vermos em breve.

Liguei para Lívia ainda da Paulista. Ela estava bem. Falou que seu pai dera permissão para ela ficar meia hora na internet e que tinha conversado com sua prima e com alguns amigos. Eu disse a ela que estava indo para o apartamento e pedi-lhe que escrevesse um scrap para mim.

Ao chegar, a primeira coisa que fiz foi ligar para ela. Preparava-me para mais uma noite de conversa clandestina. Assim que atendeu, percebi que estava chorando. Perguntei o que tinha havido. Ela pediu que ligasse depois. Diante da minha insistência, deixou escapar que discutira com o pai.

– Ele me deu um tapa na cara – ela revelou de chofre.

Tentando manter a fleuma, perguntei se fora por minha causa.

– Sam, não dá pra falar agora, depois eu explico tudo.

Eu não queria abandonar a conversa. Procurei controlar a agitação que já me tomava. Quis saber se ela estava machucada. Ela afirmou que tinha um corte na boca.

– Está sangrando?

– Está.

– E ninguém veio fazer um curativo em você?

– Eles estão na sala, assistindo *JK* – ela falou, referindo-se à minissérie da TV Globo. – Minha mãe brigou com meu pai. Sam, por favor, não posso explicar agora. Ele está querendo tomar o celular, só está esperando uma oportunidade. Depois eu dou um toque.

Contrariado, desliguei o telefone e liguei a televisão. Por ironia, fiquei assistindo *JK*, mas com o volume baixo. Sabia que Válter e Zilmar iriam dormir assim que a minissérie terminasse.

Minha hipótese estava certa. Cinco minutos depois de os créditos deslizarem na tela, ela deu o toque a cobrar. Era comovente como tinha disposição e coragem para falar comigo ainda naquela noite, depois do ocorrido. Então me descreveu como tudo acontecera.

O pai lhe concedera trinta minutos para entrar na internet. Ela entrou e viu que eu não estava *on-line*. Resolveu conversar com algumas pessoas no msn. Quando faltava pouco para esgotar seu tempo, eu liguei da rua. A conversa durou os poucos minutos dos créditos do cartão. Pedi a ela que me enviasse um *scrap*. Ela disse que já havia mandado um, mas que escreveria outro.

Assim que desligamos, ela se pôs a digitar o *scrap*. Estava quase terminando quando o pai a flagrou no meio da mensagem. Ao ver que era para mim que ela escrevia, foi dominado pela fúria. Ela pediu dois minutos para terminá-la. Ele não concedeu. Começaram a discutir. Ela finalizou o *scrap*, coibida pelo pai. Mal o enviou, ele arrancou a tomada do *plug*.

A discussão se acirrou. Válter disse que faria um B.O. contra mim por corrupção de menor. Ela respondeu que não adiantava, que iria esperar seus dezoito anos para ficar comigo. Já se dirigia para o quarto quando o pai a puxou pelo braço e desferiu-lhe o tapa. O golpe atingiu em cheio sua face, pressionando a parede interna da boca contra o aparelho que usava, abrindo um corte. Ela sentiu na hora o gosto de sangue.

Na sala, Zilmar, Bruno, Malu e Vanessa assistiram a tudo passivamente, na certa temerosos de que sobrasse para eles também. Ninguém ousou socorrê-la. A mãe censurou o pai pelo que fizera, mas logo já estava na sala assistindo à minissérie junto com ele. Lívia se trancou no quarto. Pouco depois eu ligaria e ela me diria que não poderia falar naquele momento. Aquilo tudo aconteceu entre o instante em que eu desligara o telefone na Paulista e o momento em que chegara em casa. Entrei no quarto, acendi o abajur, abri uma das janelas, liguei a tevê para insuflar vida no quarto e voltei a falar com Lívia. Tudo já havia acontecido.

Naturalmente ela estava amedrontada. Seu medo, porém, não era de uma nova violência, mas de perder o celular.

– As coisas vão ficar mais difíceis agora, Sam.

Embora não quisesse estender a conversa, pelo risco que ela corria – Válter tirara a chave do quarto –, eu quis marcar presença de alguma forma. Meu poder de ação era limitado, contudo. Restringi-me a dizer que aquilo era passível de denúncia. Falei-lhe do Estatudo da Criança e do Adolescente. Ela própria me dissuadiu de fazer a denúncia.

Procurei animá-la, lembrando que estava do seu lado, que me sentia orgulhoso da sua resistência e que lamentava ser o motivo daquela violência. Ela apenas soluçava do outro lado. Seu silêncio sinalizava que continuaria lutando.

No dia seguinte, liguei logo cedo. Ela disse que estava com a boca e os olhos inchados e com muita dor de cabeça. Sobressaltei-me ao saber dos olhos inchados. Ela se adiantou em explicar que era por ter chorado durante a madrugada.

Senti solidariedade por ela e um desesperado sentimento de impotência. Ao mesmo tempo, procurava me colocar no lugar de Válter. Era uma tentativa de olhar a situação com um pouco de alteridade. Ele devia estar desesperado ao ver que o sentimento de Lívia não era uma paixonite de verão. Ao contrário do que ele pensava, ela era muito madura, sabia o que queria. E ele começava a se dar conta de que o homem por quem sua filha se apaixonara não era tão vulnerável quanto ele pensava. Não seria uma ameaça física, a proibição ou a ameaça de denunciá-lo à polícia que iria afastá-lo dela. Talvez confiasse demais em seus métodos coercitivos, mas algo dentro dele começava a dizer que não seria fácil se livrar de mim.

Eu conseguia entendê-lo quanto à proteção. Era um sentimento inato de pai. Não o censurava por querer protegê-la de uma situação que ele considerava nociva. Entretanto, em nenhum momento ele procurou enxergar os sentimentos da filha ou buscou compensá-la por ela aparentemente ter-se decidido pelo fim do namoro. Era quase como se ela não existisse ou não tivesse vontade própria. Por esse ângulo eu questionava aquela proteção. E me perguntava se era proteção mesmo ou o sentimento mesquinho de se apoderar da vida do outro.

Estes questionamentos me vinham sempre que repassava o que conhecia de Lívia até ali. Estudiosa, caseira, solidária, romântica. Não era nenhuma santa, mas possuía uma combinação de virtudes que não se via com frequência nas garotas da sua idade. As madrugadas que passara no hospital, fazendo companhia à avó, a disposição em ministrar-lhe os remédios e fazer-lhe os curativos – que ela já encarava como uma preparação para sua futura profissão de médica –, a obsessão em entrar em medicina, tudo isso revelava uma alma singular e com os pensamentos bem definidos em relação à vida.

Aquele tapa e a omissão dos demais em socorrê-la eram emblemáticos do pensamento de todos em sua família. A violência era justificada em nome da proteção contra um mal que eles consideravam maior. Era simples. Eles me odiavam e preferiam me ver a quilômetros de distância. Ou não me ver nunca mais. Aqueles almoços e cafés do início, servidos na mesa com pompa e circunstância, não passaram de mera formalidade para uma situação diante da qual não sabiam como se comportar. Sob o olhar deles, tudo o que se referia a mim já vinha conspurcado pelas mais abjetas ideias sobre o meu interesse em permanecer em contato com Lívia. Toda a vontade de Válter e de Zilmar era poder me escorraçar para sempre daquela cidade e da história da sua família. Mas essa vontade esbarrava num fato contra cuja evidência eles nada podiam fazer: Lívia me amava.

17

Liguei para Lívia às nove da manhã. Ela repetiu aquilo que eu vinha ouvindo havia semanas: estava com dor de cabeça e tivera febre durante a noite. Em seguida disse que não podia falar naquele momento. Tinha gente por perto.

Voltei a ligar duas horas depois. Mal iniciamos a conversa, ouvi um batido de porta ao fundo. Ela pediu um instante. Ouvi uma voz masculina e em seguida um diálogo ríspido:

– Você vai ao clube comigo hoje! – vociferava a voz masculina.

– Não vou!

– Vai sim. Quem manda aqui sou eu! Você vai e está acabado!

– Não vou, não!

Ouvi a porta sendo batida novamente. Ela voltou para o telefone. Perguntei se era o Bruno. Ela confirmou.

– Por que ele quer que você vá ao clube?

– Porque é um idiota.

– Ele não pode te obrigar.

– Mas eu não vou. Ele sabe que eu não vou.

– Mas por que ele quer que você vá?

– Eles querem me fazer esquecer você.

– Lívia, isso é passível de denúncia. Você está doente. Ele não pode te obrigar.

– Sam, não faça nada, por favor. Ele sabe que eu não vou. Ele fez isso de propósito, pra você ouvir.

O comportamento de Bruno não me surpreendia. Desde o início o achei um sujeito insolente. O filhinho-de-papai que se vale de situações em que está em vantagem para destilar seu autoritarismo latente. Nunca lhe dei muita confiança e conversei com ele apenas o necessário para as questões práticas. Para completar, namorava uma garota que combinava com ele à perfeição. Os dois viviam às turras, mimoseando-se com palavras depreciativas, não importando quem estivesse por perto. Odiei ter de pegar carona com eles. Os dois não paravam de discutir. De vez em quando, no meio da discussão, Bruno tentava angariar minha cumplicidade. Eu me mantinha neutro na medida do possível, às vezes esboçava um sorriso amarelo, que mal era percebido por ele.

Por aquele diálogo tive uma pequena amostra do que Lívia vinha suportando por minha causa.

À noite, voltei a ligar. Ninguém atendia. Em minutos fantasiei os piores cenários. Procurei cercear os maus presságios tentando me convencer de que eu andava muito alarmista ultimamente. Deixei passar dez minutos. Liguei de novo. Só ouvia o chamado. O intervalo entre uma tentativa e outra foi diminuindo. Até ligar inutilmente várias vezes, uma ligação imediata à outra. Foi o suficiente para que o cenário de terror se instaurasse. Imaginei o celular nas mãos de Bruno, que o ouvia tocar e não atendia.

Com o espírito agitado, liguei para o 190 e consegui o telefone da delegacia de Novaes. Temia que Lívia fosse agredida novamente. Mas só faria a denúncia em caso de uma suspeita mais concreta. Por enquanto eram apenas suposições com base no que havia acontecido durante a semana.

Na minha agitação, ocorreu-me ligar para a casa de seus avós. Eles pelo menos me atenderiam e me dariam alguma notícia da neta, caso soubessem. E eu nem precisaria mencionar minha real preocupação. Podia ser que ela estivesse lá, fazendo o curativo na avó, e tivesse esquecido o celular em casa.

Ao primeiro toque, alguém atendeu. Logo reconheci a voz do avô.

– Boa noite. É o seu Medeiros? – na hora não me ocorreu de que modo deveria chamá-lo.

– Sim, é Medeiros.

– Aqui é o Samuel. Eu queria saber se a Lívia está por aí – forcei uma entonação neutra, como se fizesse uma ligação banal.

Ele me pareceu embaraçado, mas foi cortês:

– Ah... sim, olha, ela não apareceu por aqui hoje.

Eu também não me sentia à vontade, uma vez que ele sabia do imbróglio que era o meu contato com sua neta.

– Obrigado. Desculpe o incômodo...

Antes de desligar, porém, senti que devia dizer mais alguma coisa. Eu precisava da impressão de alguém de fora do circuito íntimo da família sobre a agressão que ela sofrera. Ainda não assimilara aquele ato de violência.

Surpreendendo a mim mesmo, talvez pela necessidade de fazer menção ao ocorrido, talvez mesmo por desespero, expus a ele o porquê da ligação.

– ... é que estou ligando no celular dela e ninguém atende. Estou preocupado, ela foi agredida na terça-feira...

– Quem foi agredida? – seu espanto me pareceu sincero.

– A Lívia. Ela levou um tapa do pai, cortou a boca por dentro... – procurei imprimir dramaticidade à descrição, sem me desviar da verdade.

– Ah, aquilo não foi nada – ouvi ele dizer, na mesma voz plácida com que narrou o dia em que cumprimentara Pelé.

Senti como se um punhal houvesse atravessado o meu peito. Saí um pouco de órbita naquele instante e demorei alguns segundos para sentir o chão novamente. Quando consegui articular palavra, só me veio à mente agradecer e dar boa noite.

Apesar da decepção por aquela resposta, senti que ainda não era o caso de acionar a delegacia. Voltei a ligar para o celular de Lívia. Continuou não atendendo. Tive então a certeza de que algo acontecera. Talvez nada ligado à obrigação que queriam impingir a ela de ir ao clube. Mas o celular fora tomado.

Eu continuaria ligando, contudo. Ligaria até as últimas horas da madrugada se fosse preciso, quando não porque era a única coisa que me restava fazer.

Numa das ligações, finalmente, ouvi sua voz arfante, como se tivesse corrido para atender.

– Oi, meu amor.

Meu desespero havia desenvolvido habilidades insuspeitadas. Apenas com aquela frase e aquele tom de voz, deduzi que nada do que imaginara havia acontecido. Ela fora ao supermercado com a mãe e por motivos óbvios não levara o celular.

Eu que me preparasse. Situações como aquela passariam a ser rotina no meu dia a dia.

No fim de semana, a contragosto, Lívia seguiu com a família para a casa dos avós, em Lençóis Paulista. O fato de ser obrigada a acompanhá-los azedaria seu humor naqueles dois dias. Ela não ia poder estudar, teria dificuldade para falar comigo e ficaria confinada num lugar sem atrativos. A ala lençoense da família a considerava diferente das demais sobrinhas. Achavam-na muito séria e com opiniões bastante próprias para uma garota da sua idade. A notícia do seu interesse por um homem de 42 anos só vinha ressaltar essa impressão.

Dessa vez, porém, ninguém a incomodou com intrigas moralistas. Restringiram-se a isolá-la de forma discreta, a tratá-la como o bicho esquisito que, tendo dezesseis anos, e com todos os atributos de sedução e viço da sua idade, envolvia-se com um homem muito mais velho e portador de uma doença estigmatizada como a Aids.

Dos parentes de Lençóis, sua tia Vílbia foi quem mais demonstrou interesse em que Lívia rompesse comigo. Irmã mais nova de Zilmar, solteirona e católica fervorosa, tomou a frente na cruzada contra o namoro assim que soube dele. Tentou assumir junto à sobrinha o papel de conselheira mais próxima, mas Lívia, captando no ar suas intenções, rapidamente cortou-lhe as asas. Magoada, Vílbia não tocou no assunto durante os dias em que a garota ficou em sua casa. Mas não desistiu de tentar afastá-la de mim. Dias depois, voltaria à carga com o pretexto de levá-la para fazer o teste de hiv.

Lívia continuava apresentando os sintomas da Aids. As manchas purpurina haviam diminuído, mas os outros sintomas permaneciam em seu corpo. Vílbia prometera-lhe sigilo absoluto quanto à realização do teste, inclusive em relação a seus pais. Ninguém precisava saber. Mas Lívia se esquivava, enxergando naquilo uma manobra de Vílbia para assumir as rédeas da situação. Era o que Lívia não tolerava no comportamento de seus parentes. Não fazer as coisas somente com o fim de ajudá-la, mas também para destilar antigos recalques e de quebra experimentar a sensação de poder sobre a vida do outro. Era um cacoete atávico da família.

Ela demorou a responder se aceitaria a ajuda. Não queria ficar refém dos favores cercados de interesse de Vílbia. Deixou passar alguns dias e, por fim, aborrecida com a insistência da tia, por telefone mesmo disse-lhe que dispensava a ajuda.

Naquela semana, Válter estipulou o tempo que Lívia poderia ficar na internet dali por diante: vinte minutos por dia. Ela mal ligava o micro e já tinha de desligá-lo. Lia os e-mails e *scraps* com Válter do lado, querendo saber com quem ela se correspondia. Para conseguir se comunicar comigo, ela desenvolvia uma atilada operação para ocultar as páginas, o que nem sempre dava certo. Muitas vezes o tempo estipulado acabava no meio de uma resposta e ela tinha de abandonar a mensagem para que não seguisse pela metade. Isso tudo eu ficava sabendo não apenas porque Lívia me contava, mas porque em geral era comigo que ela conversava no msn durante o apertado tempo que o pai lhe concedia. Quando ela deixava de responder ou abandonava a conversa, eu já sabia o motivo.

No fim daquela semana, dona Sônia voltou a ser internada para a cirurgia que faria no braço. Como todos na família, Lívia estava apreensiva. Não era uma cirurgia de risco, mas havia a possibilidade de amputação caso o tratamento não fosse bem-sucedido. Como ocorrera em dezembro, no período em que dona Sônia realizou seus exames, também dessa vez Lívia acompanhou a avó nos dias que antecederam a intervenção cirúrgica. Em geral ia acompanhada da mãe, que não hesitava em aplicar-lhe sonoras rebordosas em público.

Num desses dias, mãe e filha acabaram na seção de pediatria do hospital. Ao olhar os bebês no berçário, Lívia deixou escapar um comentário inocente, mas que lhe custaria caro. Disse que tinha vontade de fazer um bebê como aqueles que ali estavam. Zilmar sobressaltou-se. Não que a ideia de ser avó não fosse do seu agrado. O que a perturbou foi imaginar quem Lívia idealizava como o pai da criança. Passou a ruminar pensamentos sombrios durante os minutos em que permaneceram no setor de pediatria. Por fim não se conteve e perguntou:

– Com quem, Lívia?

Entre um berço e outro, dentro dos quais jaziam bebês que desatavam a fantasia materna de Lívia, a garota respondeu o que lhe parecia o mais natural e coerente naquele instante:

– Com o Sam, claro!

Aquela frase atingiu o psicológico de Zilmar como uma cusparada. Sua bile entornou de vez. Outra rebordosa aterrissou com toda a contracarga de ódio sobre Lívia. Mas ela já nem se importava muito. Desde que não a agredisse, já estava acostumada às broncas gratuitas da mãe. Não dissera aquilo por maldade, ou para provocá-la. Era um sonho que acalentava: ter dois filhos com o homem que amava.

Naquele dia e nos seguintes, Zilmar fechou a cara para a filha. Tratou-a com acrimônia, um tom acima do habitual, e mal lhe disse bom dia. Lívia tirou vantagem da situação. Com os problemas clínicos da avó, andava dispersa nos estudos. Aproveitou que a mãe a deixara em paz para tirar o atraso em algumas matérias.

Mas Zilmar não esqueceu a história do bebê. A frase de Lívia roeu seu fígado diuturnamente nos dias que se seguiram. Num daqueles dias, num momento em que Válter não estava em casa, Lívia tentou ver os e-mails e *scraps* que eu lhe enviara. O computador não funcionou. Tentou mais algumas vezes e nada. A mãe captou sua aflição e entreviu ali a oportunidade de dar o troco à filha pela heresia que ela proferira.

– Está querendo falar com o Samuel, é?

Lívia ficou calada. Já tinha desistido de ligar o micro. Alguma coisa acontecera com a máquina e somente um técnico poderia fazer alguma coisa. Zilmar continuou a provocar:

– Pode tirar o cavalinho da chuva que esse computador vai ficar quebrado por muito tempo. Se depender de mim e do seu pai, pode jogar ele no lixo.

Lívia julgou que não deveria ficar tão passiva:

– Não adianta, mãe – disse, levantando-se e dirigindo-se para o quarto – eu vou ficar com ele de qualquer jeito. Vou esperar meus dezoito anos e me casar com ele!

Enquanto falava, não percebeu que a mãe avançara na sua direção para atingi-la com um tapa. Desviou-se instintivamente e se afastou assustada. A unha da mãe, porém, resvalou em sua orelha, deixando um vergão no lóbulo direito. Nos olhos de Zilmar, Lívia fotografou um vermelho de ódio queimando com todo o ardor do seu fundamentalismo católico:

– É o que você tem que fazer mesmo! Vai lá, fica com aquele aidético! Vocês se merecem! Você vai morrer cedo mesmo, sua desgraçada!

Válter e Zilmar sonhavam naturalmente com um futuro fulgurante para Lívia. A formação em medicina, o casamento com um rapaz de pele clara, boa aparência e da mesma idade que ela, de preferência com um nível socioeconômico superior ao deles. É o que em geral os pais desejam para os filhos, imbuídos de suas projeções pequeno-burguesas e de seus preconceitos explícitos e ocultos. No caso de Válter e de Zilmar, o futuro genro não precisava necessariamente amar Lívia, nem ela precisava amá-lo, desde que passassem a ideia de felicidade e união para os parentes e conhecidos. Dessa união nasceriam filhos loiros e lindos, de olhos claros, devidamente batizados na igreja matriz de Novaes e abençoados pelo olhar de aprovação da comunidade.

Eu representava o oposto de tudo aquilo. Até aceitaria me casar na igreja matriz, mas isso não era algo imprescindível para mim. Não tinha posses e, para mal dos pecados, carregava o estigma da Aids no sangue. Era 26 anos mais velho do que Lívia, e, embora de pele clara, se tivera o meu encanto na juventude, agora trazia no rosto e no corpo as marcas de uma vida atribulada e sofrida. Definitivamente eu não correspondia ao tipo presumido pelos pais de Lívia. Contudo, possuía uma ligeira vantagem sobre o rapaz idealizado por eles: em sua forma peculiar de olhar o mundo, Lívia via em mim o que não via em nenhum rapaz de Novaes. A vida tinha desses caprichos.

18

No sábado fui almoçar com Briza e Roger no shopping Higienópolis. Fazia quase um mês que não via minha filha. Ela trouxe uns CDs e uns DVDs que eu lhe pedira, entre tantos que deixara na antiga casa. Depois do almoço percorremos as ruas arborizadas que vão do shopping até próximo do apartamento e nos despedimos. Apesar de gratificado por rever Briza, começava a pressagiar o meu pior horário na semana, a noite de sábado. Sentia-me como um prisioneiro que voltava para a cela depois do banho de sol. Mas eu não era um prisioneiro. Como os personagens de Sartre e Camus, tinha o abismo da liberdade à minha frente.

Coloquei o DVD com o show acústico do Cidade Negra e fiquei assistindo. O astral *cool* da banda me contaminou. Enquanto ouvia, liguei para Lívia. Precisávamos traçar a estratégia para mais uma noite clandestina.

Ela me contou que naquela noite Válter e Zilmar teriam um jantar na Associação Comercial. Bruno iria a uma pizzaria com a namorada e ela ficaria na casa dos avós para fazer o curativo em dona Sônia. A real intenção, além de deixar a avó sob os seus cuidados, era não deixá-la sozinha em casa, para que não conversasse comigo. Ela ficou de me dar o toque combinado assim que fosse possível.

Na hora combinada ela ligou, mas logo teve de interromper, pois precisava dar o remédio à avó e fazer-lhe o curativo. E ainda que não fosse esse o motivo, o avô poderia flagrá-la ao telefone e seu pai ficaria sabendo que ela me ligou. Ela ficou de dar outro toque em seguida. Mas isso se os pais não chegassem para buscá-la, o que não demoraria.

Lívia não ligou, sinal de que os pais haviam chegado em seguida. A curiosidade sobre o que acontecera, porém, me aguçava. Resolvi ligar. Ela respondeu sussurrando:

– Estou no carro. Te ligo quando chegar.

Imaginei o embaraço dela no banco de trás.

Depois, já em casa, explicou o que eu já presumira: mal terminara de fazer o curativo, seus pais chegaram.

Ficamos de nos falar assim que eles fossem dormir. Ela achava que eles tinham comido e bebido demais no jantar e que não tardariam a ir para a cama. Achei engraçado o modo como disse aquilo dos próprios pais.

Quando já passava de meia-noite, eu é que acabei dormindo. Acordei com o toque do telefone, tão próximo como se o aparelho tocasse de dentro de mim.

– Estou com dois problemas – ela informou. – Minha mãe ainda está na sala. E estou ardendo de febre.

No ato entendi que não conversaríamos naquela noite.

– Melhor você se deitar então. Toma um antitérmico. Você está suando?

– Estou.

– A camiseta está encharcada?

– Está.

Para mim, não havia dúvida de que ela contraíra o hiv.

– Não é melhor trocar a camiseta?

– Já troquei duas. Vou trocar essa também.

Era uma situação que eu conhecia bem. Já me sentia cuidando dela, mesmo de longe.

Ela aceitou a sugestão de irmos dormir. E eu fiquei tentando resgatar na memória em que momento do nosso contato teria havido contaminação. Não havíamos tido relação. Nosso contato mais íntimo foram os beijos, situação em que haveria risco se os dois estivessem com alguma ferida na boca ou algum sangramento, ainda que imperceptível. Eu podia falar por nós dois quanto a não ter feridas. Já quanto aos sangramentos, não podia ter certeza.

Uma semana antes de começarem suas aulas, no fim de fevereiro, Lívia assumiu um discurso que projetou sombras na relação. Antes ela afirmava que encamparia o namoro assim que fizesse dezoito anos. Agora condicionava enfrentar a situação somente se passasse no vestibular.

– E se eles não liberarem?

– Aí teremos de ficar mais um ano desse jeito.

– Mesmo que você tenha dezoito anos?

– Sam, a gente pode até se ver, mas você não vai poder vir na minha casa.

Eu acalentava a ideia de que, com a maioridade, e principalmente se ela entrasse em medicina, os pais fossem liberar o namoro. Mas as coisas não eram tão simples. Eu até entendia seus planos. Ela queria fazer tudo combinado. Não precisávamos nos casar de imediato, mas a permissão teria de vir com seus dezoito anos e com seu ingresso na faculdade.

Apesar de entender sua estratégia, fiquei preocupado com aquela mudança de perspectiva. Sem dúvida que havia muita racionalidade no que ela dizia. Eu também desejava que ela passasse em medicina, de preferência na USP, e pudesse vir para São Paulo. A questão era se suportaríamos tanto tempo de proibição. Aquela pressão já apresentava consequências perniciosas. Minha saúde andava fragilizada. Por andar negligenciando a tomada do coquetel, os medicamentos já não deviam estar fazendo efeito. Vinha adiando os exames de carga viral e de CD4 e era quase certo que meus números haviam piorado.

Lívia, por seu lado, além de conviver com a pressão dos pais e o desrespeito do irmão, ainda tinha de se virar com o fantasma do hiv e a tensão do vestibular. O hiv, aliás, era o terceiro elemento – além da maioridade e do vestibular – a agregar variantes ao longo período que teríamos de esperar. Também nesse particular houvera mudança de discurso.

Inicialmente Válter dizia que, caso ela estivesse contaminada, ele liberaria o namoro – uma afirmação que por si só servia de parâmetro para avaliar sua lógica. Depois mudou de opinião: ele é que cuidaria de Lívia se o teste positivasse. Por conta disso, o pensamento dela também mudara de rota. Agora ela dizia que ficaria na casa dos pais mesmo que o exame desse positivo, pois bater de frente com eles em pleno vestibular poderia comprometer seu êxito.

Diante de tanta incerteza, me pus de sobreaviso. Embora compreendesse seu desejo de que tudo transcorresse de modo tranquilo e racional, temi pelo longo caminho que isso pudesse representar. Eu precisava de algumas certezas. Já estava claro para mim que não haveria o caminho tranquilo. Pela primeira vez fiquei inseguro com relação ao namoro em si. A relação parecia ter ficado em segundo plano para Lívia. Era um direito dela. Bem como um direito meu não criar expectativas falsas.

Decidimos conversar menos a partir daquela semana, na tentativa de evitar as medidas drásticas que seus pais ameaçavam tomar. Isso significava nos falar uma vez durante o dia, no período da tarde, e depois conversar somente à noite, como vínhamos fazendo.

No primeiro dia de aula, no entanto, toda a racionalidade dos planos de Lívia caiu por terra. Ela me ligou às nove da manhã, no intervalo da segunda para a terceira aula. Ao meio-dia, quando me preparava para almoçar, ligou novamente. Não falei nada sobre a quebra das regras que ela própria criara. Na verdade, gostei daquilo. E senti um terno desvelo por Lívia, por ela não conseguir esconder que o namoro era tão importante para ela quanto entrar na faculdade.

As coisas só se complicaram à noite. Como agora suas atividades seriam mais puxadas durante o dia – ela cursaria o terceiro ano de manhã e frequentaria o cursinho à tarde –, era natural que não tivesse a mesma disposição para conversar depois da meia-noite. Também para mim aquele horário se tornara proibitivo.

Eu ligava do telefone fixo para o seu celular, o que me causava certa angústia. Minha conta telefônica já estava fora de controle, mas eu não conseguia deixar de ligar. O valor de janeiro já tinha vindo uma fábula. Lívia ficou mal quando soube. Quis atribuir a si a culpa por aquele valor exorbitante. Em fevereiro, o boleto viria com 1.600 reais, o dobro do que viera em janeiro. Temi que, sem perceber, não estivesse perdendo o controle apenas da conta telefônica, mas também da minha vida.

Não foi fácil demovê-la da ideia de que a culpa fosse dela por aquela situação. Tampouco de que a culpa fosse de seus pais. Culpá-los seria lançar mão de uma solução simplista e autopiedosa. Estávamos numa espécie de embate em que as regras eram muito claras. Eu estava ciente dos tabus sociais em jogo.

Na sexta-feira, ainda abalados pelo alto valor da conta, voltamos a ficar mal com o futuro que nos espreitava. Saí do trabalho e errei pelas ruas de Higienópolis, sabendo que o dia não terminaria bem. Ao chegar ao apartamento, liguei para ela.

– Você está bem? – ela perguntou.

– Não. Cheguei até aqui que nem um zumbi.

O mais irônico era que, ultimamente, em vez de namorarmos, uma vez que eu pagava um preço altíssimo pelas ligações, ficávamos remoendo angústias.

– O problema todo é essa proibição absurda. Se eu fosse um bandido, um traficante...

– Meu amor, eu sei que meus pais estão errados. É o modo deles de me proteger. Na cabeça deles, eles estão fazendo o certo.

– Mas será que eles não percebem o mal que estão fazendo pra gente? Que você anda doente? Que porra de amor de Cristo é esse que sua mãe cultiva?

– Sam, eles acham exatamente o contrário. Para eles, você é um perigo para a minha saúde física. Eles acham que o fato de você ser hiv vai me colocar em risco.

– Eles não pensam que logo você vai ter dezoito anos e decidir sua vida?

– Não, eles não pensam isso. Para eles, enquanto eu depender do dinheiro deles, não vão permitir que eu namore com você. E, pelo que conheço deles, eles não vão mudar de opinião.

– Lívia, isso não existe. Todo mundo analisa as coisas e muda de opinião se percebe que está errado.

– Desculpe, Sam. Meus pais não são assim.

Desligamos um pouco melhor do que estávamos, embora ela continuasse a acusar febre. Como de costume, ficamos de nos falar depois que todos fossem dormir. Se é que fossem. O dia seguinte seria sábado. Poderíamos iniciar a conversa mais tarde e estendê-la até mais tarde também. Isso se Bruno colaborasse. Ainda tínhamos esperança de terminar o dia bem.

Passados alguns minutos da meia-noite, ela me deu o toque habitual. Liguei para o seu celular. Ela repetiu a frase que já virara uma senha para mim:

– Sam, liga em casa.

Era sinal de que todos já tinham ido dormir, de que Bruno não estava em casa e de que podíamos desfrutar do nosso melhor momento no dia: conversar por uma ligação interurbana, sob uma tarifa altíssima, a trezentos quilômetros de distância, ela com febre alta e dor de cabeça, sentada no chão, sussurrando para que ninguém a ouvisse, eu ainda angustiado pelos maus presságios da conversa da tarde, com as sobras de uma sinusite mal curada, ambos temerosos de que a qualquer momento seus pais irrompessem na sala ou Bruno chegasse com seu astral carregado.

– Você está melhor? – ela e seu instinto médico.

– Eu é que pergunto: melhorou da dor de cabeça?

– Minha cabeça está latejando – ela disse. – Medi a temperatura há pouco: estou com 38 graus.

– Li, toma alguma coisa e vai deitar então. Amanhã a gente conversa. Está tudo bem, hoje não foi um dia legal, mas amanhã a gente fica bem.

– Ah, quero conversar um pouquinho...

Senti que ela tinha dificuldade para respirar.

– Também quero, mas desse jeito é melhor você se deitar.

No instante em que falei isso, ouvi o movimento brusco do fone. Ela se agitara.

– Sam, alguém levantou, preciso sair daqui – ela sussurrou.

– Tá. Se der, me liga de volta – sussurrei também, sem me dar conta de que não precisava falar baixo.

– Tá bom, beijo, te amo.

Não houve tempo para mais nada. Embora conhecesse a topografia da casa, não conseguia imaginar como ela se recompunha tão rapidamente antes que o pai ou a mãe chegassem à sala. Entre o quarto deles e a sala havia duas portas: a do quarto e a do corredor. Era um espaço percorrido em menos de dez segundos, o tempo que ela tinha para desligar o telefone, desplugá-lo, escondê-lo provisoriamente em algum lugar (provavelmente atrás da poltrona) e colocar-se na posição de quem cochilara no sofá ou ficara assistindo televisão.

Desliguei e fiquei esperando que ela me ligasse. Confiava na sua esperteza e achei que o telefone fosse tocar a qualquer instante. A não ser que os pais tivessem se levantado para assistir a algum filme ou ficar conversando na sala.

Os minutos foram passando. Ela não ligava de volta. Esperei vinte minutos. Era tempo suficiente para a definição de alguma coisa, qualquer que fosse. Quando decorreram os vinte minutos, liguei para o seu celular. Uma voz desolada atendeu. Nem esperou que eu perguntasse nada. Apenas disse:

– Sam, eles me descobriram aqui. Meu pai desplugou o telefone.

19

No dia seguinte, pela manhã, Lívia teve de ouvir o sermão do pai. Naquele dia, Válter inovou nas ameaças. Desconfiado de que eu andava indo a Novaes, avisou com todas as letras que, se nos flagrasse num desses encontros, mataria os dois.

Com o início das aulas e a disciplina que se impusera, Lívia mal aguentava assistir à minissérie *JK*. Além do mais, continuava a apresentar sintomas suspeitos. Naquela semana, agregou a diarreia ao rol de sintomas.

Quando sabia que eu iria ligar, ela trancava a porta do quarto. Ou a trancava assim que eu ligava. Era frequente ela atender e eu logo ouvir a voz de Zilmar, ao fundo, dando alguma ordem. Não eram simples ordens, mas gritos estridentes, não raro acompanhados de algum xingamento. Numa dessas ocasiões, Lívia desabafou comigo:

– Poxa, estudei o dia inteiro ontem, ajudei a limpar a casa, e logo de manhã sou xingada antes mesmo de levantar da cama!

Eu ouvia a queixa e ficava em silêncio. Tinha uma opinião formada sobre aquela situação, e Lívia sabia qual era, porém seria constrangedor dizer qualquer coisa, embora sentisse que ela gostaria que eu emitisse alguma opinião. Às vezes dizia alguma coisa só para não parecer que não me importava.

– Li, ela age assim porque foi esse o tratamento que recebeu dos pais dela.

Não era exatamente o que eu pensava. Apesar do fanatismo religioso e da educação que tivera, achava que Zilmar não era uma pessoa de todo alienada. Possuía discernimento suficiente para perceber o mal que aquele tipo de atitude causava na filha.

– Às vezes tenho vontade de mandar minha mãe tomar no cu! – Lívia disse um dia, num rompante de indignação. – Ela quer que eu acorde às oito no domingo e já comece a arrumar a casa e preparar o almoço. Ela diz que estudar não cansa, que o que cansa é trabalhar.

Nos dias que se seguiram, ela flagrou os pais conversando em voz baixa por duas vezes na cozinha. Quando se aproximava, eles mudavam de assunto. Somente no sábado Lívia soube o motivo das conversas: o teste de hiv. Quando ela me ligou, porém, a notícia que me passou não era a que eu esperava.

– Minha mãe disse que é melhor não fazer o teste agora.

– Como assim? Você precisa de cuidados médicos se estiver contaminada.

– Sam, a questão pra eles não é essa.

– E qual é a questão?

– Ela disse que, se der positivo, eu vou querer ficar com você. E que se der negativo, eu também vou querer ficar com você. Por isso ela acha que não adianta fazer o teste agora.

– Lívia, seus pais são malucos. Eles não enxergam outra coisa que não o namoro. E a sua saúde?

– Malucos ou não, eles não querem que eu faça o teste agora. Então eu disse a eles que não era questão de dar negativo ou positivo. Que eu queria ficar com você porque amo você.

Vibrei ao ouvir aquilo.

– E ela?

– Ah, ela odeia quando eu falo que quero ficar com você. Quando eu falo isso, ela encerra a conversa.

– E seu pai?

– Meu pai está puto comigo. Ele sabe que eu falo com você no celular. Ele disse o de sempre: que eu sou uma traidora, que ele vai tirar o celular de mim, aquelas coisas. E minha mãe aproveitou pra dizer que o celular não pára o dia inteiro.

– Mas eu não ligo o dia inteiro.

– Claro que não, Sam, minha mãe exagera. Diz que eu não estudo, que só fico no celular com você. Poxa, estou me matando de estudar. Não saio pra lugar nenhum...

– Você quer que eu ligue menos vezes?
– Claro que não. A gente já se fala tão pouco.
Naquela semana, como por ironia, foi divulgado o resultado do simulado de um cursinho de que Lívia participara semanas antes. Ela ficou em primeiro lugar na região de Bauru e Botucatu.

Na sexta-feira que antecedeu o Carnaval, Lívia me disse que seus pais iriam sair para jantar e que ela ficaria sozinha com Maria Luísa. Ou seja, poderíamos conversar sem ninguém batendo na porta ou chamando-a só para cortar a conversa.
Não era algo tão melhor do que o que vínhamos vivendo. Achei que Lívia dera uma conotação exagerada a algo que, de todo modo, continuava a ser uma situação de severa restrição.
Quando ela me ligou à noite, pediu-me que ligasse no telefone fixo, e não no celular. Antes que eu perguntasse por quê, ela foi logo explicando:
– Eles saíram para jantar e deixaram o telefone plugado. Aproveitei para falar com você.
Fiz o que ela pedira.
– Por que eles conectaram o telefone?
– Porque eu vou ficar sozinha com a Maria Luísa.
Não havia muita lógica naquele procedimento, mas eu conseguia entendê-lo. Talvez fosse um jantar especial e eles quisessem ficar tranquilos com relação às filhas.
– E se eles ligarem pra ver se você está no telefone?
– Minha mãe já ligou. Por sorte eu não tinha te ligado ainda.
– Puta que pariu, que marcação cerrada! E se ela ligar de novo?
– Aí, paciência. Eu não ia deixar de falar com você no telefone fixo. Você está gastando muito.
De fato era um conforto conversar pagando uma taxa menor do que a do celular, ainda que o interurbano fosse já muito caro.
Nessas horas eu me questionava se estaria valendo a pena tudo aquilo. Não apenas as tarifas telefônicas preocupavam. Meu tratamento com os antirretrovirais andava irregular. Se por um lado o namoro me fazia bem, por outro minha vida tinha virado de cabeça para baixo.
Embora a um custo mais baixo, a conversa daquela noite não seria amena. Eu havia comentado que a obsessão de seus pais em proibir o namoro já havia passado dos limites. Lívia nem sempre gostava que eu entrasse nesses assuntos. Dizia que eu gostava de inventar problemas.

– Poxa, nós estamos super bem, por que falar disso agora? Eu sei de tudo isso, Sam. Mas o que você quer que eu faça? Minha vontade é de fugir com você, mas se eu fizer isso vou prejudicar a minha vida e a sua.

– Li, não estou reclamando de você. Mas, olha só, hoje é sexta-feira, véspera de Carnaval. São Paulo costuma ficar vazia, bom pra passear, ir ao cinema. E no entanto estou aqui, sem poder sair com a garota que eu amo, triste pra caralho. Às vezes bate desespero, sabe.

– E você pensa que eu fico como aqui? Hoje tem matinê no clube, tem baile à noite. Minhas colegas de escola estão todas lá. Mas para mim não tem graça ir lá sem você.

– Você pode ir, se quiser.

– Não quero. Vou ficar estudando e conversando com você. Acho Carnaval um saco.

Eu também não entendia a lógica do Carnaval.

– Você acha que seus pais vão demorar?

– Não sei, eles só falaram isso, que teriam um jantar.

– Um jantar costuma demorar. Acho que dá pra conversar pelo menos uma hora.

– Sim, acho que dá.

Contudo, não conseguíamos relaxar. Dessa vez foi ela quem trouxe à tona o assunto proibido:

– Sam, queria que você entendesse: não posso odiar meus pais. Sei que eles estão errados, mas é a cabeça deles. Eles receberam você aqui, gostaram de você. O problema você sabe qual é.

– Não quero que você odeie seus pais. Nunca vou querer isso.

– Às vezes parece.

– Uma pessoa que odeia os pais, odeia qualquer pessoa. Se você odiasse seus pais, eu jamais iria querer ficar com você.

– Então entenda, por favor. É a cabeça deles. Não gosto quando eles falam mal de você, mas também não gosto quando você fala mal deles.

– Não estou falando mal deles. Só estou criticando o que eles estão fazendo.

– Sam, vamos mudar de assunto. Agora que a gente pode namorar um pouquinho você fica procurando problemas pra gente brigar.

– Foi você quem puxou o assunto dessa vez...

Mal terminei de falar, ela fez um movimento brusco com o aparelho. O mesmo que fizera no dia em que o pai a flagrou.

– Depois a gente conversa, Sam. Meus pais chegaram, estão abrindo o portão da garagem. Beijo.

– Mas eles não iam chegar mais tarde?

– Iam, mas já voltaram. Não sei o que aconteceu. Beijo. Depois a gente conversa.

Era comovente ver como ela se desdobrava para manter a estabilidade do namoro. Obviamente que não a recriminava por querer preservar os pais. Este era outro fator que me passava segurança. Eu projetava o zelo que teria comigo quando ficássemos juntos pelo zelo que tinha com os pais, apesar de tudo.

Desliguei o telefone e fiquei na cama, especulando hipóteses. Não era preciso pensar muito para deduzir por que eles voltaram mais cedo. Na certa porque voltaram a ligar. Ao ver que a linha estava ocupada, intuíram que ela falava comigo.

Não demorou e ela me deu o toque combinado. Liguei de volta:

– Está tudo bem? – perguntei, receoso da resposta.

– Está. Meus pais estão no quarto.

– Por que eles voltaram?

– Disseram que foram só tomar um lanche.

– Você acha que eles desconfiaram de alguma coisa?

– Com certeza. A primeira coisa que minha mãe fez quando entrou foi desconectar o telefone.

– Ah, então ela ligou de novo.

– Deve ter ligado.

– Bom, vamos voltar pro velho celular então.

– Sam, só que tem um problema. Eles puseram a Malu para dormir comigo.

Pelo que sabia, a irmã menor dormia no quarto dos pais.

– Mas por quê?

– Porque eles querem namorar um pouquinho.

Às vezes eu conjecturava hipóteses. Uma delas era imaginar como estaríamos caso não tivesse havido a proibição. Eu teria ido pelo menos uma vez por mês a Novaes. Teríamos tido uma convivência mínima e não haveria essa premência desesperada pelo outro. Provavelmente teria criado uma rotina com Lívia e laços com Válter e Zilmar. Alguma espécie de vínculo que me credenciaria a considerar-me quase da família.

Outras vezes, relembrando as primeiras impressões que tivera de Lívia, desde o primeiro momento se iluminara em mim a sensação de que tudo transcorreria do modo como se deu: a aceitação do namoro pelos pais, depois a proibição. Era como se, uma vez que decidira entrar de cabeça na relação, aceitasse tacitamente as condições necessariamente adversas com as quais teria de conviver.

Uma amiga da editora a quem contei sobre o namoro relatou-me uma história que se relacionava com o que eu estava vivendo. Era o caso de uma tia-avó sua que passou anos se correspondendo com um soldado alemão, durante a Segunda Guerra. Ela não contou como eles se conheceram, apenas que o rapaz, que se chamava Manfred, fazia parte das fileiras do exército de Hitler. Enquanto estiveram separados, apenas se correspondendo por meio de cartas que demoravam a chegar, ela se sentiu amada, como se a distância fosse apenas uma contingência de momento. Manfred parecia sentir o mesmo, a julgar pelo teor de suas respostas, sempre recheadas de juras eternas de amor e promessas de ficarem juntos um dia.

Quando a guerra acabou, eles puderam finalmente se unir. Ele veio para o Brasil deixando para trás sua pátria devastada pelo conflito. Estava feliz, no entanto, pois agora poderia conhecer sua namorada brasileira. Poderia beijá-la, tocá-la, o que até então só havia feito em imaginação e nos muitos sonhos que tivera com ela no *front*. Não foi preciso namoro. Encontraram-se já assumindo a condição de noivos, e resolveram se casar o mais rápido que pudessem.

Marcaram o matrimônio para dois meses depois da chegada de Manfred. Além de um tempo mínimo para preparar tudo, a participação na guerra por um país que fora derrotado de forma humilhante não fornecera a ele uma guarnição financeira que lhe possibilitasse casar de uma maneira tranquila. Ela, porém, acreditando que um dia Manfred viria para o Brasil, e não duvidando da sinceridade dos sentimentos que ele vertia nas longas cartas que mandava, vivera aqueles anos com o único e obsessivo objetivo de guardar cada centavo ganho como enfermeira para recepcioná-lo quando ele chegasse. Tinha já uma casa confortável e um automóvel de segunda mão, mais do que suficiente para iniciarem a vida a dois. E, claro, o mais importante: tinha o amor que sobrevivera intacto ao longo de quase quatro anos de apreensiva espera.

O casamento não se realizou. Nos dois meses em que viveram o idílio pré-nupcial, descobriram que havia mais discordâncias entre eles do que afinidades. Manfred se mostrara ciumento em excesso e a irritava com sua paranoia de homem traído. Também revelara indícios de que se tornara refém do álcool, sequela talvez do *front*, e um lado violento que ela desconhecia. Por outro lado, ela agora lhe parecia menos envolvida na relação do que lhe passava nas cartas. Não possuía a alma delicada que deixara entrever nas missivas, ou assim pareceu a Manfred desde que passou a conviver ao seu lado. Sua admiração por ela definhara para a irritação gratuita. Nada deu certo desde que se encontraram. Eles não se entendiam nas mínimas coisas.

Diante da atmosfera negativa que se instaurou, Manfred resolveu voltar para o seu país, mesmo aniquilado e de certo modo ainda conflagrado. Ela, vítima de um trauma que carregou pelo resto da vida e do qual nunca se recuperou, não voltou a ter nenhum relacionamento amoroso, nem presencial, nem a distância.

Minha amiga tinha uma explicação própria para o que acontecera com sua tia-avó. Segundo ela, eles tinham vivido quase dez anos unidos pelo vínculo da impossibilidade. Eram plenos e felizes daquela maneira. Mas somente daquela maneira. Tinham aprendido, ou se acostumado, a ser felizes assim. Podia ser que no começo da relação tivessem mesmo necessidade vital um do outro, mas essa necessidade fora substituída aos poucos pela conveniência da restrição. A guerra se convertera num pretexto oportuno para que a relação não se consumasse. Quando a união se tornou possível, tudo perdeu o sentido.

Fiquei impressionado com aquela história, que essa amiga me contou enquanto tomávamos um café. À noite, a história ainda fazia ruído na minha cabeça. Levei-a para o travesseiro e na manhã seguinte ainda pensava nela. Cogitei se eu e Lívia não enveredávamos pelo mesmo caminho. Havia sinais claros de que a proibição dera sentido a muita coisa no namoro, convertera-se quase no seu motivo condutor. Temi que estivéssemos criando entre nós uma espécie de vínculo da impossibilidade.

20

Em março haveria em São Paulo a Bienal do Livro. O professor de português de Lívia organizou uma excursão com os alunos da escola para visitar o evento. Logo vimos nisso uma chance de nos encontrarmos, depois de quatro meses. A oportunidade, naturalmente, esbarrava no consentimento dos pais de Lívia.

– Não vou nem me entusiasmar muito – ela disse. – Meus pais não vão deixar. Eles sabem que a gente vai se encontrar.

Mesmo sabendo que o consentimento seria difícil, ficamos sonhando com o encontro. Durante a semana, perguntei a ela se já tinha falado com seus pais. Ou melhor: com sua mãe. Ela é que daria a palavra final. As respostas variavam:

– Hoje ela está muito nervosa, não é um momento legal pra falar.

– Hoje ela vai à igreja, amanhã eu falo.

– Ela brigou comigo hoje, nem pensar.

– Ela está mal-humorada, parece que brigou com o Bruno. Melhor não tocar no assunto.

Na quinta-feira, Lívia veio com uma resposta.

– Ela falou que não deixaria em hipótese alguma. Que sabe que o que eu quero é me encontrar com você. E que eu não estou bem de saúde para viajar.

Ouvi calado.

– Não precisa dizer nada, Sam. Eu não me iludi. Sabia que ela não deixaria. Conheço meus pais. Desculpe por você ter de passar por isso.

No dia seguinte, quando liguei à tarde, senti que seu conformismo com a decisão da mãe não era tão passivo como me parecera. Em poucos minutos descobri que ela voltara ao assunto com Zilmar. E que acabaram discutindo:

– O que ela disse?

– A mesma coisa. Falou que eu queria ir, não por causa dos livros ou do passeio, mas para me encontrar com você. Então eu disse que era isso mesmo. Que só queria ir pra me encontrar com você.

– Caralho, você não devia ter falado isso...

– Mas falei. Aí ela disse que era pra eu esquecer você. Que enquanto eu dependesse deles, nunca ia ficar com você.

– Li, acho melhor a gente esquecer esse papo de Bienal. Você tá sofrendo muito com isso. Melhor esquecer. Ela não vai deixar e pronto. Não há nada que a gente possa fazer.

Na hora ela concordou comigo. Mas não esqueceu a história. À noite, quando liguei, algo me incomodou em seu tom de voz.

– Que foi, Li?

Ficou um tempo em silêncio antes de se abrir:

– Briguei com meus pais.

– Já sei: ainda a história da Bienal...

– Ainda.

Dessa vez ela havia tentado falar com o pai.

– Ele disse que já estava sabendo o que eu tinha falado pra minha mãe. E que ia tirar o celular de mim. Falou que não ia deixar que eu estragasse a minha vida.

Fez uma breve pausa:

– A gente acabou discutindo e eu falei que não adiantava tirar o celular, que eu ia ficar com você um dia. Então ele disse que ia me tirar do Anglo e me colocar numa escola do estado.

– Mas por que isso?

– Pra me punir, Sam. Ele sabe o quanto a escola do estado é ruim. E o quanto eu preciso do Anglo para entrar em medicina. Ele falou que me faria passar um ano naquele inferno para aprender a respeitá-los. E que colocaria o Conselho Tutelar para me vigiar. Se ele fizer isso eu vou ficar incomunicável. Uma pessoa do Conselho Tutelar vai me vigiar o tempo todo. Sam, me ajuda. Não quero que isso aconteça. Não quero perder essa chance de entrar em medicina.

– Você quer que eu me afaste por um tempo?

– Não, não quero isso.

– A única coisa que posso fazer é esperar. Você sabe o quanto já violentei minha vida por nós. Vou estar aqui o tempo todo. Você tem meus telefones, meus e-mails, o orkut. Se algo ruim acontecer, a gente dá um tempo, mas depois você volta a me procurar.

– Claro. Mas não quero dar esse tempo.

Eu custava a acreditar que a vida tivesse me levado àquela encruzilhada.

– Você acha mesmo que seu pai vai tomar o celular?

– Vai, ele disse que vai. Vai pegar quando eu sair do quarto.

– Você está trancada aí?

– Estou.

– Não vai sair pra jantar, tomar água?

– Não, senão ele pega o celular hoje mesmo.

– Nem pra tomar remédio? Você não está com dor de cabeça?

– Estou, Sam. Continuo tendo febre, fraqueza, mas se eu sair, ele vai tomar o celular. Hoje eu não abro mais a porta.

– E amanhã, como vai ser?

– Amanhã, não sei.

– Você vai levar o celular pra escola?

– Não, é perigoso. Minha mãe foi na minha escola hoje. A diretora já está sabendo de tudo. Ela pediu para a diretora mandar me vigiar nos intervalos.

– E você vai deixar o celular onde?

– Tenho um lugar onde ninguém vai achar.

– Mas eles vão querer que você entregue o celular na mão deles.

– Não, eles não vão fazer isso, fica tranquilo.

Tranquilo eu não estava. Respirei extenuado:

– Sinto como se estivéssemos conversando pela última vez – eu disse.

– Mesmo que eles proíbam tudo, ainda vou te procurar.

– Com o tempo, você vai me esquecer.

– Nunca vou esquecer você, Sam.

– Sei lá... com os dias passando, a gente não conversando mais...

– Sam, eu amo você. Isso é muito sério pra mim. Mesmo que quisesse, não iria esquecer.

Ela fez outro de seus silêncios, rompido por mim ao fazer a pergunta mais óbvia naquele instante:

– E quando vamos conversar de novo?

– Se não me tomarem o celular amanhã de manhã, à tarde eu te ligo. Vamos ter de conversar bem menos agora, com o celular escondido.

– Não acredito que você vá conseguir manter o celular escondido por muito tempo.

– Deixa comigo, Sam, está bem escondido.

– Não consigo imaginar onde ele possa estar bem escondido. Eles vão vasculhar tudo quando você estiver na escola.

– Sam, confia em mim, por favor. Eles não vão achar o celular, por mais que procurem.

– Estou ficando curioso. Onde você vai esconder o aparelho?

– No traseiro do ursinho Pooh. Abri um buraquinho na costura e enfiei o celular lá dentro.

Foi estranho não receber a ligação dela pela manhã, no intervalo das aulas. Sua voz cheia de ternura reclamando do sono ou dos professores me fez falta naquele dia e nos seguintes. Fiquei apreensivo pelo que poderia ter acontecido em sua casa naquela manhã. Tanto ela podia ter ido para a aula sem o celular, como os pais tê-la levado direto para o Conselho Tutelar. Tirá-la da escola e colocar alguém para vigiá-la seria um castigo pesado demais para ela. Entenderia se ela preferisse que eu me afastasse por um tempo.

Ela só ligou à tarde, do quarto, assim que chegou da escola. Aparentemente os pais não haviam feito nada, mas não estavam falando com ela.

Conversamos um pouco, bem menos do que gostaríamos. Uma tristeza torpe pairou sobre a conversa. A qualquer momento podia acontecer: Válter invadir o quarto e flagrá-la falando comigo. E, bem no seu estilo, tomar o aparelho à força.

No início da noite, saí para comer alguma coisa e esqueci de levar o celular. Fiquei apreensivo, pois acabei me demorando mais do que esperava e sabia que Lívia iria ligar. Quando retornei, ela já tinha ligado várias vezes e estava magoada com a minha demora. Reclamou dizendo que nunca me deixava esperando e que eu já não a amava como antes.

Ela tinha razão quanto a não me deixar esperando. Porém não era verdade que não a amasse como antes: eu pensava nela o tempo todo.

Seu mau humor, no entanto, não era tanto pela minha demora. Como sempre, ela me contava as coisas aos poucos. Não precisei de muita conversa para descobrir que discutira novamente com o pai.

Ele voltara a fazer a ameaça de colocá-la numa escola pública. Por meu lado, eu me indignava com a forma como Válter queria punir a filha. E me perguntava por quê, dias antes, ele a cumprimentara pelo dia internacional da mulher.

O dia seguinte amanheceu nublado e frio. Nem me dera o trabalho de vestir uma camiseta antes de dormir. As janelas ficaram abertas, deixando entrar o vento gelado que chegara à cidade no meio da madrugada. A consequência imediata foi eu acordar gripado e com rinite, os dois males que com frequência me acometiam.

Tomei o antialérgico de costume, sabendo que dormiria boa parte do dia. Não era má ideia. Dormindo, pelo menos podia me encontrar com Lívia em sonho. Eu vivia sonhando com ela. Sonhos de instantes, mas prazerosos pela percepção de que éramos somente nós que estávamos ali.

Conversamos rapidamente pela manhã. Depois mergulhei num sono que trouxe um pouco de descanso para a minha mente e os meus músculos. Eu andava muito tenso e sabia que aquilo não era nada bom para o meu sistema imunológico. Meu estado emocional fizera com que abandonasse de vez o coquetel de antirretrovirais, mesmo sabendo que colocava minha vida em risco. Era a minha forma de viver: intensamente e com alto risco. Sempre foi assim. Gilda é que tinha razão: para mim, se não fosse dessa maneira, não teria graça. Mas não disse nada para Lívia, nem para Briza, as duas que viviam me perguntando se eu estava tomando o medicamento direito.

Assim que acordei, estiquei-me na cama e senti o prazer do corpo e da mente descansados. Passava das quatro da tarde. Meus ossos estalavam. Olhei o dia lá fora. Fazia uma tarde aprazível. Os débeis raios de sol que tingiam os prédios vizinhos injetavam na minha mente disposição para sair e andar. Nem a conversa soturna da noite anterior conseguiu contaminar o meu espírito naquele instante. Só pensava em levantar, tomar um banho, um revigorante café e escrever.

Antes que deixasse a cama, porém, Lívia ligou. Ao ouvir sua voz, tão carregada de desesperança, senti ternura por ela. Eu era sua única válvula de escape.

– Oi, meu anjo. Que voz é essa?

– Ah... – aquele "*ah!*" de que algo desagradável acontecera.

A sensação de prazer que sentira há pouco se dissipara por completo. Em segundos estava tenso novamente.

– Meu pai tentou pegar o celular. Mas eu percebi a tempo e evitei.

Notei que ela chorava do outro lado:

– Lívia...

– O quê?

– Você acha que ele vai tirar você do Anglo?

– Vai... ele voltou a dizer que vai.

Senti que o momento era de pensar somente nela.

– Olha, vamos fazer uma coisa: esquece o namoro por ora. O mais importante é que ele não tire você do colégio. Você quer que eu me afaste por um tempo?

– Sam, faz o que você achar melhor.

– Não acho que me afastar seja o melhor, mas é o necessário no momento. A gente não precisa se afastar de verdade, apenas nos falar uma vez por dia. Você não quer terminar o namoro, quer?

– Não.

– Eu também não. Então vamos fazer isso. Você chama seu pai hoje mesmo, diz que eu resolvi me afastar. Mas diz que fui eu que tomei a iniciativa, assim é mais fácil ele acreditar. Ele vai pensar duas vezes antes de tirar você da escola.

– Está certo – ela disse, entre soluços.

Antes de desligar, ela me daria uma notícia que achei intrigante: Bruno queria ler o *Post-Scriptum*.

– Posso emprestar?

Desliguei o telefone aliviado. Senti que ela ficou mais tranquila também. Com o espírito mais leve, me arrumei e fui para o café comer alguma coisa e escrever um pouco. Estava entusiasmado com a evolução do relato e não queria perder o registro dos acontecimentos, que se sucediam com uma velocidade vertiginosa. Sentia-me um repórter de mim mesmo.

Minha produção foi boa naquele fim de tarde, início de noite. Eram quase oito horas e eu ainda enchia as páginas do meu bloco, numa mesa de canto do café. Assim que saí de lá, liguei para Lívia. Ela atendeu com a voz frágil. Continuava com a dor de cabeça e começou a apresentar dores no peito e dificuldade para respirar. Eu não sabia mais o que dizer quanto à sua saúde.

– Alguma novidade? – perguntei, temeroso.
– Falei com meu pai.
– E então?
– Disse a ele que você resolveu se afastar. Ele falou que é o melhor mesmo que você faz.
Mesmo de longe, eu não tragava aquele autoritarismo:
– Eu é que sei o que é melhor pra mim – vociferei.
Ela ficou calada.
– Desculpe, detesto esse jeito do seu pai de querer dizer o que os outros têm que fazer.
Ela esperou que eu terminasse o meu destempero.
– Ele também disse que vou fazer o teste de hiv.
Estava claro que ele só tinha tomado aquela decisão por causa das contingências do namoro. Mas não importava: ela ia fazer o teste.
– Ele já marcou. Pra quarta-feira.
– Enfim uma boa notícia.
– Mas – é claro que haveria um "*mas*" – ele disse que, se der negativo, vai tomar o celular e acionar o Conselho Tutelar. E se der positivo, disse que ia pensar no que fazer.
Que novidade! As pessoas deveriam sempre esperar o que ele fosse decidir.
– Sam, vamos esperar. Ele não acreditou muito que a gente vá se afastar.
– Vamos conversar menos então, pra que ele acredite. Você vai manter o celular escondido?
– Vou.
– Acho melhor você não me ligar mais da escola. A diretora vai colocar gente pra te vigiar.
– Eu nem vou levar mais o celular.
– É melhor. Só faço questão de não deixar de falar com você pelo menos uma vez no dia.

Fui para a janela e fiquei olhando os prédios e a rua deserta lá embaixo. O cenário me passava a sensação de estar num outro lugar e num outro tempo. Tudo sugeria o estranhamento e o extemporâneo. A sensação de solidão era completa; o silêncio, de uma densidade quase concreta.
Depois meu olhar se voltou para o interior do quarto, semi-ilu-

minado pela claridade do abajur, suficiente para sustentar o halo de luz em torno da cama. Era o que bastava para as minhas leituras e escrituras noturnas. Ali divagava nos fins de noite, repassava o filme do meu namoro com Lívia. Pensava em como tudo fora acontecendo, um fato desaguando no outro, como vasos comunicantes, previsíveis e inevitáveis, de cuja mecânica não pudera fugir, como se houvesse entrado numa espécie de campo de força.

A comparação fazia sentido: o amor era um campo de força. Uma teia de vínculos invisíveis nos quais nos enredamos sem perceber. Lívia também se achava presa a essa teia. Uma teia de fios consistentes, bem urdidos em torno de nós. Senão, como explicar que não conseguiam nos separar, apesar de tantos entraves? Se os pais de Lívia pudessem visualizar essa metáfora, certamente ficariam exasperados. Ela era a mais fiel tradução de o quanto a minha vida e a dela encontravam-se entrelaçadas.

21

No domingo, fui à Bienal do Livro. Marquei com Briza e Roger num ponto central da cidade e em pouco tempo estávamos no Anhembi. Era o último dia do evento. Fazia calor e nuvens escuras coagulavam no céu, dando como certa a tempestade que vinha caindo em São Paulo nos últimos dias.

No pavilhão, deixei os dois à vontade e passei a caminhar sozinho pelas alamedas da feira. À medida que andava, imaginava o quanto seria bom se Lívia estivesse ali comigo. Podia imaginar seus olhos verdes fascinados com a magnitude do evento, as luzes se refletindo em seus cabelos, o movimento frenético das pessoas, as capas dos livros reluzindo nos estandes. Aquele ambiente era o meu mundo, o mundo do pensamento, das ideias, das palavras. E tinha certeza de que era o mundo de Lívia também. Sentia nela uma vontade e uma necessidade de dar um passo à frente na vida por meio da medicina. Para ela, formar-se médica por uma universidade de respeito era algo que estava além da vocação. Ela demonstrava respeito pelas pessoas que dominavam alguma área do conhecimento. E almejava se tornar uma delas um dia.

Eu nem prestava atenção nos livros. Estava tão habituado a sebos e livrarias no meu dia a dia que estava ali mais por Briza e pelo alto astral do evento. De certa forma, aquela movimentação me tirava da atmosfera irreal em que vinha vivendo.

Lívia havia ligado uma hora antes. Disse que ficara estudando no quarto. De manhã limpara a casa, lavara a louça e agora estudava mais um pouco. Sua mente estava submersa num livro de física. Eu ficava imaginando sua solidão de convento e não podia evitar o frêmito de uma pequena onda de revolta.

Ela me ligou de meia em meia hora naquela tarde. Dava o toque a cobrar e eu retornava. Conversávamos um pouco, mas logo ela tinha de desligar, pois alguém entrava no banheiro, que ficava ao lado do quarto, e podia ouvir a conversa.

A certa altura, parei para assistir a uma engraçada peça infantil que estava sendo encenada. Um rapaz em trajes muçulmanos contava uma história num árabe macarrônico e uma moça bem-intencionada traduzia para o português o que ele dizia. A graça estava em que o rapaz nunca concordava com a tradução, o que gerava um enorme salseiro. Em vários momentos me flagrei rindo mais do que as próprias crianças.

De repente senti o telefone vibrar no bolso. O burburinho, ao fundo, dificultava a audição:

– Tem muita gente aí? – ela quis saber.

– Muita – falei, tapando o ouvido para ouvir minha própria voz. – Quase não dá pra andar. Está tudo bem?

Ela fez um breve silêncio.

– Li, aconteceu alguma coisa?

– Ah, estou chateada...

Procurei um canto em que sua voz pudesse ficar mais audível:

– Por quê?

Eu podia ouvir sua respiração carregada.

– O Bruno...

Eu ficava atônito com o modo conta-gotas como ela soltava as coisas:

– O que ele fez? – perguntei, preparando o espírito.

– Lembra que eu emprestei o seu livro pra ele?

– Lembro.

Outro breve silêncio.

– Pô, ele destruiu o livro...

– Como assim “destruiu”?

– Destruiu... destruiu... O livro está todo sujo! Ele levou o livro pra ler na oficina e deve ter deixado cair no chão. Está cheio de orelha, todo sujo de barro...

– Bom, Li, você sabe o que eu penso sobre isso, não sabe?

Lívia apenas soluçava do outro lado. A revolta se instalava no meu espírito como um corvo solitário e de olhar soturno. Era um paradoxo estar na Bienal do Livro, um evento no qual o livro era enaltecido, e ouvir um relato como aquele.

Ela permaneceu em seu silêncio entremeado de suspiros contidos. Estava claro que não era somente pelo livro que ela soluçava. Ela queria estar na Bienal com seus colegas de sala e poder me ver por um tempo ínfimo que fosse.

– Sam, desculpe te encher com essas coisas – ela falou de repente, como se culpasse a si mesma pela canastrice do irmão.

– Li, poxa, eu me importo com você. Olha, eu envio outro exemplar. E faço outra dedicatória.

Ela ainda suspirava:

– Não precisa. Vou limpar esse. Foi o livro que você me deu quando veio aqui pela primeira vez. Ele é muito especial pra mim.

– Mas não custa nada. Vou escrever algo mais bonito do que escrevi nesse.

– Não precisa, Sam. Não precisa mesmo. Vou limpar este e guardar.

Naquela semana cumpri uma promessa que havia feito a ela dias antes: despachei pelo correio o original encadernado com o que escrevera até ali do relato. Queria que ela lesse o que eu andava escrevendo sobre seus pais, seu irmão e sua família. Adverti-a de que nem tudo eu iria deixar sair. Mas que não deixaria de narrar os fatos.

Quando o funcionário do correio bateu em sua casa para entregar a encomenda, somente Bruno estava em casa. Ele a recebeu e, ao ver o meu nome no remetente, não se fez de rogado, violou ali mesmo o pacote e foi direto no que lhe pareceu mais interessante: o relato encadernado.

Depois Lívia me diria que ele havia lido todos os trechos em que me referia a ele.

– Lívia, não era pra mostrar pra ele...

– Eu não mostrei, Sam, ele que pegou e leu.

Para mim, não importava de que modo a coisa acontecera: fiquei muito mal com aquilo. É claro que não inventara nada e que tudo o que escrevera fora motivado pelo sentimento de impotência diante dos fatos. Mas não pensava em deixar o texto sair da forma que estava. Um bom trabalho de edição iria depurar os excessos. Não era meu objetivo fazer da narrativa um instrumento de vingança.

Mas, uma vez que o mal estava feito, fiquei curioso por saber o que ele achara:

– Sam, você é um deus pra ele.
– Um deus? Como assim?
– Ele te admira muito. Pra ele, alguém escrever um livro é o máximo.
Aquele comentário me desconcertou.
– Não conhecia essa faceta do seu irmão.
– Ele ficou muito contente quando viu o nome dele no livro.
Eu começava a entender: eu o pegara pela vaidade. Ainda assim, era um contrassenso:
– Mas, Lívia, ele aparece mal na história...
– Ele disse que você tem razão nas coisas que escreveu.
Comecei a achar que Bruno era amoral.
– E ele riu muito de algumas coisas – ela continuou.
– Riu?
– É, riu. Aquela passagem em que você imagina ele com o celular na mão enquanto eu choro no quarto... nossa, ele quase teve um troço de tanto rir. Ele disse que não é tão ruim assim.
Não havia dúvida: o sujeito era amoral.
– Lívia, não estou entendendo. Era pra ele sentir vergonha daquilo. Daquilo e de tudo o que ele vem fazendo com a gente.
– Sam, ele curtiu a leitura, pode acreditar. Ele concordou com tudo o que você escreveu da Vanessa.
A coisa ia se tornando sinistra.
– Ele leu sobre a Vanessa também?
– Estou dizendo, Sam, ele leu tudo, tudinho. Ele disse que admira muito você.
Eu entendia cada vez menos aquela conversa.
– Poxa, então por que ele não ajuda a gente?
– Ah, ele é um sem noção... No fundo ele não faz essas coisas por mal. É o jeito dele.
– É o jeito dele, é o jeito da sua mãe, o jeito do seu pai... Puta merda, até quando eu vou ter de entender o jeito de todo mundo?
Ela ficou calada por um instante. Depois agregou mais absurdo ao caso:
– Por falar no meu pai, ele já está sabendo do livro. Foi o Bruno que falou. Mas falou bem. Disse que está super bem escrito, que ele riu muito e que você fala de todo mundo no livro.
– Lívia, seu pai não pode ver o livro!
– Pior que ele está querendo ver.

– Putz, que merda!, se soubesse não teria enviado...

– Sam, não se preocupe, vou ler para ele só alguns trechos em que você fala deles. Em que fala bem, claro.

Definitivamente a família de Lívia não tinha lógica alguma.

– Não sei, estou achando tudo isso perigoso – considerei. – Ele vai saber de tudo, como a gente se falava, onde você esconde o celular, o que a gente conversa...

– Não vai, não. Pode deixar, ele não vai saber dessas partes.

Fiquei apreensivo. Confiava na esperteza de Lívia, mas às vezes a achava ingênua em relação à sua família. Ela sempre procurava agradar todo mundo e eles nem sempre retribuíam na mesma moeda. Temi que estivessem querendo desmoralizar o meu relato.

À noite, o episódio ganharia dimensões mais surrealistas. Bruno voltou a comentar com o pai sobre o livro. Na certa fez os mesmos elogios a meu respeito que fizera a Lívia. A reação de Válter também me surpreendeu.

Ele gostou da ideia de figurar num livro, uma reação muito próxima da reação de Bruno – o ego exacerbado do filho devia ser influência paterna. Percebendo isso, Lívia escolheu alguns trechos e leu para os pais durante o jantar. Enxerguei nisso uma tentativa dela de abrir algum flanco de diálogo sobre a nossa situação.

Perguntei que trechos ela havia lido. Ela garantiu que foram trechos que não nos comprometiam.

– E o que eles acharam?

– Minha mãe só não gostou de você escrever que ela só ajuda meu pai na loja.

– Não entendi – eu não vinha entendendo muita coisa. – E seu pai?

– Ele está curtindo a ideia do livro. Falou que você pode escrever o que quiser e que nem precisa alterar o nome das pessoas.

– Pois diga ao seu papaizinho que o livro é meu e que eu é que decido *o que* vou escrever e *como* vou escrever.

– Sam, ele não falou isso por mal. Ele está gostando da ideia. No fundo ele te admira, te acha inteligente. Só que ele falou que o livro não muda nada em relação a nós.

– Lívia, não vou discutir isso agora. Já fico feliz que ele não tenha dado um tiro no original.

Aquela conversa me deixou desorientado. Precisava de um tempo para decodificar o significado de tudo o que acabara de ouvir. Ao mesmo tempo, senti um clima de distensão. Entendi que a vaidade era o ponto fraco de Válter e de Bruno. E pragmaticamente comecei a dirigir minhas esperanças e minhas ações para esse aspecto da personalidade dos dois.

Na segunda-feira à noite, Golda me chamou na sala e em tom grave comunicou que estava vendendo o apartamento. O negócio ainda não fora fechado, mas estava quase certo. Eu precisaria desocupar o quarto.

Deplorei o comunicado. Não estava nos meus planos mudar de endereço tão cedo. Já havia me ambientado em Higienópolis, o quarto tinha a minha cara, mas Golda fora tão resoluta que não tive opção. Sentiria saudades daquelas ruas que me inspiravam a escrever, fazendo-me sentir quase um estrangeiro ali – na verdade eu não era outra coisa.

Passei a semana vasculhando as seções de classificados dos jornais. No sábado, depois de fazer uma bateria de exames que a infectologista pedira, encontrei um lugar do meu agrado. Ficava no bairro da Consolação, uma quadra abaixo da avenida Paulista, quase esquina com a rua Augusta, no epicentro do circuito dos cinemas. Fechei com a proprietária no mesmo dia em que fui conhecer o apartamento.

Eu não poderia desejar lugar mais adequado. Se em Higienópolis me comprazia com o shopping e com o café a cinco minutos de casa, agora era vizinho de uma profusão de cafés, cinemas, livrarias, restaurantes, lans houses, shoppings, sem contar a movimentação da rua Augusta, logo na esquina, o quartel-general da *hype* paulistana, e da luminosidade da avenida Paulista, um quarteirão acima, o local de São Paulo que mais carburava o meu espírito de escritor.

Na primeira semana fiquei aturdido com a quantidade de lugares ao meu alcance imediato. Depois de rodar pelo quarteirão sem me deter em nenhum deles, flagrei-me procurando o que em Higienópolis o café me proporcionava: um canto para escrever. Até havia esse lugar, na verdade havia vários; mas eu teria de me acostumar a escrever em meio ao agito. Ali não era como em Higienópolis, um bairro aristocrático, sóbrio, de uma sobriedade que beirava o asséptico. O lugar em que me achava agora era bem diferente. Ali era o território de todas as tribos.

Os efeitos da negligência com o coquetel nos últimos meses apareceram nos exames que eu fizera, dias antes: o CD4 baixara e a carga viral subira consideravelmente. Números péssimos para um soropositivo. Com os exames em mãos, marquei a próxima consulta com a médica para a semana seguinte.

Naquele fim de semana, o Santos sagrou-se campeão paulista de futebol. Lívia exultou. Não apenas ela, mas toda a sua família era santista, influência sem dúvida de seu avô. E eu fui obrigado a partilhar da sua felicidade. Ela continuaria ensandecida pelas próximas horas. Impossível manter uma conversa razoável com um torcedor cujo time acabou de conquistar um título. Voltei para o apartamento, troquei de camiseta e fui para a Paulista, assistir à festa do campeão.

Os carros passavam buzinando. Muitos deles ostentavam a bandeira do Santos fora da janela. A Paulista estava tomada de gente. Eu estava em frente ao Conjunto Nacional. Liguei para Lívia:

– Bebê, ouve isso.

E posicionei o celular para que ela ouvisse o buzinaço. Era uma nova etapa do namoro: a da comunicação pelo celular.

– Onde você está? – ela quis saber.

– Na Paulista, vendo a comemoração dos santistas. E você?

– Estou conversando com o meu pai. Conversando sobre você.

– Sobre mim?

Imaginei a festa em sua casa. Ela dissera que o avô soltara fogos no fim do jogo. E que mandara comprar pizza.

– Ele perguntou para qual time você torcia. Quando eu falei que você era são-paulino, ele soltou uma gargalhada. Na verdade, ele voltou a perguntar do livro.

Válter e o livro: isso daria um capítulo à parte.

– É impressão minha ou seu pai está preocupado com o livro?

– Um pouco é preocupação, mas acho que é mais ansiedade para que o livro saia logo. Mas não se iluda, Sam. Ele não recuou um centímetro em relação à nossa situação.

– Poxa, Li, mas também não sejamos tão pessimistas. Se ele perguntou pra que time eu torço, é porque alguma coisa mudou.

– Sam, ele gosta de você – eu não deixava de rir por dentro quando ela dizia aquilo. – Ele disse que proíbe o namoro para não me pôr em risco, mas que eu já estou na idade de saber o que é melhor pra mim. E que, se eu achar que quero ficar com você, vou acabar ficando um dia.

Aquilo era o óbvio do óbvio. Válter era o rei do truísmo. Procurei ver o lado bom da coisa:

– Não estou dizendo? Ele já admite a ideia.

– Só que isso quem diz é o meu pai. O problema é que minha mãe não quer nem ouvir falar no seu nome por aqui. E ela sempre acaba fazendo a cabeça dele.

– Sua mãe deve me odiar.

– Não é bem isso, Sam. A questão é que ela ainda não percebeu que sou diferente das outras garotas.

– E nunca vai perceber. Ela só vê aquilo que interessa a ela.

– Ela já disse que, se eu ficar com você um dia, deixa de falar comigo.

– Ela diz isso agora, depois acaba aceitando.

– Não sei, Sam. Não sei mesmo.

Fui voltando devagar para o apartamento. Na esquina da Paulista com a Frei Caneca havia um quiosque de cachorro-quente. Parei e pedi um lanche. Comi o dog e desci a Frei Caneca refletindo sobre a conversa que Lívia tivera com o pai.

Houvera avanço. Pouco, mas houvera. O livro era o caminho. Era a brecha que eu vislumbrava para conquistar a confiança de Válter. Ainda que ele mantivesse a posição, pelo menos já conseguira que me enxergasse como alguém de carne, osso e tutano – principalmente tutano. Era um avanço.

Antes de entrar no apartamento, fui até à lanchonete da esquina e pedi um café. Enquanto tomava, fiquei olhando os casais de namorados que passavam em direção ao cinema. Aquela gente udigrudi brotava de todos os lados para onde eu olhasse. Terminei o café e voltei para o apartamento. Não liguei a tevê, não tentei ler nada. Apenas fiquei ouvindo a apoteose da comemoração dos santistas na Paulista e na Augusta enquanto o sono não vinha. Embora minha intenção fosse deitar cedo, demorei a pegar no sono. E quando dormi, não tive um sono tranquilo. A salsicha do cachorro-quente que eu comera na Frei Caneca passou a madrugada conversando comigo.

Na segunda-feira, Lívia ganhou dois ingressos para assistir ao filme *Meu tio matou um cara*. O prêmio lhe fora dado por ela ter tirado as melhores notas em português. Quando me ligou, naquela tarde, disse que iria ao cinema com a mãe. À noite, mudara de ideia: em vez da mãe, levaria Maria Luísa com ela.

Eu estava inspirado naquele dia. Uma rara segunda-feira em que me achava inspirado. E a razão eu sabia qual era: havia escrito muito no fim de semana. Mais que isso: gostara do que escrevera. E, como se não bastasse, tinha ido ao consultório da infectologista naquela manhã.

A doutora não gostou dos exames. Disse que pediria novas coletas dali a dois meses. Se meus números não melhorassem, eu teria de fazer uma genotipagem, um exame que mapeava o tipo de vírus que eu trazia no sangue, e provavelmente seria obrigado a trocar a medicação. Dependendo do resultado, eu podia ter de usar medicação autoinjetável.

A admoestação da médica não foi suficiente para abalar minha disposição. As palavras de Válter no dia anterior me encheram de esperança. Ele havia perguntado para que time eu torcia. Andava perguntando quase todos os dias sobre o livro. Minha esperança não era ingênua.

Num daqueles dias, Lívia me disse que estava tomando banho e ele ficou fazendo perguntas do lado de fora do banheiro.

– Mas ele já mandou pra alguma editora?

– O quê? – o barulho do chuveiro atrapalhava.

– Ele já mandou pra alguma editora?

– Mandou pra algumas. Parece que tem umas três editoras lendo o original.

– E demora pra eles darem uma resposta?

– O quê?

– Demora pra eles darem uma resposta?

– Fala mais alto.

– Eu perguntei se demora para eles darem uma resposta.

– O Sam disse que demora um pouco.

– Não estou ouvindo.

– O Sam falou que demora um pouco.

– Lívia, não estou ouvindo. Não dá pra desligar o chuveiro?

– Pai, eu estou tomando banho!

22

Chegáramos à Semana Santa. Eu vinha elaborando algumas ideias otimistas nos últimos dias. O fato de Válter ter perguntado sobre o meu time desatava reflexões alvissareiras na minha mente. Implicitamente ele admitia que Lívia falasse comigo no celular. Só esse fato já era suficiente para me convencer de que houvera avanço. E se ele andava tão ansioso querendo saber do livro, não iria criar obstáculos para que ela continuasse a falar comigo. Pelo menos por ora, a ameaça de tomar o celular estava afastada.

Naqueles dias, na escala gradativa do meu otimismo, uma ideia tomou meus pensamentos: a de que os pais de Lívia permitiriam que eu fosse no sábado para Novaes, passar o domingo de Páscoa com ela. Não sei por que comecei a pensar isso. Talvez a influência religiosa da data. Pensei no amor de Cristo.

No começo achei a ideia absurda, destituída de qualquer correspondência com a realidade. Mas a semana evoluiu e na quarta-feira eu já acreditava que pudesse haver o convite. Era uma convicção crescente que subvertia qualquer lógica da situação. Mas que tinha uma lógica própria, verossímil, da qual eu só iria ter consciência mais tarde: a do desespero.

Não falei nada para Lívia da convicção que me assaltara. Por conhecê-los melhor, ela era mais realista do que eu em relação aos pais. Não quis que ela reprimisse aquela esperança a que me apegava. Podia ser também que eu quisesse alimentar aquela ilusão para não afundar de vez na tristeza. Mesmo que o convite não viesse, me fazia bem pensar que pelo menos por um momento, por alguma insuspeitada brecha, eu poderia vislumbrar que aquilo pudesse acontecer.

Um fato revigorava minha esperança: no dia 19 de abril, a quarta-feira da semana seguinte, haveria o aniversário de dezessete anos de Lívia. Mais do que o domingo de Páscoa, imaginei que o aniversário pudesse sensibilizar Válter e Zilmar. Ou que a Páscoa ensejasse uma espécie de preparação para a liberação do namoro. Se o amor de Cristo não se manifestasse na Páscoa, poderia florescer no aniversário.

Aquela data não chegava a ser um aniversário simbólico, como o de quinze, dezoito ou vinte anos. Mas era um aniversário. E os pais costumam ficar mais sensíveis com os filhos nesse período. Lívia já não era uma criança. Vinha tirando boas notas no colégio. Nosso namoro, apesar do meu ostracismo, já ia para sete meses. Eles bem que podiam abandonar aquele excesso de cuidado e presenteá-la com a liberação do namoro.

O convite não veio. Já na sexta-feira compreendi que não viria de qualquer modo. Acreditar que pudesse vir fora um delírio da minha mente. Nos dias que antecederam a Sexta-Feira Santa, reparei que Válter deixara de perguntar do livro. Na certa, ao ver que o marido capitulava diante da nossa resistência e se deslumbrava com a ideia do relato, Zilmar voltou a convencê-lo de que eu era realmente um mal na vida da filha deles. Lívia tinha razão: quem dava as cartas ali era a mãe.

Alimentar aquela esperança me fez passar bem aquela semana até compreender que tudo não passara de uma grande e cruel ilusão. Então comecei a escurecer. No sábado acordei cedo e fui despachar o presente que enviaria para ela. Queria que o recebesse já na segunda-feira, porém a agência do correio estava fechada. Voltei para o apartamento sobraçando o pacote. Coloquei-o sobre a televisão, sentei na cama e fiquei sem saber o que fazer do que restava daquele sábado de feriado prolongado. Estava à deriva.

Eu caprichara no presente. No pacote havia o DVD do filme *Antes do pôr-do-sol* e um romance do escritor japonês Kazuo Ishiguro, *Não me abandone jamais*. Eu vinha lendo literatura japonesa ultimamente e achei que aquela história tinha tudo a ver com Lívia. Na página de rosto, exagerei no tamanho da dedicatória. Mas só no tamanho. O conteúdo ficou no tom exato que eu quis imprimir àquelas palavras. Supus que Lívia fosse mostrar o livro para os pais e os tios. Aquela dedicatória era um recado sub-reptício para eles:

Li,

Vi este livro e achei que tem a sua cara. Espero que goste. E o filme que segue junto, por sua vez, tem a nossa cara. Assista e depois me diga. Ainda quero escrever muitos livros tendo você ao meu lado. E assistir a muitos filmes com você bem juntinho. Obrigado por estes sete meses de paixão, carinho, cuidados e cumplicidade. Já posso dizer que foram sete meses dos mais intensos da minha vida.

Te adoro.

Sam

Além do DVD e do livro, seguiram também um delicado cartão, quatro páginas de uma carta manuscrita que ela me pedira, a cópia xerox de cinco contos do Caio Fernando que eu havia lido para ela por telefone nos primeiros dias do namoro e a reprodução de um desenho do Snoopy. Fiquei tentando adivinhar quais seriam suas palavras e a expressão do seu rosto ao abrir o pacote.

Foi no começo da tarde que comecei a escurecer. Tentei ligar para Briza. Ouvir a voz da minha pequena era sempre um alento. Não consegui falar com ela. Resolvi sair e dar uma volta. A solidão me pegara. Eu já me acostumara à vida de homem separado, a passar os dias longe da minha filha e, agora, a ter uma namorada apaixonada mas não poder vê-la. Podia dizer que me virava a contento com a companhia compulsória que fazia a mim mesmo. Mas tinha dias em que a solidão me pegava pelos colarinhos, me olhava nos olhos e dizia, com a truculência de um segurança de boate: "*Escuta aqui*!".

Voltei para o apartamento. Havia presunto, salame e queijo prato na geladeira. Comprara suco e leite também. Resolvi fazer café. Um café sempre esmaecia as sombras que houvesse no meu espírito.

Enquanto a água esquentava, liguei o som e pus um CD do Capital Inicial para tocar. Sem perceber, eu arregimentava uma necessária força-tarefa para que não me afundasse no desânimo. Aumentei o volume e fiquei ouvindo da cozinha, enquanto o café já fumegava no filtro. A letra da música parecia dialogar comigo:

Vão falar que você não é nada / Vão falar que você não tem casa
Vão falar que você não merece / Que anda bebendo e está perdido
E não importa o que você dissesse / Você seria desmentido
Vão falar que você usa drogas / E diz coisas sem sentido...

O café não ficou muito bom. O que era raro, em se tratando de mim. Eu era um ótimo fazedor de café. Mesmo não ficando como eu queria, coloquei o líquido na garrafa, enchi um copo, fiz um sanduíche de salame com queijo e fui para o quarto. Sentei na cadeira onde costumava escrever e fiquei comendo o lanche enquanto pensava no que fazer para atravessar aquele fim de semana nefasto. Ali sentado, me senti o verdadeiro general em seu labirinto, ou o coronel para o qual ninguém escrevia, personagens de García Márquez que povoavam minha imaginação.

No fim não fiz nada além do que vinha fazendo: escrever, andar a esmo, fazer o périplo nos cafés próximos, exumar lembranças fragmentadas, pensar na minha situação. Quando acordei, no dia seguinte, minha garganta amanheceu com um gosto amargo e uma tosse renitente começou a me incomodar.

Minhas suspeitas estavam certas. Estrategicamente Válter deixara de perguntar do livro. Zilmar devia tê-lo alertado sobre seu comportamento liberal. E ele deve ter achado por bem reorientar a forma como vinha tratando os assuntos que dissessem respeito a mim. Já não era a linha-dura de semanas atrás, mas um comportamento cauteloso, feito de silêncios e palavras estudadas.

Os pais de Lívia sabiam do simbolismo que cercaria o aniversário da filha. Começava a ficar evidente para eles que o mais sensato àquela altura seria me chamar para uma conversa aberta. Uma evidência que devia se insinuar nas pequenas brechas que se permitiam sempre que paravam para pensar na situação. Talvez impor regras, aconselhar, mas liberar o namoro. Ou senão levá-la para realizar aquele maldito teste e ver o que fazer depois. Até os pedregulhos de Novaes já tinham se convencido de que eu e Lívia estávamos merecendo um olhar de compaixão.

Enviei meu presente na segunda-feira de manhã. O funcionário do correio me informou que chegaria na quarta, exatamente o dia 19. Pedi a Lívia que ficasse atenta à passagem do carteiro. Não queria que o presente caísse nas mãos do Bruno. Ele não teria o menor pudor de abri-lo.

– O carteiro passa à tarde. Vou ficar de olho – ela me tranquilizou.

Lívia se contaminara pelo clima do aniversário. Uma vaga esperança de que alguma coisa pudesse acontecer palpitava em sua alma. Dessa vez eu estava mais realista. O domingo de Páscoa me deixara escaldado.

Na segunda-feira ela voltou a ganhar dois ingressos para ir ao cinema. Agora o filme era *O segredo de Brokeback mountain*. Exultei por ela ter a oportunidade de assistir a um filme que dialogava com a contemporaneidade. Mas não pude esconder meu desagrado quando ela informou que iria assisti-lo com a Vanessa.

– Por que a Vanessa?

– Eu ia com ela e o Bruno, mas o Bruno desistiu de ir – Lívia explicou.

Não falei nada, mas fiquei preocupado com aquela companhia. Vanessa não era uma pessoa confiável. Não a conhecia direito, mas por suas atitudes deixava claro que era mais uma voz contra o namoro.

Meia hora depois Lívia me disse que os planos haviam mudado. Vanessa resolvera ficar com Bruno e ela iria ao cinema com os pais. Achei oportuno. Além de aquele ser um filme que tratava de um tema polêmico – o homossexualismo entre *cowboys* –, era o clima ideal para que o assunto do namoro viesse à tona entre Lívia e seus pais.

Mais uma vez eu me enganara por completo. Ninguém falou nada. Estava em plena marcha a estratégia de Válter e de Zilmar para os dias que cercavam o aniversário da filha: ignorar o Samuel, como se ele não existisse. Como se ele tivesse morrido de Aids e jazesse inofensivo na campa de um cemitério qualquer de São Paulo.

Mas ele existia. E foi para ele que Lívia ligou, depois do cinema, assim que se desvencilhou do olhar perscrutador dos pais. Perguntei a ela se gostara do filme. Ela disse que sim, mas sem muito entusiasmo.

– Tem cena de sexo?

– Ah, os caras transam, se beijam.

– E seus pais?

– Eles detestaram, claro. Meu pai achou o filme nojento. Minha mãe falou que era uma bosta.

Percebi que ela não queria entrar em detalhes. Talvez desejasse que os pais tivessem uma cabeça mais aberta. Parei de perguntar sobre o filme. Que o diabo os carregasse com seus preconceitos!

Eu não havia assistido àquele filme. Lera as resenhas, sabia do que se tratava, mas o tema não me apetecia. Eu andava seletivo quanto a cinema e literatura. E nunca em minha vida estivera tão obcecado em racionar o tempo.

Mas depois do que Lívia me contara sobre a reação de seus pais, fiquei curioso para vê-lo. Queria conferir fotograma a fotograma o que Válter e Zilmar haviam visto e achado "nojento". Nesse momento experimentei por antecipação uma espécie de vingança simbólica, não como um prato que se come frio, mas como um antepasto leve e frugal. A visão medieval era toda deles.

O presente de Lívia chegou na terça-feira, um dia antes do previsto. Eu estava com ela ao telefone quando o carteiro bateu no portão de sua casa. Zilmar foi recebê-lo e trouxe a encomenda no quarto para ela.

– Ela não falou nada?

– Não. Só ficou olhando feio pro pacote. Me entregou e saiu.

Lívia pediu-me que ligasse dali a cinco minutos. Estava ansiosa para ver o que eu tinha enviado. Também eu estava agitado. Mas deixei-a à vontade para fruir aquele momento.

Assim que desligou o telefone, passou a chave na porta e pôde então se dedicar ao ritual que, além das ligações telefônicas, era o que mais a fazia se sentir próxima de mim: tocar em algo que horas antes havia estado em contato com as minhas mãos.

O DVD ela já sabia que viria. Ainda assim ficou emocionada por entender que ali estava um filme cuja história eu relacionava à nossa. O que não esperava era o livro. Leu com avidez a dedicatória e logo olhava as outras coisas: o cartão que trazia os dizeres "*Só para você saber, esse coração é todo seu*" e a reprodução de um quadrinho do Snoopy. De repente, um tremor percorreu-lhe o corpo. A carta? Onde estava a carta que ela pedira e eu dissera haver mandado?

A carta eu colocara no meio do livro, justamente para que ela não a encontrasse logo de cara. Minha estratégia havia dado certo. Ela demorou a percebê-la, inserida entre as páginas. Ao começar a lê-la, lágrimas sentidas desceram-lhe pelo rosto. Ali entendi por que ela havia me pedido uma carta manuscrita. Aquilo devia fazer um enorme sentido em seu imaginário.

Foi com a voz embargada que ela me ligou de volta. Assim que atendi, ela proferiu uma única frase:

– Sam, eu amo você.

Da maneira como foi proferida, aquela frase me fez sentir recompensado por tudo o que vinha passando por conta daquele namoro. Diante da sua coerência, eu vinha experimentando aquele sentimento de compensação diariamente. Sentia-me fazendo justiça à sua luta, recompensando-a pelos meses reclusa no quarto, se guardando para mim, falando quase só comigo, dividindo as alegrias e as tristezas, preocupando-se o tempo todo com a minha saúde. Era pouco, eu sabia. Mas era o que eu podia fazer por ora. Naquele momento, voltara a sentir que a distância, a proibição, o preconceito não eram nada. Éramos maiores do que tudo aquilo. E mais unidos do que muitos casais que tinham liberdade para estar juntos.

Lívia não se emocionou muito com o filme. Pelo menos não tanto quanto eu esperava. Sobretudo não se identificou com Celine, a protagonista, interpretada por Julie Delpy. Achou-a ingênua. Talvez eu tenha forçado uma interpretação bastante pessoal e visto coisas que somente eu poderia ver. Ainda que estivéssemos afinados emocionalmente, havia diferenças entre nossos contextos. Talvez isso tenha determinado os ângulos diferentes pelos quais percebêramos a história. O protagonista do filme, Jessie (Ethan Hawke), é um escritor. A identificação com ele foi imediata da minha parte. Achei o enredo bastante plausível com o que poderia ter acontecido conosco: um autor que escreve sobre o que viveu com uma pessoa que conheceu e por quem se apaixonou. E a quem, depois de um longo tempo, volta a encontrar. Devo ter levado ao paroxismo minhas fantasias de escritor.

As tarifas telefônicas estavam me levando à insolvência financeira. Comecei a comer em lugares mais baratos para fazer face aos gastos com telefone. No dia do aniversário de Lívia, eu tinha a quantia exata para colocar crédito no celular e falar com ela à meia-noite.

Ela disse que havia ganho um jogo de xadrez dos pais e que já tinha jogado duas partidas com Maria Luísa. Certamente fazia a irmã menor de cobaia. Depois me contou sobre a reação dos pais aos presentes que eu lhe enviara.

– Minha mãe não falou nada. Meu pai disse que o livro era muito bom e que ia querer ver o filme depois.

Ao ouvir aquilo, perguntei a mim mesmo o que Válter sabia de Kazuo Ishiguro para dizer que o livro era muito bom.

Quando deu meia-noite em ponto, dei os parabéns para Lívia. Ela voltou a se emocionar: era o primeiro aniversário que passava comigo. Fomos dormir à uma da manhã. Fazia muito tempo que não conversávamos até aquela hora. Nos primeiros meses do namoro, aquele era o horário em que ainda estávamos na metade das conversas. Depois, na fase das ligações clandestinas, era o horário em que iniciávamos o papo da noite. Tudo aquilo me pareceu de repente muito remoto na lembrança, como se a tivesse conhecido há dez anos, e não há apenas seis meses.

Às seis da manhã, liguei de novo para ela. Queria ser o primeiro a dar-lhe bom dia. Antes que seus pais viessem bater na porta, eu já havia conversado mais um pouco com ela. Além de renovar os parabéns, desejei-lhe boa aula e um ótimo dia. Agora era com os Sousa Medeiros. Eles iriam cortar um bolo à noite e cantar os parabéns para ela na casa da avó.

Naquela manhã, enquanto tomava café, veio-me à mente o sonho que tivera com Lívia naquela noite. Estávamos deitados numa cama de solteiro. A cama era estreita e tínhamos de ficar abraçados para não cair. Sentia como se nossos corpos formassem um só corpo. Mas o único contato que eu sentia era de nossas bocas se beijando. Eu sentia o gosto da sua boca colada à minha. Seus cabelos e seus olhos refletiam a luz que entrava pela janela. Quase sufocávamos de tanto nos beijar. Às vezes mordíamos os lábios um do outro. E um gosto de sangue invadia nosso hálito.

A noite de aniversário só não foi pior porque seus parentes simplesmente a ignoraram e ficaram o tempo todo na sala, conversando entre eles. Foi uma dádiva aquela conversa. Ninguém pareceu notar que a aniversariante trazia um brilho diferente nos olhos por fazer dezessete anos. Ninguém também percebeu que sua cabeça e seu coração estavam na verdade em São Paulo, voltados para um homem de 42 anos que naquele momento lia um livro da Zöe Heller em seu apartamento. Quando seu celular tocou, ninguém notou que ela correu ao banheiro para atender:

– Oi, Sam. Estou escondida no banheiro. Está a maior discussão lá na sala. Não discussão de briga. O papo está animado lá. Adivinha sobre o que estão conversando?

Minha esperança se acendia a cada brisa leve:

– Sobre nós?

– Imagina, Sam. Ninguém pergunta de nós. Pelo menos em público. Sobre o filme.

– *Brokeback*?

Rapidamente eu trocava o canal: da esperança para a excitação maldosa.

– Estão metendo o pau – e deu um risinho cúmplice.

Mas não levei adiante aquele assunto. A noite era dela. Com o espírito sereno de gratidão por estarmos juntos, conversamos sobre nossos planos. O relato, o namoro, a medicina, a vida a dois, o futuro, o futuro que nos sorria apesar de tudo.

Eu tinha escrito um bom volume no domingo de manhã. Ao voltar para o apartamento, à tarde, fiz um café e me preparei para assistir ao jogo que passaria na televisão.

Liguei para Lívia pouco antes de o jogo começar. Ela havia dito que estudaria química e física naquele dia. O telefone só chamou. Esperei alguns minutos e liguei de novo. Novamente só chamou.

Procurei esquecer por ora a ligação e me concentrar no jogo, que já estava em andamento. Aquele era o horário em que começava a minha preparação para a segunda-feira. Mas tentei não pensar nisso. Pensar na segunda-feira gerava um sofrimento inútil. Esse dia existia, não havia o que fazer. E eu teria de enfrentá-lo. Mas isso seria só na manhã seguinte.

Liguei de novo. Decorrera meia hora desde que ligara da primeira vez. Continuava só chamando. Comecei a achar estranho. Lívia não costumava ficar longe do celular por tanto tempo.

Passei a ligar de cinco em cinco minutos e logo me pus a maquinar hipóteses. Procurei controlar a ansiedade. O jogo na televisão perdera a graça para mim. Às vezes fitava o celular, próximo a mim, como se com o simples olhar pudesse fazê-lo tocar.

Fiquei mais algum tempo nessa posição, numa expectativa angustiante. Baixara o volume da televisão. Aos poucos o quarto foi invadido por um silêncio opressor. A certa altura, depois de várias tentativas, ela atendeu.

– Oi, Sam, desculpe – falou, no tom preocupado que eu já conhecia.

Ouvi um burburinho ao fundo, sinal de que ela não estava no quarto.

– O que aconteceu?

– Não posso falar agora. Daqui a pouco te ligo e explico tudo.

– Explica tudo o quê? – eu já esperava o pior, e queria saber o quanto antes.

– Sam, não dá pra falar agora. Daqui a pouco eu explico.

Desliguei, embora a curiosidade me aguçasse. Era quase certo que houvera algum problema. E que seus pais estavam envolvidos. Ou o irmão, eu não sabia o que era pior.

Fui até a cozinha, pus café num copo e tentei assistir à partida.

O jogo estava movimentado, mas meu pensamento estava longe daquele quarto. O que poderia ter acontecido num domingo à tarde, horário em que, eu supunha, os espíritos se desarmavam?

Lívia não demorou a ligar. Fosse o que fosse que tivesse acontecido, ela havia se desvencilhado do problema.

– Desculpe, Sam, não deu pra atender aquela hora.

– Tudo bem – eu tentava disfarçar meu exaspero. – Só me explica agora o que aconteceu.

– Acabei de chegar da escola. Teve reunião de pais lá.

– Reunião de pais? Num domingo?

Não apenas aquela história era estranha, como era estranho o fato de, se houvera mesmo a reunião, ela não ter me falado nada sobre ela.

– Sam, eu esqueci da reunião. E esqueci de avisar minha mãe de que haveria a reunião. Eles ligaram aqui em casa e eu tive de me arrumar às pressas.

– Eles quem?

– O pessoal da escola. Eu sei que é estranho uma reunião de pais num domingo, mas na minha escola é assim – ela antecipou-se em explicar.

Senti alívio. Pelo menos não era nada relacionado com o namoro. Meu alívio porém durou pouco. Pelo menos até Lívia contar o que a diretora da escola falou para sua mãe na reunião:

– A diretora me espinafrou – ela disse. – Ela me deu os parabéns pelas notas, mas falou que no intervalo eu não saio do celular. Falou isso na frente de todo mundo. Minha mãe ficou muito sem graça.

– Que diretora idiota! Você nem está mais levando o celular! E quando levava, me ligava no máximo em dois intervalos e a gente conversava por dois ou três minutos.

– Eu sei, Sam, mas a palavra dela é que vale. E a minha mãe vai acreditar nela, claro.

– Agora sua mãe vai ter motivo de sobra pra falar.

– Ela ficou bem contente com as minhas notas.

– Pudera... Tirar dez nas dez matérias não é pra qualquer um!

– Só que agora eu não vou mais poder levar o celular mesmo. Isso minha mãe já deixou bem claro.

Não era por acaso que Lívia tinha fama de cdf. Quando o assunto eram as notas escolares, ela cobrava muito de si mesma. Seus pais, no entanto, pareciam não reconhecer essa abnegação. Além de a proibirem de namorar, jogavam-lhe na cara quase todos os dias que ela vivia confinada no quarto, não para estudar, mas para ficar no celular comigo. Foi isso o que Válter disse a ela, aos gritos, duas semanas depois, quando Lívia apareceu com o resultado do simulado do Enem. Ela acertara 60 questões de um total de 63. O destempero de Válter se deu por ele ter pensado que ela acertara 60 de um total de 100.

– Mas você não explicou pra ele que o total não era 100?

– Ele nem esperou eu explicar. Quando me ouviu falar que tinha acertado 60, começou a gritar que era isso que dava ficar de namorico no celular...

– Mas, Li, nem depois você explicou?

– Ah, fiquei tão chateada que nem expliquei nada. Não tive vontade. Deixa.

Por aqueles dias, levei a termo a pesquisa sobre pedofilia que vinha adiando havia semanas. Acabei pesquisando mais do que o necessário sobre o assunto para saber em que terreno estava pisando. Ou pelo menos para afastar, perante mim mesmo, a pecha de pedófilo que pairava sobre mim.

Segundo apurei, a Classificação Internacional de Doenças (CID-10/OMS) conceitua a pedofilia como "um transtorno da preferência sexual, a qual incide sobre crianças, geralmente pré-púberes ou no início da puberdade". Para a psiquiatria, a pedofilia (DSM-IV/APA) é "um transtorno da sexualidade caracterizada pela formação de fantasias sexualmente excitantes e intensas, impulsos sexuais ou comportamentos envolvendo atividades sexuais com crianças pré-púberes, geralmente com treze anos ou menos".

Ao ler as duas definições que mais me interessavam, aquelas nas quais a Justiça se baseia em seus pareceres, depreendi que o que levava algumas pessoas a me considerarem pedófilo com relação a Lívia era o senso comum disseminado sobre o assunto. Diferentemente das definições da medicina e da psiquiatria, que tratam a pedofilia como doença, o senso comum cultivado pelo vulgo refere-se a uma pedofilia mais voltada para o julgamento moral, algo visto mais como uma transgressão dos padrões estabelecidos pela sociedade e pela tradição do que propriamente como uma patologia.

Fazendo um recorte para o meu caso com Lívia, para este senso comum de cunho moralista, grandes diferenças de idade num relacionamento amoroso denotam algum tipo de interesse escuso (em geral financeiro) de alguma das partes, desequilíbrio emocional do casal, falta de noção do papel socioetário de cada um (se é que existe essa definição) ou ainda baixa autoestima exacerbada (no caso do homem, ao tentar resgatar ou ostentar sua virilidade se relacionando com uma mulher muito mais jovem, e no da mulher, ao querer provar que não perdeu a sedução da juventude).

Os sensos comuns, como as generalizações, costumam operar um desvirtuamento conveniente em relação ao seu objeto. É o que ocorre com relação à pedofilia. Fazendo um amálgama entre o conceito psiquiátrico e o médico, em linhas gerais um pedófilo é aquele que sente uma compulsão sexual por adolescentes ou crianças pré-púberes, a qual ele carrega na maioria dos casos por toda a vida ao custo de um penoso e solitário sofrimento psíquico. O que não significa que não exista o comportamento pedofílico pela pura gratuidade do ato, movido por má índole ou pela oferta fortuita da ocasião, em ambos os casos sem uma motivação necessariamente patológica.

Em sua versão mais contemporânea, com o advento das recentes tecnologias digitais, o pedófilo (também chamado de "predador" ou "molestador" no jargão policial) agrega o uso de meios eletrônicos para aliciar suas potenciais vítimas e fruir suas fantasias, caracterizando a pornografia infantil. A diferença é que enquanto o pedófilo tradicional leva a cabo a compulsão de seus instintos, o pedófilo virtual restringe-se (nem sempre, uma vez que a perversão existe) a cultivá-la por meio de fotos e vídeos na internet. Segundo o depoimento de um pedófilo norte-americano condenado a quatorze anos de prisão, concedido ao documentário *Caçadores de pedófilos*, produzido pela televisão canadense, a foto na internet é o primeiro passo para que o "predador" venha a molestar uma vítima, em geral alguma criança do círculo familiar ou da vizinhança. É como se fosse o estopim de uma compulsão psíquica da qual em muitos casos o pedófilo não conseguirá se livrar a não ser consumando o ato. O conceito de pedofilia se amplia, portanto, passando a abranger quem armazena pornografia infantil em casa, quem acessa sites com esses conteúdos ou mesmo paga para acessá-los, ainda que não pratique a pedofilia nos antigos termos.

No documentário, policiais canadenses, norte-amerwicanos e ingleses explicam como a internet facilita a ação de um pedófilo – e ao possibilitar-lhe o contato com outras pessoas com a mesma compulsão, dá a ele a sensação de que seu desvio não é algo tão anormal –, mas também fornece à polícia meios de rastrear indivíduos e até mesmo grupos em rede que usam mensagens criptografadas para não serem descobertos. Ou seja, a pedofilia é hoje um problema tão complexo quanto o tráfico de drogas ou de armas, o caos no trânsito das grandes metrópoles, o terrorismo ou a corrupção.

Não obstante essa gama de informações específicas, que os meios de comunicação alardeiam cada vez mais nos últimos anos, ao tomar conhecimento de um relacionamento em que há grande diferença de idade, sendo uma das partes bastante madura (em geral o homem) e a outra bastante jovem (mas não pré-púbere), o primeiro comentário que se faz é de que se trata de pedofilia. Nada mais impreciso. Para não dizer maldade pura e simples, ressentimento, recalque, moralismo, hipocrisia, futilidade, fundamentalismo ou preconceito explícito. Talvez até um pouco disso tudo, temperado pela gratuidade das opiniões que, desde que se inventou a opinião pública, todo mundo se sente no direito de emitir sobre a vida alheia.

Há inúmeros casos na mídia, principalmente entre as chamadas "celebridades", de repúdio veemente por parte da opinião pública a esse tipo de relação. A opinião pública equivale à famigerada "voz do povo". E "a voz do povo" costuma ser associada à "voz de Deus". Não à toa. Via de regra, por trás de toda essa catedral de argumentos costuma jazer, como uma profunda camada geológica, o discurso religioso. O mesmo discurso religioso que não hesita, no caso da Igreja Católica, em acobertar os casos de pedofilia entre padres dentro da própria Igreja, e no dos evangélicos, em abrigar nas suas hostes fiéis que, como forma inocente de entretenimento, acham divertido assistir na televisão a crianças de seis, sete anos rebolando em trajes eróticos nos programas de auditório – o que se convencionou chamar de "erotização precoce". São apenas dois exemplos.

Antes de conhecer qualquer conceituação científica sobre a pedofilia, eu já orientava a minha conduta levando em consideração alguns aspectos éticos, herança da educação que recebi de meus pais. O contato com Lívia somente acentuou a minha atenção a esses aspectos. E afinal de contas, além de tudo, eu era pai. E pai de uma garota da mesma idade de Lívia.

Havia todo um contexto que eu deveria levar em conta que não apenas o etária e o erótico. Por trás daquela garota que se apaixonara por mim havia um pai e uma mãe. Havia uma história familiar com todos os ingredientes de amor, inocência, dedicação e desvelo que não me autorizava a agir como um leviano.

A pecha de pedófilo que algumas pessoas tentaram me impingir nunca chegaram a me preocupar de verdade. Eu nunca perdi o controle da situação, uma vez que não era movido por um transtorno ou por uma compulsão, nem me valia de uma ocasião fortuita ou agia de modo gratuito. Minha atitude envolvia sentimento e consequência. Mas agora, com o conhecimento científico que agregara, e com a reflexão que elaborara sobre a questão, eliminara um pequeno ruído da minha mente com relação ao meu namoro com Lívia. A pedofilia, sem deixar de ser um problema gravíssimo quando praticada nos termos da medicina e da psiquiatria, e que, nestes casos, deve ser punida no rigor da lei, em alguns casos está mais na cabeça de quem acusa do que na do acusado.

23

O dia 2 de julho, um domingo, amanheceu chuvoso e frio. Olhei pela janela e divisei um céu lúgubre sobre a silhueta dos edifícios da Rua Augusta. O inverno havia chegado para valer, com seus sortilégios. Desde a noite anterior, logo depois do jogo em que o Brasil fora eliminado da copa da Alemanha pela França, pairou sobre mim, de forma violenta e concreta, a ameaça de não mais ter contato com Lívia. Válter tomara o celular.

Eu tinha acabado de chegar de Belo Horizonte. Na quinta-feira tinha ido a Gouveia, uma pequena e simpática cidade do norte de Minas, participar de um bate-papo com os alunos de algumas escolas que vinham adotando *Post-Scriptum* nos últimos anos. A conversa com os alunos aconteceu na manhã da sexta-feira no ginásio de esportes da cidade e foi bastante fecunda. Eles organizaram uma mesa-redonda sobre Aids, leram trechos do livro e tocaram no violão músicas do Cazuza, do Renato Russo e do Raul Seixas que tinham a ver com o contexto do meu relato. Saí do ginásio com a alma leve e gratificado por dar a minha contribuição no debate sobre DSTs/Aids.

Nos dias em que estive em Minas Gerais, falei pouco com Lívia. A operadora do meu celular não atuava naquele estado e o celular de Lívia já não andava muito católico. Nas vezes em que liguei do hotel, nem sempre consegui comunicação. Mas estávamos bem. Apesar dos percalços, os nove meses de namoro serviram pelo menos para isso: criar entre nós uma confiança inabalável.

No sábado, deixei o hotel pela manhã. Com o voo para São Paulo marcado para as 14h30, minha programação já estava definida: ao meio-dia assistiria à partida entre Portugal e Inglaterra no saguão do aeroporto Tancredo Neves, em Belo Horizonte; às 16h, ao jogo entre Brasil e França, no saguão do aeroporto de Congonhas. Eu pousaria em São Paulo no horário do jogo, sem tempo hábil de chegar ao apartamento.

Em Congonhas, precipitei-me com pressa até o saguão central, onde havia dois telões. Enquanto esperava o início da partida, liguei para Lívia. Ela ficou feliz por eu já estar em São Paulo. Reclamou da falta de comunicação em Minas e disse que estava com saudades. Eu também estava.

Conversamos rapidamente. Acertamos de nos ligar no intervalo do jogo, pois a bola já estava em movimento. Guardei o celular e voltei minha atenção para o telão.

Assim que o juiz apitou o fim do primeiro tempo, liguei para ela. Pude então falar um pouco mais da viagem. Descrevi o cenário de montanhas que se delineou diante dos meus olhos ao longo da viagem. Ela ouviu com sua habitual curiosidade pelas coisas que me diziam respeito. Despedimo-nos com a promessa de nos ligarmos no fim do jogo. Antes, porém, fiz um comentário que depois soaria profético, se não fosse simplesmente o óbvio:

– Se continuar jogando assim, o Brasil vai perder esse jogo.

Quando o jogo terminou, as pessoas se dispersaram tristes e perplexas. Alguns, como eu, ainda permaneceram algum tempo no saguão, não querendo acreditar que fosse verdade: Brasil 0 x 1 França. O Brasil estava fora da copa.

Tirei o celular do bolso e liguei para Lívia. Depois de cinco ou seis toques sem que ela atendesse, resolvi procurar um táxi. A noite já cobria a cidade. Em minutos encontrava-me dentro do carro. Estava exausto pela viagem e pelo estresse do jogo. Só queria chegar em casa e dormir um pouco.

Súbito o telefone tocou. Olhei o número no visor. Um número que não conhecia, mas o prefixo era de Novaes. Ao atender, uma voz masculina que não reconheci de imediato começou um discurso que me inseriu numa espécie de pesadelo:

– Samuel, aqui é o Válter, pai da Lívia. Olha, ela está proibida de tudo a partir de agora, entendeu? Acabei de dar uns tapas nela. Vocês não foram nada corretos comigo. Recebi você na minha casa, você devia ter me contado sobre o hiv desde o começo. Não que eu seja preconceituoso, mas você devia ter me contado. Estou levando ela à polícia e ela vai ser vigiada o tempo todo a partir de agora. Está me ouvindo?

– Sim, estou ouvindo – obtemperei, procurando ordenar o pensamento e manter o sangue frio. Ele me pegara de surpresa e avaliei que o melhor era deixar que vertesse sua fúria. Ouvi os gritos de Lívia ao fundo, mas não consegui discernir o que ela gritava. Os poucos elementos que eu tinha me sinalizavam que eu deveria manter a calma para não perder o contato com a situação.

– E tem mais – ele continuou. – Ela não é essa santa que você pensa. Não é só você que liga pra ela. Vários caras ligam aqui. Ela espalhou pra cidade inteira que tentou terminar com você por causa do hiv. A cidade inteira sabe da história de vocês.

Eu não estava à vontade no táxi. E apesar daquele bombardeio, precisava abrir um diálogo com Válter.

– Válter, você está com a cabeça quente...

– É claro que estou com a cabeça quente! Você queria o quê? A Lívia passou dos limites. Eu fui legal com vocês e tomei uma bola nas costas. Nós estamos indo pro Conselho Tutelar e ela vai ficar incomunicável. Eu tomei o celular dela.

– Válter, posso falar?

Os gritos de Lívia continuavam a ecoar ao fundo. Ela gritava algo como "*é mentira!*". Depois eu entenderia.

– Ela está gritando aqui... – ele disse.

– Estou ouvindo. Válter, olha... só vou dizer duas coisas...

– Diga... – ele não me concedia a palavra, dava-me uma ordem.

– ... nada do que você disser vai fazer a minha cabeça – continuei, com firmeza e uma serenidade que não sei onde fui buscar. – Eu confio plenamente nela. E vou esperar por ela o tempo que for.

A menção ao nome do relato fora proposital:

– E eu vou dizer duas coisas também. Se ela estiver contaminada pelo hiv, eu mato vocês dois. E se você denegrir a imagem da minha família nesse livro, eu mato você.

– Não vou denegrir a imagem de ninguém – rebati. – Vou apenas relatar os fatos...

– Não interessa! Se você manchar a imagem da minha família, eu mato você!

Respirei fundo:

– Está certo, não vou discutir. Afinal você é uma espécie de coronel aí em Novaes. Você fala e os outros obedecem.

– Sou mesmo. Na minha família mando eu. Ninguém vai bagunçar o coreto por aqui.

Senti que precisava falar grosso:

– Válter, não subestime minha inteligência. Você está lidando com um profissional. Vou narrar o que tenho de narrar. Ninguém vai me intimidar.

– Tão profissional que se envolve com uma garota de dezesseis anos...

Em seu ímpeto, ele não entendera o que eu quis dizer com "profissional". Eu me referia à responsabilidade com que conduziria a escrita.

– Me envolvo e assumo – retruquei, entrando num terreno que não queria. – Nada está sendo feito por baixo dos panos.

– O que você está querendo dizer? – ele acusara o golpe.

Mal terminou de falar e a linha caiu.

O motorista ouviu todo o diálogo. Pelo menos a minha fala. Mas foi discreto. Quando desliguei o celular, ele apenas perguntou seu eu preferia ir pela Vinte e Três de Maio.

– Sim, acho que pela Vinte e Três é melhor – eu disse, de modo vago, sem a menor ideia de qual seria a outra opção.

Enquanto o carro percorria uma melancólica Vinte e Três de Maio, ruminei os cacos de pensamento que me restaram depois daquele estilhaço verbal. Demorei a me dar conta da gravidade da situação. Sentia como se estivesse anestesiado. Ainda me achava sob o impacto da eliminação do Brasil, mas logo procurei esquecer o jogo. A situação de Lívia era tudo no que deveria pensar naquele momento.

Válter afirmara ter dado uns tapas nela. Pela tensão que apreendi enquanto falava comigo, duvidei que tivessem sido só uns tapas. Minha mente se turvou ao imaginar o que podia estar acontecendo naquele instante na casa de Lívia. Os gritos que ouvi ao fundo eram de alguém acuado.

Entrei no apartamento e a atmosfera me lembrou o clima do sábado de novembro em que Lívia terminara comigo. A noite caíra de vez sobre a cidade. O clima de desânimo pela derrota da seleção contaminara as ruas e os bares, principalmente os bares, que estariam cheios e barulhentos caso o Brasil tivesse vencido.

Entrei no quarto e deixei a bolsa no chão. Fui tomado de um desespero que tratei logo de controlar. As hipóteses mais funestas se apresentaram com uma realidade incontestável. Deitei na cama e permaneci por longos minutos imobilizado pelas impossibilidades que me cercavam. Pela minha mente passava o cenário dos escombros da minha vida naquele momento. Eu era experiente o bastante para saber que a mente humana é algo perigoso. Que os pensamentos são uma via que nos leva aos mais díspares destinos. O cume de uma montanha pode se transformar de repente na visão de um vertiginoso abismo.

Temendo o abismo, levantei e saí. Vaguei em estado catatônico até uma lan house na Frei Caneca. Ler os comentários sobre o jogo distrairia minha mente. Quanto mais pensasse no que Válter dissera, mais rapidamente caminharia para o meu abismo mental.

O que me confortou naquele instante foram os primeiros *scraps* dos alunos de Gouveia. Comentei com um ou outro sobre o que tinha acontecido. Eles já estavam sabendo da história, pois eu a mencionara na palestra que fizera um dia antes. Foi a primeira vez, desde que começara a escrevê-lo, que fiz menção ao relato em um bate-papo com alunos.

Fiquei pouco tempo na lan. Preventivamente eu continuava a me sentir anestesiado. As palavras de Válter retumbavam na minha memória. Depois voltei para o apartamento. Assim que fechei a porta, por achar que tudo estava perdido, e que o pior já acontecera, veio-me de repente a ideia de enviar um torpedo para o celular que agora estava em poder de Válter. Não tinha o menor sentido fazer aquilo, mas eu precisava diluir o meu desespero em alguma ação. Mandei um recado para Lívia. Mas indiretamente o recado era para seu pai:

"Li, confio em você."

Não satisfeito, e convicto de que Válter leria aquele torpedo ainda naquela noite, enviei uma segunda mensagem:

"Te espero o tempo que for."

Terminei de escrever e continuei buscando alguma lógica na situação. Na certa Lívia afrontara o pai. Era tudo de que ele precisava para ter o pretexto de tomar o celular.

Deixei apenas a luz da luminária acesa e fiquei alinhavando ideias desconexas. Segurava o celular com firmeza, como se Válter pudesse entrar no apartamento e tomá-lo de mim. Fiquei relembrando, frase a frase, tudo o que ele dissera. Repassava o tom que imprimira à voz para dizer cada palavra. Fora repugnante a forma como ele tentou desmoralizar a filha diante de mim. Jogava a reputação dela no lixo da vulgaridade sem o menor escrúpulo.

Não cheguei a odiá-lo por ter feito isso. As coisas que proferira eram a expressão mais explícita do seu desespero. Ele quis abalar da forma mais covarde a confiança que tínhamos um no outro, tentando criar intrigas entre nós. Lívia já tinha uma história comigo. Sua conduta se mostrara segura e coerente até ali para eu dar alguma razão às leviandades de Válter.

Este aspecto se revelara um ângulo positivo sob o qual olhar o episódio: em nenhum momento as palavras de Válter nos atingiram. Sua atitude tivera efeito contrário. Ali percebi o quanto nossa união já era sólida, apesar da distância. Mas Lívia ainda não sabia dessa minha convicção. Seus gritos ao fundo, que agora irrompiam com angústia na minha mente, eram uma prova disso. Na certa ela temia que eu acreditasse nas coisas que Válter dissera.

Apreensivo diante da mudez do celular, resolvi ligar para o número de Lívia. Tão sem sentido aquela ligação como os torpedos que eu enviara instantes atrás. Mesmo sabendo que seria inútil, deixei a ligação se completar. Pensei que fosse ouvir a voz de Válter, e me preparei para uma nova rajada de sua fúria. Para minha surpresa, a própria Lívia foi quem atendeu. Não entendi, mas gostei de ouvir seu timbre. Estava mais calma, mas a voz ainda era de choro:

– Sam, me perdoa... – ela disse, a voz trespassada de dor. – Vamos nos afastar...

– Não, Li, vamos continuar lutando... – respondi, não percebendo sua estratégia.

– Não dá mais, Sam. Me perdoa, por favor...

Era o mesmo diálogo de novembro.

– Li, não desiste agora...

– Sam, meu pai está aqui, eu preciso desligar...

A linha caiu. Sem ainda me dar conta de que ela fazia uma encenação, entendi que ali nossa história chegava ao fim. Era o dia 1º de julho de 2006. Fazia exatamente nove meses que havíamos nos conhecido..

"Me perdoa... Vamos nos afastar..." Como em novembro, essas frases ficaram ecoando no vazio do quarto. Um gosto de morte atravessou minha garganta, atingiu o cérebro. Minhas têmporas latejavam.

Senti como se pudesse ver o sangue se agitando no interior da cabeça. Então vislumbrei a figura da morte entrando no quarto e se postando ao lado da cama.

O espectro nada disse. Apenas entrou e ficou ali, velando minha tristeza suicida. Me fez bem sua presença tão próxima. Agora eu não estava mais sozinho. Tão bem me fez aquela presença que logo adormeci. Sonhei com minha mãe, num dia em que ela me levou a um consultório médico. Eu tinha oito anos de idade. Enquanto o médico não chamava, fiquei lendo o gibi que ela comprara para mim. Era um gibi do Mickey, uma das lembranças mais ternas que guardava da minha mãe: eu ali, no aconchego do seu abraço e no campo de proteção do seu carinho, esperando que o médico nos chamasse para a consulta. Não lembro se o tempo do sonho me pareceu longo, ou se a ideia da espera é que me deu a sensação de tempo decorrido. Então acordei.

Algum tempo depois, ouvi o toque do celular que julguei nunca mais fosse voltar a ouvir. Achei que estivesse em outro sonho. Olhei de lado. A figura da morte não estava mais por perto.

Lívia me ligou de um número que não reconheci. Achei que me ligava para terminar oficialmente o namoro. Mas o tom de sussurro e cumplicidade com que pronunciou meu nome sinalizava que não.

– Estou no celular da Vanessa, escondida no quarto. Não posso falar muito.

Naquele instante, intuí que Válter iria se decepcionar mais uma vez com a filha.

– Sam, eu amo você e nada vai mudar entre nós. Ninguém vai separar a gente.

– Que bom ouvir isso, bebê. Também amo você. Mais até do que imaginava. Pensei que fosse te perder.

– Você não vai me perder. Eu disse pra gente se afastar porque meu pai estava me pressionando.

– Imaginei... Você está machucada?

– Estou com o nariz e a boca sangrando um pouco.

Meu sangue gelou. Era um filme que eu já conhecia.

– Mas está tudo bem – ela se adiantou em dizer. – Está tudo bem agora. Meu pai deu uma saída. Vai dar pra conversar um pouco.

– Como está tudo bem, Lívia? Você está sangrando... Você pode me explicar por que isso aconteceu?

– Sam, meu pai só queria um motivo pra tomar o celular. A discussão foi por uma coisa boba. Ele anda desconfiado de que a gente anda se encontrando.

– Mas por que ele enfiou isso na cabeça agora?

– Não sei. A gente andou conversando sobre isso, não andou? Ele deve ter ouvido alguma coisa.

– Mas a gente não ia fazer nada.

– Eu sei, Sam, mas meu pai é impulsivo assim mesmo.

– Você o enfrentou, não foi? Respondeu pra ele... Foi por isso que ele te bateu...

– Nós discutimos na cozinha. Ele disse que ia tomar o telefone. Eu corri pro quarto e me tranquei lá. Queria proteger o celular. Ele arrombou a porta com o pé, estava cego de ódio. Me derrubou na cama, sentou na minha barriga e começou a me bater.

– Espera um pouco, deixa eu entender – respirei fundo. – Ele te deu só uns tapas, não foi? – nunca me senti dizendo uma heresia tão absurda.

– Não, Sam, ele não me deu só uns tapas... Ele me deu socos na cara, nos braços, nas costas e na cabeça. Por isso eu estou sangrando. Depois ele pegou a cinta, passou no meu pescoço e começou a apertar. Tentei gritar, mas não consegui. O quarto começou a escurecer. Ouvi ele gritar que eu ia morrer. O Bruno e minha mãe é que tiraram ele de cima de mim.

Ouvi aquilo e foi como se meu espírito abandonasse o corpo. Um ódio cego afetou meus sentidos. Não sei se foi ódio. Um estupor, um sentimento escuro, ruim, negativo. Senti gosto de sal e sangue. Um travo de morte atravessou minha garganta como o fio de uma espada.

– Sam... – ela começou a chorar.

Não consegui dizer nada. Foi por minha causa que ela tinha sofrido aquela violência. E eu não podia fazer nada para ajudá-la a não ser ouvi-la. Tentei articular alguma frase. Minha voz não saía, vencida pelo choro que também me tomava. Choro de raiva, de um ódio que eu não podia extravazar.

– Sam, não chora... – ela conseguiu dizer.

– É muito triste tudo isso – falei. – Tudo por causa da porra de um vírus...

– Não é só por isso, Sam, você sabe...

Não consegui dizer mais nada. Era como se toda a angústia represada naqueles nove meses tivesse desabado de uma vez sobre a minha cabeça. Eu devia estar louco. Talvez as pessoas que criticavam aquela relação tivessem razão. Eu perdera o senso da realidade.

Por alguns segundos ficamos ouvindo o choro do outro. Foi ela quem interrompeu aquele diálogo de lágrimas:

– Sam, preciso desligar. Meu pai vai chegar daqui a pouco e não pode saber que estou falando com você.

– Está certo.

– Fica tranquilo que eu dou um jeito de ligar.

– Tudo bem. O celular vai ficar ligado o tempo todo. E vê se cuida desses ferimentos. Promete?

– Prometo.

– Você vai à escola na segunda-feira?

– Acho que não. Estou com hematomas no rosto. Não tem como ir assim. Todo mundo vai perceber.

– Seria bom que percebessem. Alguém tinha de fazer alguma coisa.

– Por favor, Sam, não faça nada contra o meu pai. Sei que ele está errado, que se alguém denunciá-lo ele pode ser preso. Mas não quero isso.

– Quem devia denunciar era sua mãe...

– Ela não vai fazer isso. Eles são muito unidos nessas horas. Eles estão morrendo de medo que alguém descubra o que meu pai fez. Sam, preciso desligar. Fica bem, tá.

24

Depois ela me diria que passara a madrugada com a cabeça doendo por causa dos golpes que recebera. Não era para menos. Seu rosto estava inchado. Havia marcas em volta do pescoço. As costas e os braços doíam. Uma mancha roxa se insinuava em volta do olho direito. Ela achava que estava com febre.

Contrariei Lívia e, num impulso entorpecido, sem que ela soubesse, liguei para o Disque-Denúncia. A violência fora de tal magnitude que não me sentiria digno de mim se não fizesse alguma coisa. E ninguém precisava saber que fora eu quem denunciara. Alguma coisa precisava ser feita e depressa. Se a polícia recebesse a denúncia e fosse até lá, daria tempo de fazer um exame de corpo de delito. E Válter seria no mínimo repreendido pelo crime que cometera.

Para meu espanto, alguém atendeu. Nunca acreditei muito nesse tipo de serviço. No Brasil tudo é sempre muito precário quando se trata de assistência à população. Mas não custava tentar.

– Boa noite. Por favor, estou falando de São Paulo. Quero fazer uma denúncia de violência ocorrida em Novaes, na região de Botucatu.

– Pois não, senhor, qual é o caso?

– É o seguinte: minha namorada de dezessete anos foi agredida violentamente pelo pai. Ela não quer que eu o denuncie, a família está encobrindo a violência, mas não acho certo deixar essa agressão impune. Ela está muito machucada.

– Senhor, mas por que o pai a agrediu?

– Porque ele é contra o namoro dela comigo. Deu socos no rosto e nas costas dela e quase a enforcou.

– Senhor, veja bem. Talvez o senhor não concorde comigo, mas é uma questão de bom senso jurídico. Ela é que deveria fazer a denúncia.

– Mas ela está sob pressão, está com medo, pode sofrer mais violência se tentar alguma coisa.

– Sinto muito, senhor, é uma questão de bom senso jurídico. Se ela mesma não quer que o senhor denuncie o pai, então fica difícil.

– Só estou pedindo que alguém vá lá e veja como ela ficou depois das agressões. Pelo que me descreveu, é só olhar pra ela para constatar que as agressões foram pesadas.

– Senhor, ninguém pode provar nada. A polícia pode chegar lá e eles alegarem que ela caiu da escada, ou que escorregou no banheiro. Ninguém pode provar nada. É uma questão de bom senso jurídico.

Uma indignação surda assumiu a minha fala:

– Então, pra que serve o Disque-Denúncia?

– Vou explicar pro senhor. Se o senhor tem conhecimento de que uma criança é espancada pelos pais todas as noites, aí sim cabe a denúncia. Ou se o senhor sabe que os pais dão droga para o filho, isso é passível de denúncia, entende?

– Mas a minha namorada é considerada adolescente pelo Estatuto da Criança e do Adolescente. Ela tem dezessete anos...

– Mas não é criança, senhor.

– Mas está sob a tutela dos pais... O pai não tem o direito de fazer o que fez.

– Mas não é criança, senhor. O senhor não está querendo entender. Se ela própria não quer fazer a denúncia, então não há nada que se possa fazer. É uma questão de bom senso jurídico, compreende?

– Não, eu não compreendo. Mas já vi que não adianta insistir. Obrigado, então. E desculpe incomodá-lo. Boa noite.

– Não há de quê, senhor. Tenha uma boa noite.

No dia seguinte, domingo, os avós de Lívia foram almoçar em sua casa. O avô já estava sabendo do ocorrido. E passou um sermão em Lívia, na frente do pai. Disse que aquilo havia acontecido porque ela andava distante de Deus. Era o mesmo discurso de Zilmar, para quem, se Lívia frequentasse mais a igreja, episódios como aquele não aconteceriam no seio da sua família.

Quanto à avó, Válter e Zilmar tiraram do guarda-roupa de Lívia uma blusa cacharrel para que dona Sônia não visse as marcas no pescoço da neta. Para a cabeça, um gorro seria o suficiente para que a avó não percebesse os hematomas. Se é que fosse perceber. Talvez até notasse, mas não poderia fazer muita coisa. Ou não quisesse mesmo fazer. No fundo, certamente, desaprovava a atitude do filho, mas por um determinismo segundo o qual as coisas deviam ser do jeito que eram, dizia amém àquele tipo de autoritarismo e até terminava achando que o filho agira corretamente.

Na segunda-feira, como previsto, Lívia não foi à escola. Os hematomas ainda estavam visíveis. O rosto apresentava sinais de inchaço e as marcas no pescoço não tinham diminuído. Ela havia perdido três quilos desde sábado. Além do mais, não passara bem a noite. Estava com dores fortes na cabeça, nas costas e nos braços. Praticamente não dormira e estava sem apetite e deprimida.

Numa das vezes em que conseguiu me ligar no domingo, usando o celular do Bruno, relatara que o pai fora ao seu quarto e lhe pedira desculpas. Em seguida fez-lhe curativos no pescoço, no rosto e nos braços. Perguntei se, ao pedir desculpas, ele fizera menção de devolver o celular.

– Não, Sam, o celular ele disse que não devolve.

Ela aceitou as desculpas, mas não voltou a falar com Válter. O que ele queria é que a filha reconhecesse que ele estava certo e sinalizasse com o fim do namoro. Como ela se manteve em silêncio, ele apenas fez o curativo e voltou a fechar o cenho. Lívia estava convencida de que dali por diante deveria fazer exatamente o contrário do que o pai queria. Apenas não se pronunciou para evitar mais problemas. Se Válter soubesse o que ela pensava agora, era bem provável que tivesse outro acesso de cólera.

Lívia revigorou suas convicções. Na segunda-feira, dormiu até mais tarde. Quando se levantou, mostrou excelente disposição. Disse que ia estudar com mais vontade agora, e que daria o melhor de si para entrar na USP e poder morar comigo em São Paulo. Que passaria a dizer para qualquer um da família que me amava e que quando fizesse dezoito anos iria ficar comigo.

Ao ouvir aquilo, apenas comprovei a crença que me alimentou naqueles nove meses: Lívia era a mulher com quem eu queria passar a segunda metade da minha vida. Não importava que, de certo modo, fosse ainda uma menina. Para mim, era quase uma mulher. Eu intuíra aquela crença no primeiro dia em que a conheci. Senti uma onda de satisfação ao perceber que meus sensores internos estavam certos.

Na terça-feira, como tinha uma última prova antes das férias, Lívia não teve alternativa senão ir para a escola, mesmo debilitada e com as lesões ainda à mostra. Como fizera na frente dos avós, seus pais vestiram-na de modo a diminuir o impacto visual dos ferimentos. A mesma blusa cacharrel que usara no domingo encobria agora seus braços e o pescoço. E o mesmo gorro disfarçava o inchaço do rosto e parte dos hematomas.

Eu já tinha chorado com Lívia ao telefone quando ela descreveu o que ocorrera naquela noite de sábado. Já ficara aturdido no táxi no momento em que Válter ligou e proferiu suas bravatas. Tinha passado o domingo fazendo anotações alucinadamente para registrar com minúcia aquele inconcebível ato de violência. E tinha mastigado a própria raiva por me sentir impotente diante dos fatos. Mas nada me deu a noção mais exata do que havia acontecido, e nada me deixou mais perplexo, do que a descrição que Lívia fez do momento em que chegou à escola, na manhã de terça-feira.

A noção exata eu teria pela reação de Cárita, sua melhor amiga na escola, quando bateu os olhos nela:

– Sam, ela me olhou assustada, não disse nada, apenas me deu um puta abraço sentido e começou a chorar – descreveu Lívia. – Ficamos abraçadas um longo tempo em silêncio, as duas chorando. Não sabia que a Cári gostava tanto assim de mim. Depois ela apenas falou baixinho no meu ouvido, enquanto chorávamos abraçadas: "Foi seu pai, não foi?". Eu disse: "Foi".

Já a revolta me chegaria ao saber da reação da diretora da escola. A mesma diretora que semanas antes, na reunião de pais, relativizara a nota máxima de Lívia em todas as matérias e preferira enfatizar o fato de que nos intervalos ela não saía do celular. Agora, diante de uma violência brutal contra uma aluna, não foi capaz de perceber que a menina viera para a escola toda machucada. Que tinha o olhar assustado. Que estava ali obrigada, disfarçando seu mal-estar. Que o gorro que usava era no mínimo estranho. Que não tinha sentido usar uma blusa cacharrel numa manhã de clima ameno como aquela.

A diretora não percebeu o que Cárita enxergou na primeira olhada. Talvez porque estivesse à procura de alunos com celulares. Talvez porque tenha mesmo feito vista grossa. Que lhe importava, afinal? Lívia era filha de Válter e de Zilmar, não era? Era melhor não se meter com aquela gente.

Mas Cárita percebeu. Cárita sentiu. Cárita enxergou. E Lívia chorou abraçada com sua melhor amiga por um tempo que lhe pareceu eterno e que a consolou de muito do que vinha vivendo nos últimos dias. A diretora não enxergou sequer os olhos vermelhos de Lívia.

À noite ela teve febre. Tinha tentado estudar, mas a dor de cabeça estava mais forte. A concentração nas leituras só aumentava o desconforto. Ela me ligou no início da noite, do celular do Bruno, que enfim comportava-se como um irmão solidário. A violência sofrida por Lívia parecia tê-lo sensibilizado.

Pedi-lhe que esquecesse os estudos por ora e falasse com seus pais sobre os sintomas. Com a voz fragilizada, ela disse que não queria falar com o pai.

– Li, não é questão de falar ou não com ele. O problema é que você não está bem. Com dor de cabeça não se brinca.

– Depois eu tomo um analgésico.

– Fale com sua mãe, então. Está na cara que essa dor é por causa dos machucados. Li, já tomei soco na cara, sei como é. Você pode estar com alguma lesão na cabeça e não sabe. Promete que vai falar com sua mãe?

– Prometo. Estou preocupada também. É uma dor muito forte. Não consigo estudar.

– Promete que vai falar com ela?

Aos poucos fui entendendo o que acontecia. Válter e Zilmar viam que Lívia não estava bem, mas relutavam em levá-la a um médico. Temiam que o médico quisesse saber a origem dos ferimentos. Eles mesmos faziam os curativos e administravam os analgésicos que havia à mão. Por fim, como ela não apresentava melhora, no dia seguinte Zilmar achou por bem levá-la a uma médica da cidade.

Ao saber que ela seria examinada por uma médica, fiquei mais tranquilo. Não era possível que a doutora não tivesse a curiosidade de ao menos perguntar por que Lívia estava com aqueles hematomas. Um simples exame bastaria para que a médica, ou qualquer médico sério, notasse que aquela garota tinha sofrido algum tipo de violência.

Preocupada com o que a médica pudesse pensar, e certamente orientada por Válter, Zilmar fez a filha comparecer ao consultório com a blusa cacharrel e o gorro que vestira no domingo. Aquele virara seu uniforme naqueles dias. O uniforme da menina-que-tinha-levado-porrada-do-pai-mas-que-ninguém-podia-saber-na-cidade. Durante a consulta, foi Zilmar quem respondeu às perguntas da doutora.

– Desde quando ela sente essas dores na cabeça? – quis saber a médica.

– Doutora, no final do ano passado ela teve contato com um namorado que é hiv positivo. As dores começaram de lá pra cá. Desde que conheceu esse rapaz, ela vive tensa, angustiada, deprimida. Eu e meu marido achamos que é por causa desse namoro que ela vem tendo as dores de cabeça.

Lívia sentiu vontade de desmentir a mãe, mas ouviu a tudo calada. A dor que sentia era intensa. Agitar-se seria pior.

– Ela teve relação com o rapaz?

– Não, somente beijos.

A médica procurou o olhar de Lívia, mas ela havia baixado a cabeça. Olhos voltados para o papel, a doutora seguiu anotando.

– E eles não têm mais contato?

– Só por telefone. Nós proibimos o namoro.

– De qualquer modo, vou pedir um teste de hiv.

Para alívio de Zilmar, a médica não perguntou mais nada. Talvez tenha achado estranho os hematomas. Mas preferiu não se comprometer além do exame. Não sei até que ponto o "coronelismo" de Válter na cidade tinha a ver com aquela atitude. No fim da conversa, a doutora solicitou um raio X do crânio. Era uma forma de fazer alguma coisa sem se comprometer. Se houvesse alguma lesão mais grave, a objetividade do raio X a revelaria.

Quando Lívia me contou como tinha sido a consulta, experimentei um pouco mais da perplexidade surda que vinha sentindo nos últimos dias.

– Mas, Li, a médica não te examinou?

– Examinou por cima. Eu estava com a blusa cacharrel e o gorro.

– E ela não pediu pra tirar?

– Não. Ela deu umas olhadas, apalpou um pouco, mas foi só isso. Sam, tudo bem, eu mesma podia ter falado o que aconteceu, mas não falei. Vi que minha mãe estava apavorada. Fiquei com pena dela. Também fiquei com medo. Se a médica descobrisse alguma coisa, meu pai ia ter problemas. Não quero que aconteça nada com ele. Sam, eu amo meus pais, apesar de tudo.

– Você me promete uma coisa, então?

– O quê?

– Que vai tirar esse raio X?

– Claro, amanhã mesmo.

– E que, se o exame acusar alguma lesão grave, você vai contar para a médica o que aconteceu?

Em vez de resposta, ouvi apenas seus soluços que vinham junto com os ruídos da ligação. Quando conseguiu se recompor, contou-me que, no carro, na volta da consulta, a mãe reforçou o velho-discurso-de-sempre. Disse que estava decepcionada com ela e que, para ela, a filha seria infeliz para o resto da vida se casasse comigo. Não sei se era uma maldição. Parecia.

– Se você ficar com esse aidético um dia, vai estar cometendo suicídio. E ele, homicídio.

Zilmar carregava no drama. Era a sua versão do mesmo sentimento de exaspero que afligia o marido. Os dois não sabiam mais o que fazer para afastar Lívia de mim. E o desespero atingira o ápice ao constatarem que nossa relação criara raízes. Que eu e Lívia tínhamos dependência química e psíquica um do outro.

Há quem chame isso por outro nome: obsessão, neurose, carência afetiva. Podia ser. O amor é um pouco disso tudo e de outras coisas. Em excesso, pode se tornar perigoso. Mas havia também os ingredientes saudáveis da coisa: comunhão, afinidades, troca de experiências, bem-querer, identificação. Nós preferíamos acreditar nos ingredientes saudáveis.

Uma semana depois, as dores de cabeça de Lívia haviam diminuído. Os hematomas eram apenas sombras pálidas em seu rosto. A febre retrocedera, bem como, curiosamente, aquela enfiada de sintomas que eu vinha relacionando ao hiv. Ela entrara de férias, podia dormir até mais tarde agora.

Eles a levaram para fazer o raio X do crânio. Já o teste de hiv foi jogado para as calendas gregas. A chapa do crânio, no entanto, ficaria esquecida em algum canto da casa. Ela não voltou ao consultório da médica.

Dias depois, ninguém mais falava do ocorrido no dia 1º de julho. Válter continuou jogando seu truco e sua sinuca e frequentando os jantares da Associação Comercial. Tudo se acomodou às circunstâncias. Tudo sempre se acomodava às circunstâncias na família de Lívia. A vida continuou.

Nem tudo, no entanto, se acomodou às circunstâncias no meu cotidiano. Havia algo na minha vida que não se acomodava às circunstâncias: o hiv. Não contei para ninguém, nem mesmo para Lívia. Escondi também da infectologista. No fim de mais aquela série de turbulências, o namoro saiu revigorado, porém meu sistema imunológico estava comprometido. Eu vinha negligenciando a tomada do coquetel nos últimos meses. E desde o sábado em que Lívia fora agredida pelo pai, por desespero, por desencanto, por algum sentimento *nihilista* que eu não saberia precisar, abandonara de vez o tratamento. Era a lei das compensações, que funcionava com um rigor implacável no meu psicológico. Sempre fora assim. Em situações de alta voltagem emocional, alguma coisa sempre era sacrificada. Eu era muito humano nesse sentido.

25

Um mês depois daquele episódio, Zilmar recebeu a visita de uma amiga que havia muito não aparecia em Novaes. Dária era uma velha conhecida sua, embora não tivesse mais do que trinta e cinco anos. Idade suficiente, porém, para já ter sido católica e espírita praticante, além de uma passagem relâmpago pela Seicho-no-Iê. Foi durante a fase católica de Dária que Zilmar se aproximou dela. E mesmo sendo Dária evangélica agora – a mãe de Lívia odiava muitas coisas na vida, mas nada a tirava mais do sério do que os pentecostais e neopentecostais –, Zilmar gostou de ter recebido aquela visita inesperada. Dária era inteligente, articulada, persuasiva, e de repente pareceu a Zilmar ser a pessoa ideal com quem Lívia devesse conversar para que tirasse o véu da ilusão dos olhos e enxergasse o absurdo do seu namoro comigo.

A conversa começou amistosa. Aos poucos Zilmar foi colocando a amiga a par da situação. Em minutos Dária se inteirou de tudo e emitia opiniões sobre os vários aspectos que cercavam nossa relação com a desenvoltura de uma velha conselheira da família.

Inicialmente não condenou o namoro de modo explícito. Tentou comer pelas bordas usando metáforas do imaginário evangélico e procurando mistificar a situação.

No café da manhã Lívia havia contado para a mãe sobre o pesadelo que tivera naquela noite – um mendigo a perseguia por uma rua escura. Ficara impressionada. Ao saber do sonho por Zilmar, Dária logo o interpretou como um excelente gancho por onde começar sua abordagem:

– Li, você não entendeu a mensagem do sonho.

– Pra mim foi apenas um pesadelo – resignou-se a dizer Lívia, já refeita do impacto negativo.

– Li, não foi só um pesadelo – insistiu Dária. – Deixa eu te explicar. O demônio tem várias formas de dominar a mente da gente.

Conhecendo um pouco a amiga da mãe e adivinhando a relação que ela iria estabelecer entre o sonho e seu namoro comigo, Lívia logo se preparou para deixar o mais claro possível sua opinião. Quis manter-se coerente com a resolução de não esconder de mais ninguém o que sentia por mim.

– Dária, agradeço os conselhos, mas eu amo o Sam – ela disse, num tom impassível.

Desconcertada com a referência tão precoce a mim na conversa, mas consciente da missão que implicitamente Zilmar lhe outorgara, Dária procurou ganhar tempo. Uma das características dos que criam em Jesus era não se abater diante dos obstáculos. Dária acreditava cegamente nisso. O sangue de Jesus tinha poder, nada temeis!, e blá, blá, blá. E como Lívia mostrara ousadia citando meu nome abruptamente e já colocando-se em guarda, ela por sua vez também não fugiria ao embate e mostraria desde logo qual seria o tom da conversa.

– Li, conheço você desde pequena. Sempre foi uma menina esperta, inteligente. Mas você é uma criança ainda. Tem toda a vida pela frente. Não precisa entrar numa história pesada como essa. Não precisa assumir os problemas do Sam.

O fato de me chamar de Sam mostrava o quanto Dária era astuta. Lívia desautorizou essa intimidade voltando a me chamar de Samuel:

– Dária, eu amo o Samuel e vou querer me casar com ele.

Daria nem sequer notou a sutileza da desautorização e antes que dissesse alguma coisa, Zilmar interveio:

– Tem sido isso há nove meses – disse a mãe, com um suspiro de resignação.

Dária procurou tranquilizar a amiga:

– Muita calma nessa hora. Para Jesus, não há mal sem solução.

E virando-se para Lívia:

– Li, você quer participar de uma oração comigo? Tenho certeza de que a oração vai estar trazendo esclarecimento para a sua mente. Dê essa chance a si mesma. Dê essa chance a Jesus.

– Agradeço, Dária, agradeço de verdade – disse Lívia, resoluta, assumindo um ar adulto. – Não preciso de oração. Preciso de liberdade para namorar o homem que eu amo.

Eram palavras que Lívia jamais proferira com tanta ousadia na frente da mãe. E só o fizera agora porque tinha o escudo de Dária para protegê-la. A mãe não iria agredi-la fisicamente ou com palavras na frente da amiga. Não pegaria bem.

– Que você pensa que ama – retrucou Dária, dando um passo à frente na conversa.

– Que eu amo! – confirmou Lívia, com voz firme, sob o olhar de censura de Zilmar, o sangue já lhe subindo pelas têmporas.

E inspirada pela ênfase da sua própria afirmação, aproveitou para dizer outras coisas.

– Dária, não sou criança. Tenho dezessete anos, logo faço dezoito. Sei muito bem o que quero. Quero entrar em medicina e me casar com o Sam. Ele é a pessoa que mais me entende. Temos muitas afinidades. Ele tem um lado infantil que eu adoro num homem. Ele é uma pessoa muito linda.

– Tudo bem, Li, tudo bem – as palavras de Lívia soaram como uma afronta para uma pessoa com o histórico de vida de Dária. Como alguém poderia ser lindo tendo contraído hiv?, foi o pensamento que passou por sua mente, como um pequeno animal furtivo que aponta a cabeça e logo se esconde.

Ferida na sua visão de mundo e vendo que a forma de Lívia de conceber as coisas era bem diferente da sua, Dária resolveu atacar o problema sem meias-palavras. Era uma mudança providencial de estratégia.

– Só que ele tem Aids, Li – disse, esforçando-se para imprimir emoção à própria voz, modulando-a entre o sussurro e choro. – Não estou nem me referindo à questão da idade, mas pense nessa terrível doença. A gente deve se aproximar das coisas boas e se afastar das ruins. Deus não quer coisas ruins na nossa vida. Deus quer que sejamos limpos e puros.

– Dária, o Sam é a pessoa mais limpa e mais pura que eu conheço. Ele é mais limpo e mais puro do que muita gente que vai à igreja. Você está perdendo seu tempo. Eu amo o Sam e quero me casar com ele. Quero fazer medicina, me especializar em infectologia e ajudar a encontrar a cura para a Aids.

A conversa chegava a uma temperatura que Dária considerou adequada para seus propósitos. Era o momento de atacar por outro flanco:

– Li, por favor... – o sussurro e o choro agora eram o próprio espírito de Dária. – Veja como sua mãe está sofrendo. Conheço sua mãe há muitos anos. Ela não merece isso. Você não merece isso. Olha, aceita a oração que quero fazer com você. Tenho certeza de que em sete dias você vai receber uma revelação de Jesus. Ele vai estar te enviando um sinal que vai estar te mostrando o melhor caminho.

Percebendo que nada do que dissesse iria dissuadir Dária da sua cruzada, Lívia teve um ímpeto:

– Espera um pouco, vou buscar uma coisa.

E levantou-se, sob o olhar surpreso de Dária e desnorteado de Zilmar.

– Lívia!... – a mãe tentou interceptá-la, mas ela já havia se embarafustado quarto adentro para voltar em segundos com os originais do relato nas mãos.

– Olha isso – disse, abrindo o calhamaço encadernado para que Dária o apreciasse. – Ele está escrevendo a nossa história.

Ninguém podia acusar Dária de não ter jogo de cintura. O jogo de cintura que Zilmar, por exemplo, jamais teria. A vontade da mãe foi de arrancar o original das mãos da filha e dar cabo da existência física do caderno ali mesmo. Mas conteve-se, afinal estava na presença de Dária. Sua amiga evangélica reunia naquele momento mais condições de fazer Lívia desmistificar aquele livro usando o instrumento civilizado da palavra do que ela, Zilmar, com seus habituais métodos coercitivos.

– Ele deve gostar muito de você, Lívia – ponderou Dária, novamente procurando ganhar tempo e arquitetando outra abordagem. – Para escrever um livro sobre o namoro de vocês, ele realmente deve gostar muito de você.

Antes que Lívia confirmasse a observação de Dária, Zilmar, talvez contaminada pela fleuma da amiga, entendeu por bem acrescentar um adendo à contextualização do namoro:

– Isso é verdade, Dária, o Samuel gosta muito dela sim. No fundo ele não é má pessoa. Ele veio aqui, nós gostamos dele, é um moço inteligente, conversou com a gente, foi educado, respeitoso. Até acho que ele seria a pessoa ideal para se casar com a Lívia. O problema ela sabe qual é.

Dária virava as folhas dos originais, sem deixar de prestar atenção ao que Zilmar dizia. Lívia, por sua vez, estava mais preocupada em impressionar Dária com o alentado volume que colocara em suas mãos.

– Ele é editor e jornalista – disse, não escondendo o orgulho e um certo deslumbramento. Um orgulho e um deslumbramento que passavam a quilômetros da compenetração de Dária e da tensão de Zilmar.

Dária folheou mais algumas páginas. Folheou por folhear. Leu o título, passou os olhos pelas epígrafes, olhou a dedicatória. Em dado momento, num gesto estudado, dando a entender que precisava retomar a rédea da situação, fechou o caderno de forma peremptória, segurou-o com as duas mãos e colocou-o de lado. Era uma performance, um jogo de cena estudado. Zilmar sentiu que o contragolpe viria no instante seguinte. E que seria devastador.

A velha amiga de Zilmar era uma estrategista habilidosa. Ao deixar que Lívia lhe mostrasse o escrito, e ao fingir interesse por ele, ganhara tempo e trouxera a menina para o seu território. Era uma estratégia que aprendera na igreja. Um ardil manjado, mas que funcionava: traga o inimigo para o seu território, ele se sentirá mais vulnerável. Cansou de ver os pastores aplicarem essa técnica com êxito nos cultos.

Não que Dária encarasse Lívia como sua inimiga. Não, não era isso. Lívia era o objeto a ser conquistado, a mente a ser seduzida, a alma a ser arrancada das garras do tinhoso. Então, assumindo um ar teatral – outra lição que aprendera com os pastores –, como se fosse a protagonista de um monólogo, e com a mesma modulação de voz sussurrada e no limiar do choro, começou a desfiar para Lívia uma história que se passara com ela quando tinha dezessete anos. Nem mesmo Zilmar sabia dessa história:

– Sabe, Li, eu entendo você. Quando eu tinha dezessete anos, exatamente a sua idade, também fiquei de cabeça virada por causa de um rapaz. Ele não tinha a idade do Sam, era bem mais novo, tinha 25 anos. Ainda assim era uma diferença considerável. E meus pais proibiram o namoro. É claro que não aceitei a proibição. Eu amava o rapaz. Ele se chamava Paulo e tinha uma moto. Eu adorava andar de moto com ele. Mas o que mais me satisfazia era passar de moto com ele na frente das minhas amigas e ver a cara de inveja delas. Só que depois que meus pais proibiram o namoro, eu tinha que tomar o maior cuidado, não podia aparecer de moto com o Paulo em qualquer lugar. Minhas amigas eram muito invejosas, dariam um jeito de meus pais ficarem sabendo.

A história havia cativado a atenção de Zilmar e de Lívia. Dária percebeu. O controle da situação fora retomado. Aleluia, Senhor! O sangue de Jesus tinha poder! Fez uma pausa, respirou fundo e continuou:

– Um dia, eu estava na garupa da moto, o Paulo foi fazer uma manobra e a moto derrapou. O acidente não foi grave, mas eu ralei toda a perna. Fiquei desesperada. Não teria como esconder dos meus pais que continuava me encontrando com ele. Bom, para encurtar a história, aconteceu o que eu já esperava: meus pais proibiram o namoro de uma vez por todas e passaram a me vigiar aonde quer que eu fosse. O Paulo se afastou, e eu fiquei arrasada. Foi aí que comecei a me aproximar de Jesus.

Outra pausa ostensiva.

– Só depois fui entender que aquele acidente tinha sido a mão de Deus interferindo na minha vida. Deus sempre dá um jeito de nos avisar quando estamos nos domínios de Satanás. Algumas pessoas da igreja me contaram depois que viram o Paulo "emaconhado" numa esquina com seus amigos. Olha só do que me livrei! Só digo isso para mostrar como uma paixão é capaz de cegar a gente. Deus tocou a minha vida com aquele acidente e me afastou de coisas negativas. Só mesmo Deus todo-poderoso para ter feito isso.

Voltou o olhar diretamente para Lívia:

– Li, quem sabe a minha visita aqui hoje não tenha sido uma resposta de Deus às preces da sua mãe? Eu nem sabia que você estava envolvida com um aidético.

Por mais que tivesse vindo preparada para a conversa, ao ouvir aquela expressão Lívia tomou um choque:

– Dária, ele não é aidético, é soropositivo! – disse, não disfarçando a indignação.

– Desculpe, Lívia, soropositivo... – Dária reconsiderou, embora contrariada. Mas logo esqueceu a gafe e, segurando as mãos de Lívia, voltou para o que interessava. – E então, você quer estar fazendo uma oração comigo?

Lívia não queria fazer a oração. Mas também não queria melindrar Dária. Tinha consciência de que a amiga da mãe era uma influência forte sobre Zilmar e que o episódio que relatara fora algo decisivo em sua vida. Mas Lívia também sabia que Dária contara apenas uma parte da sua história.

Teve vontade de perguntar a Dária se ela era feliz. Zilmar não iria aprovar a atitude. Dária tampouco. Julgaria falta de respeito. E certamente a resposta seria afirmativa – *sim, era muito, muito feliz* –, complementada por loas a Deus e a Jesus Cristo, que teriam operado milagres em sua vida depois que abandonara Paulo. Lívia seria então obrigada a ser mais ousada, a ousadia diretamente proporcional ao desrespeito, e aprofundar a pergunta: Dária era feliz como mulher?

A resposta, Lívia imaginava, seria uma incógnita. Porque na certa Dária não seria verdadeira a ponto de confessar que nunca mais amara ninguém na vida como amara Paulo. Que o tempo em que andara com ele na garupa daquela moto fora o melhor tempo de toda a sua vida. Também não teria coragem de confessar que atualmente, para mal dos pecados, tinha um caso com um homem casado que frequentava a sua igreja. Isso Dária não sabia que Lívia sabia. Tinha sido Zilmar quem confidenciara à filha.

Não devia ter confidenciado, pois desde o começo da conversa Lívia olhava para Dária como a alguém sem a moral adequada para julgar e condenar de forma tão veemente o seu namoro comigo. Tudo o que Dária narrara naquela tarde já vinha comprometido pela informação que Zilmar segredara à filha. Ao final, Lívia não perguntou nada do que tinha vontade. Mas recusou a oração.

Com tudo isso girando em sua mente, ela agradeceu a tentativa de ajuda, recolheu nos braços o calhamaço encadernado, pediu licença e retirou-se, deixando atrás de si um rastro de dignidade que não foi percebido nem por Dária, nem por Zilmar. Para as duas, a menina estava submersa na mais abjeta perdição mundana.

Alguns minutos depois, já no quarto, livre da peroração de Dária, Lívia me deu o toque a cobrar. Liguei de volta. Bastou dizer "*alô*" para perceber seu desânimo.

– Que foi, Li?

Ela fez um breve e compungido silêncio, depois disse:

– A gente está sozinho, Sam. Ninguém dá um apoio. A gente está sozinho.

Não era verdade. Uns mais próximos, outros menos, havia muitas pessoas sabendo da história e torcendo por um desfecho feliz. Uma dessas pessoas era Beatriz, a Bia, a melhor amiga de Lívia fora da escola. Foi para Bia que enviei o celular que comprara para Lívia depois que Válter lhe tomara o primeiro aparelho. E foi para a casa dela que passei a endereçar as coisas que às vezes enviava para Lívia. Desde o início a Bia se prontificou a ajudar no que fosse preciso. Ela namorava um rapaz de São Paulo e sabia o que era a paixão a distância. Era a pessoa em quem eu mais confiava em Novaes.

A generosidade da Bia vinha de um fato que me causava admiração: toda sua família era evangélica praticante, daquelas que não fazem uma refeição sem agradecer a Deus pelo pão de cada dia e que não deixam que uma visita vá embora sem antes agradecer por sua presença. Quando o celular chegou à casa da Bia, Lívia passou uma tarde na casa da amiga sob o pretexto de pegar um livro emprestado e estudar. Ao se despedir, foi abençoada com uma oração da qual Bia, sua mãe e suas irmãs participaram. Todos gostavam muito dela ali.

O que mais me surpreendeu foi algo que Lívia me contou somente à noite sobre a visita. A mãe da Bia sabia do namoro de Lívia comigo. Tinha conhecimento de que eu era muito mais velho do que ela. Mas não sabia do hiv. Como um dos assuntos que afloraram à mesa naquela tarde foi o da agressão sofrida por ela semanas atrás – dona Súria achou absurdo o que Válter fizera –, Lívia acabou contando o verdadeiro motivo da proibição e da agressão.

Meu espanto ficou por conta da reação de dona Súria. Se antes ela não fizera restrição alguma ao namoro – embora isso não lhe dissesse diretamente respeito –, agora que sabia da minha condição de soropositivo sua posição não mudara. Pelo contrário, nos instantes em que esteve em sua casa, Lívia recebeu dela o carinho e o apoio que não tinha em casa no que se referia ao seu relacionamento comigo.

Era sintomático, pela voz de Lívia ao telefone, o quanto aquela visita lhe fizera bem. Mas era também paradoxal que membros de uma corrente religiosa considerada ultraconservadora – pelo menos quando comparada ao "liberalismo" dos católicos –, e que sofria toda sorte de preconceito por sua postura muitas vezes fundamentalista, se mostrassem tão abertos diante de uma situação cheia de tabus e conflitos éticos como aquela.

Nos dias em que estive em Novaes, Zilmar não economizou invectivas e gestos depreciativos quando se referiu aos "crentes". Numa das vezes em que andei em seu carro, ao passar diante de um templo da Assembleia de Deus, ela deixou escapar um de seus comentários malsãos: "olha lá os alienados fazendo lavagem cerebral".

Bia e sua família vinham mostrar uma coisa que eu já intuíra em algum momento da vida e que vinha confirmar agora: o ser humano é mais importante do que os dogmas. Quem ama os dogmas, ama os dogmas, não ama o ser humano. E por vezes até o odeia.

26

A tosse que me perseguia desde maio se tornara mais intensa e agora vinha acompanhada de uma febre renitente. Minha temperatura se elevava no início da noite e só baixava no fim da madrugada, após uma reforçada dose de Novalgina e da consequente sudorese. Uma dor de cabeça que tornava proibitiva qualquer leitura e me tirava o ânimo para escrever virara minha companheira. Passei a sentir um implacável cansaço e um sono pontual me dominava no início da noite. Era como se os sintomas que Lívia deixara de sentir houvessem se transferido para o meu corpo, uma rotina que já vivenciara oito anos antes, quando a síndrome da imunodeficiência adquirida mostrara sua face. Eterno retorno.

Escondi os sintomas de Lívia o quanto pude. A vigilância rigorosa de seus pais já era um fardo pesado para uma garota da sua idade. Ela começava a entrar na etapa decisiva do vestibular. Vivia quase como se estivesse num cativeiro e sua saúde ainda apresentava sequelas da violência sofrida havia dois meses. Quis preservá-la de mais aquela preocupação.

Foi impossível, no entanto. Lívia percebia o agravamento do meu quadro toda vez que eu interrompia a conversa para tossir compulsivamente.

– Sam, fala a verdade, você não está tomando o coquetel, está?

– Claro que estou – eu mentia.

A resposta não convencia. Ela já possuía a intuição inata dos médicos para que eu conseguisse enganá-la.

– Sei que não está. Poxa, como nós vamos ficar juntos se você não se cuida?

Eu me calava e um sentimento de culpa tomava conta de mim. Seu comentário podia ser lido de outra maneira: como podia amá-la se não amava a mim mesmo? Era a mesma coisa que Briza me dizia quando eu respondia de forma evasiva sobre o tratamento.

Por trás da resposta evasiva, contudo, havia uma resposta articulada e convicta, que eu só revelava a mim mesmo, posto que somente eu poderia entendê-la. Essa resposta cabalística, ontológica, idiossincrática ao extremo trazia em seu bojo os códigos da minha caótica lógica interna. Lívia e Briza ainda não possuíam vivência para entendê-la. Talvez nunca entendessem.

Eu realmente as amava mais do que a mim mesmo, cada uma segundo o que representavam na minha vida. E uma vez que uma dessas formas de amor não podia se concretizar no plano da realidade, minha tendência era fazer o que eu acreditava os escorpiões faziam quando acuados: voltar o ferrão contra si mesmos, inoculando no próprio corpo seu veneno.

Por muito tempo acreditei na história do escorpião que se autoenvenenava. Ficara impressionado ao ouvi-la pela primeira vez, em menino, imaginando que o artrópode possuía a mesma consciência de liberdade que nós, humanos. Com o tempo, compreendi que não se tratava obviamente de consciência, mas de instinto. E por fim descobri que o pequeno animal parece agir assim somente quando acuado pelo fogo, pois, com a elevação da temperatura, seu corpo se encolhe, dando a impressão de que o ferrão está em posição de ataque ou de que está picando a si mesmo. Na verdade, o escorpião morre por dessecação, desidratado, mesmo porque ele é imune ao próprio veneno. Ainda assim, mesmo sabendo que a história não era do jeito que eu pensava, gostava de cultivar essa alegoria.

Meu veneno era o hiv. Ao negligenciar a tomada dos antirretrovirais, simplesmente aceitava a lógica da minha revolta diante daquela proibição e renunciava a mim mesmo ao colocar em risco minha existência física. Era uma reação que não se coadunava com uma cláusula pétrea das regras da sociedade, segundo a qual a vida é o valor supremo. Mas aquela era a *minha* forma de reação. Ninguém precisava entender. Sempre propugnei pela autonomia do indivíduo diante das suas circunstâncias. É o que nos distingue como sujeitos na modernidade em relação a outras épocas da história humana: o livre-arbítrio levado ao paroxismo. As circunstâncias nem sempre são justas ou suportáveis. O indivíduo tem pleno direito de devolver o bilhete de entrada da espécie humana caso essa condição não mais lhe interesse.

Eu sabia o grau de rebeldia contido na minha atitude. Eu não vinha sendo bem tratado pelo mundo, principalmente por aqueles que diziam praticar o amor de Cristo. Sentia-me no direito de não querer fazer parte do que chamam de lógica da civilização ou de os valores da sociedade. Como diziam Lobão e Cazuza numa canção, "*eu não posso fazer mal nenhum, a não ser a mim mesmo...*".

Minha forma de reagir me remetia às circunstâncias da morte do cantor Renato Russo. Ou inconscientemente fosse até mesmo inspirada nela. Pelo que lera na época, ele não havia morrido exatamente pelas complicações da sua condição de soropositivo, mas, de certa forma, se deixara morrer. Ou a Aids potencializara seu desencanto com a lógica do mundo. Ele não se adaptava. No entanto, alguém ousaria dizer que ele não amava a vida e as pessoas que lhe eram próximas? Não teria morrido pelo amor que sentia por elas? Seja qual tenha sido o real motivo da sua morte, eu o compreendia. Compreendia suas razões ontológicas e existenciais.

Eu tinha inúmeras razões para acreditar no ser humano. Era filho de pais que sempre me orgulharam e que me passaram valores consistentes. Casara com uma mulher valorosa, com quem vivera uma história intensa por vinte anos da qual ficara uma filha adorável. Tinha um trabalho que me punha em contato permanente com a palavra escrita e com o mundo da cultura. Era cercado pelo carinho dos leitores que me escreviam. E agora, depois dos quarenta anos, vira aparecer no meu caminho essa garota singular que era Lívia.

Tudo isso, porém, caía por terra diante da situação absurda, e no entanto perfeitamente verossímil, que passei a viver dois meses depois de iniciado o namoro. Passei a conviver com sentimentos contraditórios. Os pais de Lívia me faziam acreditar na conhecida frase do filósofo francês Jean-Paul Sartre, apóstolo do existencialismo: "*o inferno são os outros*". Refletindo sobre a frase do filósofo, porém, eu me perguntava se, por minha vez, também não me convertera no inferno da vida de Válter e de Zilmar.

Contudo, para alguma coisa toda experiência devia servir. Principalmente para o homem entender as razões por trás dos atos de seus semelhantes, mesmo quando esses atos tornavam a vida do outro um inferno. Não queria condenar Válter e Zilmar sumariamente pelo que vinham fazendo conosco. A despeito da revolta que me tomava, relutava em me colocar como dono da verdade ou vítima da situação e buscava relativizar as coisas. Eu vivia o conflito entre compreendê-los e radicalizar, conquistar-lhes a confiança e bater de frente com eles.

Válter e Zilmar eram cópia carbono do que foram seus pais, uma combinação de fundamentalismo religioso com autoritarismo coronelista. Reproduziam o código social e moral que receberam deles na infância e na juventude, de uma época em que ainda não havia pílulas anticoncepcionais, o divórcio não era permitido e não se falava de aborto nem de Aids.

Como última tentativa de não acinzentar mais a imagem que tinha deles, forcejava por acreditar que, em última análise, Lívia era o resultado da educação que eles dispensaram a ela. Se ela não fosse do jeito que era, certamente eu não teria me apaixonado. E nem ela me veria como o namorado que idealizava. Agarrava-me sofregamente a esse pensamento para suavizar meu olhar depreciativo sobre seus pais.

Era difícil, no entanto. Eu me exasperava ao pensar que onze meses já haviam se passado. Válter e Zilmar afirmavam com todas as letras que Lívia nunca ficaria comigo, mesmo depois de fazer dezoito anos. Chegavam a dizer que a proibiriam de prestar vestibular para a USP somente para que ela não viesse para São Paulo. Em que se baseava tal premissa? Naturalmente na ideia de que a vida da filha lhes pertencia. De que ela não tinha e nunca teria vontade própria.

Estava implícita nessa atitude a ideia de que eu, do alto dos meus 42 anos, corrompia criminosamente a juventude de Lívia. De que tirava os melhores anos de sua vida ao supostamente não lhe conceder o direito de escolha. Ideia naturalmente que não levava em conta o fato de que Lívia estava comigo por vontade própria.

Enquanto a lei lhes permitia, eles exerciam a sua autoridade de pais. Proibiam, cerceavam, tolhiam, constrangiam, oprimiam, ofendiam, ameaçavam, agrediam. Pois a delegada de Novaes, ao ser consultada sobre o caso, não dissera a Válter que ele tinha o direito de fazer o que bem entendesse com a filha? Sim, Válter ouvira isso da delegada, o que só reforçou suas convicções. A delegada era a representante da lei na cidade. E Válter, um homem adepto das hierarquias, temente a Deus e seguidor obediente da lei. Pois então!

Se existia discernimento da minha parte para entender as razões de Válter e de Zilmar, não existia tolerância alguma com a violência física e moral que praticavam contra a filha. Uma coisa era respeitar a legitimidade deles para proibir o namoro; outra, compactuar com os abusos dessa legitimidade somente pelo fato de ela ainda não ter dezoito anos. Já estava muito claro para mim que aquilo não era proteção, mas a projeção de recalques fossilizados.

Válter e Zilmar temiam o novo. Temiam o lado natural da vida. O episódio do filme *Brokebake mountain* fora emblemático. Tudo o que representasse algo que não fosse reconhecido pelo código moral deles devia ser rechaçado com veemência do contato com a família. Eu me encontrava nessa categoria. Estava abaixo da linha de pureza que atribuíam a si próprios e aos membros do seu clã.

E se o argumento de que, em última instância, eles apenas pensavam no bem da filha – um argumento que eu próprio endossava –, esse argumento perdia força pela forma como se dava essa proteção e, mais determinante ainda, pela passagem inexorável do tempo. O tempo era o meu maior aliado. Já era tempo, eu avaliava, de eles já terem constatado que entre mim e Lívia não havia apenas uma paixão, mas amor, respeito, amizade, companhia, cumplicidade e uma profunda sintonia. Tudo, enfim, que se procura numa relação saudável.

Estes eram os pensamentos remoídos na minha mente ao longo daqueles onze meses. Meus sentimentos pareciam embotados. Minha saúde se deteriorara. Minha vida havia estacionado.

Pouco antes de completarmos um ano de namoro, Válter e Zilmar levaram Lívia para fazer o teste de hiv. Ela ainda apresentava sintomas suspeitos, embora menos intensos. O teste deu negativo. Para mim, além do alívio pelo resultado, restou evidente meu cuidado na condução da relação. Eu sabia que o hiv não se transmitia pelo simples beijo. E ainda que houvesse uma remota possibilidade (quando os parceiros apresentam feridas ou sangramentos na boca), nós nos considerávamos responsáveis e esclarecidos o suficiente para trazermos a higiene bucal em níveis seguros.

Dezembro havia chegado novamente, com seu comércio febril, sua fraternidade de ocasião e seu Cristo de fancaria. Completáramos um ano e dois meses de namoro.

Uma semana antes do Natal, eu estava numa livraria, fui tomado de um desses pensamentos que nos mostram as coisas de um ângulo singular. Um clarão. A constatação repentina de que, ao fim e ao cabo, o que fica de nós é o que vivemos. Foi então que compreendi: sentia uma espécie de nostalgia do que ainda não vivera com Lívia, uma saudade às avessas.

Naquela noite fiquei ali, na poltrona aconchegante da livraria, olhando as pessoas circularem sem pressa, bisbilhotando livros, abrindo-os, lendo trechos, como se o tempo houvesse parado. Sempre tive a sensação de que o tempo pára quando se entra numa livraria. Como quando se entra numa catedral ou num templo. No entanto, sou obrigado a citar Cazuza novamente: o tempo não pára. Mesmo ali, a vida seguia pressurosa.

As pessoas passavam por mim e me observavam escrevendo num bloco de papel já carregado de palavras. O que estaria escrevendo?, deviam perguntar-se. Eu escrevia exatamente este trecho, que me saía lancinante palavra a palavra. Na minha cabeça, diante da constatação repentina de que ainda não vivera quase nada com Lívia, a pergunta renitente que virara minha companheira nunca chegara tão absoluta, tão plena de sentido: em que momento eu fora condenado? Eu conhecia a natureza da minha indignação. Era uma indignação muda, que não ia além de si mesma e revolvia a terra das minhas inquietações existenciais.

E por mais que lesse os filósofos todos, que contemplasse a beleza e a miséria do ser humano, ou por mais que o prazer e a dor agregassem sabedoria à minha permanência no planeta, aquela pergunta continuava a ecoar na minha cabeça, às vezes sutil, sorrateira, sussurrada, às vezes dramática, fragorosa, cheia de espanto, mas sempre, o tempo todo, inapelavelmente, muito distante de qualquer possibilidade de compreensão.

Fiquei algum tempo na livraria, depois me levantei e fui tomar um café antes de voltar ao apartamento. Fazia uma noite quente, os pisca-piscas envoltos nos troncos das árvores pareciam brincar com o movimento das pessoas nas calçadas. A moça que me atendeu trouxe prontamente o pedido, uma pequena xícara fumegante e uma pedrinha de chocolate amargo, que costumo dispensar.

– Açúcar ou adoçante, senhor? – ela perguntou.

– Adoçante. Dois sachês, por favor.

Nota do autor

Em fevereiro de 2007, Lívia iniciou suas aulas num cursinho de Botucatu. Em abril daquele ano ela completou 18 anos. Válter e Zilmar minimizaram o fato de a filha ter chegado à maioridade e estar no pleno gozo de seus direitos civis. Nada mudou em relação ao namoro, que completava, clandestino, um ano e meio.

Em fevereiro de 2008, Lívia entrou em medicina numa universidade pública do estado. No mesmo período, Samuel iniciou sua pós-graduação em ciências sociais.

Em junho, para celebrar o Dia dos Namorados, o *Jornal da Tarde* promoveu um concurso intitulado "O amor nos tempos modernos". Pediu aos leitores histórias de amor verídicas que envolvessem as contingências da vida contemporânea. As quatro melhores seriam premiadas com um jantar a dois no restaurante Gero do shopping Iguatemi. Samuel espremeu sua história nos 1.500 caracteres pedidos pelo jornal e a inscreveu. No dia 12, ao abrir o jornal, viu que seu texto fora contemplado. A premiação teve um significado especial para eles. No entanto, por razões óbvias, não puderam desfrutar do jantar a dois.

No dia 1º de abril de 2009, Samuel e Lívia completaram três anos e meio de namoro proibido. Dezenove dias depois, ela comemorou seu aniversário de 20 anos. A proibição continuava na ordem do dia, com ameaças de Válter de tirá-la da universidade caso percebesse a menor suspeita de que eles estivessem se encontrando escondido, ou de matar Samuel, caso ele aparecesse em Novaes. Também a paixão não mudou. Samuel e Lívia não deixaram de se falar um só dia desde o já longínquo 30 de setembro de 2005. Eles nunca baixaram a guarda para o preconceito e aprenderam a conviver com a clandestinidade com paciência e discrição. O título da canção de Urge Overkill aos poucos se cumpria. "*Girl, you'll be a woman soon*".

Agora Lívia era uma mulher.

S.T., maio de 2009

Livros e filmes

Este é um *roman à clef* – do francês "romance em chave" –, narrativa escrita sob o disfarce da ficção. O espírito com que o escrevi foi alimentado pela leitura de algumas obras literárias e por alguns filmes que de certa forma dialogam com a história. Um diálogo que muitas vezes só teve sentido no meu entendimento.

Relaciono aqui estas obras e estes filmes:

Livros:

A balada do café triste. Carson McCullers. Círculo do Livro, 1987.

A história do amor. Nicole Krauss. Companhia das Letras, 2006.

A invenção da solidão. Paul Auster. Companhia das Letras, 2004.

Alta fidelidade. Nick Hornby. Rocco, 1998.

Anotações sobre um escândalo. Zöe Heller. Record, 2004.

Aos meus amigos. Maria Adelaide Amaral. Record, 2008.

Carta a D. – História de um amor. André Gorz. Annablume / Cosac Naify, 2008.

Desonra. J. M. Coetzee. Companhia das Letras, 1989.

Homem comum. Philip Roth. Companhia das Letras, 2006.

Matéria de memória. Carlos Heitor Cony. Companhia das Letras, 1998.

O ano do pensamento mágico. Joan Didion. Nova Fronteira, 2006.

O bom médico. Damon Galgut. Companhia das Letras, 2005.

Onde andará Dulce Veiga? Caio Fernando Abreu. Agir, 2004.

O sol se põe em São Paulo. Bernardo Carvalho. Companhia das Letras, 2007.

Quase tudo – Memórias. Danuza Leão. Companhia das Letras, 2005.

Uma questão pessoal. Kenzaburo Oe. Companhia das Letras, 2003.

Filmes:

A criança (Bélgica / França, 2005). Dirigido por Jean-Pierre Dardenne e Luc Dardenne.

Alta fidelidade (EUA, 2000). Dirigido por Stephen Frears.

Antes do amanhecer (EUA, 1995). Direção de Richard Linklater.

Antes do pôr-do-sol (EUA, 2002). Direção de Richard Linklater.

As invasões bárbaras (Canadá / França, 2003). Direção de Denys Arcand.

A vida dos outros (Alemanha, 2006). Direção de Florian Henckel von Donnersmarck.

Babel (EUA / México, 2006). Dirigido por Alejandro González Iñárritu.

Brilho eterno de uma mente sem lembranças (EUA, 2004). Direção de Michel Gondry.

Filadelfia (EUA, 1992). Dirigido por Jonathan Demme.

Mais estranho que a ficção (EUA, 2006). Direção de Marc Forster.

Meus queridos amigos (Brasil, 2008 – minissérie). Direção de Denise Sarraceni.

Milk - A voz da igualdade (EUA, 2008). Dirigido por Gus Van Sant.

O segredo do grão (França, 2007). Direção de Abdel Kechiche.

Os idiotas (Dinamarca, 1998). Dirigido por Lars von Triers.

O tempo que resta (EUA, 2005). Direção de François Ozon.

Pollock (EUA, 2000). Dirigido por Ed Harris.

O autor

Samir Thomaz nasceu em São Paulo, em 1963, é jornalista com especialização em Globalização e Cultura e pós-graduando em Sociopsicologia, ambos na área de ciências sociais pela Fundação Escola de Sociologia e Política de São Paulo. Trabalha como editor na Abril Educação (Editora Ática).

Publicou *Carpe Diem – o crime bate à porta* (policial juvenil, Atual, 2000); *Meu caro H – A experiência de um escritor com o vírus da Aids* (relato autobiográfico, Ática, 2001); *Garoto em parafuso* (romance juvenil, Scipione, 2005) e *O cobrador que lia Heidegger* (contos e crônicas, Aymará, 2009). Em 2002, participou da antologia *Histórias de coragem* (Editora Madras), com autores soropositivos. Em 2004, foi um dos premiados do Rumos Itaú Cultural, na categoria Jornalismo Cultural, com uma reportagem sobre mídias alternativas.

E-mail do autor: samirthomas@gmail.com.

Agradecimentos

Quero deixar registrado o meu sincero agradecimento às pessoas que, próximas ou distantes, no dia a dia ou virtualmente, acompanharam a escrita deste relato. A palavra e o carinho de vocês me ajudaram a segurar a solidão de dias muitas vezes difíceis.

Um muito obrigado à dra. Cleide Almeida, da Brasiliense, por ter acreditado na história, ao Fernando Paixão e à Maria Viana pelo estímulo, pelas críticas e pelos conselhos, e à Penelope Nova, pela delicadeza do texto de quarta capa.

Um beijo de gratidão à Joyce, minha pequena, que ilumina meus dias com seu sorriso e seus sonhos. E aos meus pais, Samuel e Maria, com uma imensa saudade.

Impressão e Acabamento